Le guerrier de minuit

Du même auteur
aux Éditions J'ai lu

Prince de cœur, *J'ai lu* 3757
Le guerrier de minuit, *J'ai lu* 4217
Le seigneur arrogant, *J'ai lu* 4477
L'esclave du désert, *J'ai lu* 4815

Iris Johansen

Le guerrier de minuit

Traduit de l'américain par Louise Drac

J'AI LU

Titre original :

MIDNIGHT WARRIOR
Published by arrangement with Bantam Books, a division of Bantam Doubleday Dell Publishing Group, Inc.

1

20 avril 1066, Redfern, Angleterre

Catriona levait vers le ciel un regard extasié.

La comète sillonnait l'obscurité, semblable à un étendard de feu se déployant pour la bataille.

— Je suis sûr que c'est toi qui l'as fait réapparaître!

Catriona tressaillit, mais elle ne se retourna pas. Il avait fallu que Delmas vienne la déranger alors qu'elle s'était réfugiée au fond de l'écurie pour admirer tranquillement le spectacle.

Les pas, dans son dos, se rapprochèrent. Quand la main se posa sur son épaule, elle eut un mouvement de répulsion.

— Regarde-moi, ordonna-t-il.

Contrainte de faire volte-face, elle regarda Delmas avec arrogance. Il détourna aussitôt les yeux, comme à chaque fois qu'elle lui tenait tête.

— Sois bref, Delmas. Je suis fatiguée, et j'ai hâte d'aller me coucher.

— Jamais trop fatiguée pour tes petits jeux! ricana-t-il d'un ton hargneux en montrant la comète du doigt. Fais-la disparaître, tu m'entends? Et ne fais pas l'innocente, je sais que c'est encore une de tes machinations pour me détruire et repartir ensuite pour ton précieux Gwynthal.

Elle faillit éclater de rire.

— Tu me soupçonnes d'avoir fait apparaître la comète d'un simple geste de la main? Comment peux-tu être aussi naïf?

Il la gifla avec brutalité.

— Je t'ordonne de la chasser immédiatement !

Catriona avait oublié combien Delmas pouvait être violent quand il paniquait. Aussi elle devait faire attention, car dans ce pays étranger, elle n'avait que lui pour la défendre.

— Ce n'est pas moi qui l'ai fait apparaître.

— Hier soir, je t'ai observée quand tu la regardais. Alors que tous les habitants du manoir mouraient de peur, toi, tu avais l'air triomphant.

Effectivement, elle avait été surprise de voir à quel point les autres étaient terrorisés, mais elle n'avait pas songé à cacher son émerveillement devant ce miracle de la nature.

— Tu t'es trompé, je t'assure.

— J'exige qu'elle disparaisse, hurla-t-il en la giflant à nouveau.

Tout se mit à tourner. Catriona tendit les bras vers la muraille, afin de ne pas s'effondrer. Elle avait renoncé à convaincre Delmas qu'elle n'avait aucun pouvoir magique, et depuis trois ans, elle avait même fini par se servir de la crainte qu'elle lui inspirait pour se protéger. Aujourd'hui encore, c'était le seul moyen pour l'apaiser.

— Eh bien oui, je suis responsable.

Le visage de Delmas se détendit et prit soudain un air satisfait.

— J'en étais sûr ! Maintenant, fais-la disparaître.

— Impossible, dit-elle en s'écartant. Pas tout de suite. Les pouvoirs magiques de la comète sont trop puissants pour que l'on puisse les arrêter. Je peux seulement essayer d'empêcher qu'ils nous nuisent.

— Elle s'en ira ? insista-t-il, le visage angoissé.

— Oui, assura-t-elle, priant pour que l'avenir ne dénonce pas ce mensonge. Mais cela prend du temps de rompre un sortilège aussi puissant. Je peux aller au lit, maintenant ?

Il se résigna et lui accorda cette demi-victoire.

— Lady Adwen a besoin de toi. Ses violentes douleurs l'ont réveillée et elle a envoyé sa servante te chercher. C'est comme ça que j'ai découvert que tu n'étais plus dans ton lit.

— Pourquoi ne pas me l'avoir dit tout de suite ? s'inquiéta-t-elle en quittant rapidement l'écurie. As-tu prévenu lord Richard ?

— Il est au courant. Il était occupé et m'a dit de t'envoyer au chevet de lady Adwen. Il ne tardera pas à t'y rejoindre.

Occupé... Lord Richard était certainement en train de se distraire dans les bras de Joan de Danworth, sa dernière maîtresse en date ! Il avait été furieux que lord Kells, le père d'Adwen, lui envoie Catriona, sa guérisseuse. Car Richard n'attendait qu'une chose, être débarrassé de son épouse stérile. Mais Catriona était déterminée à l'empêcher de mourir et elle était sûre qu'Adwen vivrait.

— Tu n'aurais pas besoin de recourir à ces miracles, si tu étais un peu plus maligne, reprit Delmas en courant derrière elle. Promets-moi de me conduire au trésor et je te ramènerais à Gwynthal.

— Il n'y a pas de trésor.

— Menteuse ! Je sais qu'il existe et je le trouverai, Catriona.

Autoritarisme et cupidité ! Catriona en avait par-dessus la tête de Delmas. A tel point que parfois, juste pour avoir la paix, elle aurait été tentée de lui révéler la cachette des joyaux.

— Le trésor me permettrait d'acheter ma liberté, continua-t-il. Tu ne te plais pas du tout, ici, à Redfern. Pourquoi refuses-tu de m'aider ?

Elle ne répondit pas.

Les doigts de Delmas se refermèrent comme des serres sur son bras, tandis qu'il crachait avec dépit :

— Petite saleté ! Un de ces jours, je finirai par t'étrangler pour te faire parler !

Ces menaces ne l'effrayaient guère. Delmas avait même recouru aux sévices sexuels, au début de leur mariage, mais depuis, Catriona avait appris à s'en protéger.

— Comment t'avouerais-je ce que j'ignore ? Contente-toi du statut que tu as gagné en m'épousant. C'est déjà beaucoup plus que ce qu'un esclave comme toi possédait au départ.

— Mais ce n'est pas suffisant, Catriona. Absolument pas suffisant...

Devant la chambre d'Adwen, Delmas libéra Catriona, et, terriblement mal à l'aise, il lui proposa son aide.

Depuis qu'il avait vu ses parents mourir de la même fièvre à quelques jours d'intervalle, il avait une peur bleue de la maladie. De plus, il redoutait les talents de guérisseuse de Catriona, car il la soupçonnait d'avoir recours à la magie pour chasser les démons voleurs de vie.

— Je ne sais pas si j'aurai besoin de toi, mais ne t'éloigne pas, car en cas d'urgence, je te ferai chercher.

Alice, la servante d'Adwen, se tenait au chevet du grand lit. Quand elle entendit la porte s'ouvrir, elle leva les yeux et fut soulagée de voir apparaître Catriona.

— Lady Adwen est au plus mal.

— Toujours l'estomac ?

La veille, après le dîner, Adwen avait été prise de vomissements très violents. Catriona se pencha pour la regarder, elle paraissait endormie.

— Je ne crois pas, fit Alice. Elle s'est réveillée subitement, et elle s'est mise à trembler et à pleurer.

Lady Adwen ouvrit alors les yeux.

— Catriona ? Minuit... Il approche... balbutia-t-elle en cherchant à toucher Catriona.

— Là... là. (Elle lui prit la main entre les siennes pour l'apaiser.) Que se passe-t-il ? Sentez-vous une douleur ?

— Non. Je l'ai vu... il arrive.

Qui pouvait bien arriver ? La mort ? Catriona avait soigné d'autres malades qui lui avaient affirmé avoir eu des visions annonçant la fin de leur vie. On ne pouvait presque jamais les sauver, une fois qu'ils avaient vécu ce genre d'expérience.

— Ce n'était qu'un rêve...

— Non.

— Si ! dit Catriona avec fermeté. Et si vous tremblez, c'est qu'il fait froid dans la chambre. Pourquoi la fenêtre est-elle ouverte, Alice ?

La servante se contenta d'écarquiller ses yeux bleus en signe d'affolement. Adwen expliqua alors d'un ton las :

— Richard est passé, dans la soirée. Il a trouvé la chambre surchauffée et il a tenu à ce que j'aie davantage d'air frais. Il a toujours trop chaud, lui.

Catriona traversa la pièce en contenant sa colère, et elle referma vivement la fenêtre.

— Lord Richard n'est plus là.

— Sans doute, mais il n'aime pas qu'on lui désobéisse. Tu devrais peut-être...

— La fenêtre restera fermée.

Elle prit le bougeoir posé sur un coffre et revint vers le lit. Comme toujours, le visage d'Adwen était blême, et des larmes sillonnaient ses joues.

A nouveau la jeunesse de cette noble dame la surprit. Avec sa minceur, la finesse de ses traits, ses longs cheveux noirs, Adwen ne semblait pas avoir quitté l'enfance. Richard de Redfern l'avait épousée alors qu'elle n'avait que treize ans et il avait immédiatement voulu obtenir d'elle un héritier. Adwen avait ainsi perdu quatre enfants. C'est pourquoi, depuis cinq ans, elle ne quittait pratiquement pas sa chambre, afin de préserver le peu de santé qui lui restait. Son seul espoir était de donner un enfant à son mari.

— Es-tu en colère contre moi, Catriona? Ce n'est pas moi qui t'ai envoyé chercher. Je sais combien tu es fatiguée d'avoir passé déjà deux nuits à me veiller... murmura la malade qui craignait plus que tout de déplaire.

— Vous ne me dérangez jamais, milady... N'oubliez pas que Delmas, mon mari, était l'esclave de lord Kells avant d'être cédé à lord Richard, et que votre père m'a envoyée ici vous servir.

— Tu sais bien que je ne te considère pas comme une servante. Avoue que tu es en colère contre moi.

Catriona lui sourit et la rassura:

— Je suis contente de pouvoir veiller sur vous. Et maintenant, quel est ce mal qui vous ronge?

— Toi qui es tellement forte, qui ne redoutes rien, tu dois me trouver bien ridicule.

— Pas du tout.

D'un signe de la tête, Catriona congédia Alice. Elle hésitait à se fier à cette servante. Car même si Alice semblait attachée à sa maîtresse, chacun savait au manoir qu'il lui arrivait de partager la couche de lord Richard. Mais on ne pouvait pas lui en vouloir; le maître couchait avec toutes les servantes qu'il désirait, et il aurait certainement abusé de Catriona s'il n'avait pas redouté lord Kells.

Quand Alice eut disparu, Catriona s'assit au bord du lit.

— Ce n'est pas la peur qui est ridicule mais le fait de la garder en soi jusqu'à ce qu'elle nous étouffe. Vous la chasseriez si vous m'en parliez.

— C'est... Mais tu es blessée ! Tu as un bleu à la joue.

— Rien de grave.

— On t'a battue, souffla Adwen. Ton mari !

— Je l'avais contrarié, fit Catriona en haussant les épaules.

— Tu devrais prendre garde. Je ne voudrais pas te perdre. (Elle ajouta avec un sourire contraint :) J'ai de la chance, dans mon malheur, puisque Richard ne m'a jamais battue, bien que je n'aie pas réussi à le satisfaire.

Richard n'avait pas eu besoin de la frapper ! Il avait usé et abusé de son corps trop fragile, la laissant à peine se remettre de ses fausses couches pour essayer de la féconder. Ainsi elle avait perdu la santé, la vitalité, puis la joie de vivre.

— Il vous reste amplement le temps de lui donner des enfants.

— Probablement pas. J'ai parfois l'impression d'être trop fatiguée pour respirer. Et maintenant, si tu voulais bien souffler la chandelle, j'aimerais te raconter mon rêve.

Catriona éteignit donc et serra la main d'Adwen entre les siennes.

— Avez-vous suffisamment chaud ? Désirez-vous une couverture supplémentaire ?

— Non, fit la malade en s'enfonçant dans la chaleur du lit. As-tu aperçu la comète ? Alice en a peur. Elle voit dans son passage un présage de malheur. Mais pas moi, au contraire, je crois que cela signifie que mon désir d'avoir un enfant va se réaliser. Est-ce vaniteux de ma part de croire que Dieu peut se préoccuper à ce point de mes besoins ?

— Vous n'avez rien d'une vaniteuse, la rassura Catriona. Mais n'avez-vous jamais pensé que Dieu ne vous destinait peut-être pas à avoir un enfant ?

— Jamais de la vie ! C'est mon devoir de donner un héritier à mon époux !

A force de s'acharner à remplir son devoir, elle finirait par en mourir, songea Catriona avec exaspération.

— Peut-être que si tu donnais un enfant à Delmas, il ne te traiterait pas avec autant de cruauté, suggéra Adwen.

— Ce n'est pas un enfant que mon mari souhaite obtenir de moi.

— Les hommes veulent tous un enfant. C'est la seule chose qu'ils attendent des femmes.

Delmas serait évidemment bouffi d'orgueil s'il parvenait à lui faire un enfant ; elle serait ainsi liée à lui plus sûrement que par leur mariage forcé. Mais après une effroyable semaine de sévices sexuels, Catriona avait heureusement réussi à le convaincre de faire lit à part, en prétextant que les rapports sexuels accroissaient ses pouvoirs magiques. Le stratagème fonctionnerait, tant que Delmas ne surmonterait pas sa terreur de la magie. Et d'ici là, elle découvrirait un moyen de lui échapper pour retourner à Gwynthal, et se perdre dans ses forêts où jamais il ne la retrouverait.

— Que pourrait bien vouloir Delmas, si ce n'est un enfant ? reprit Adwen.

— La liberté. Lord Kells lui a promis de l'affranchir si vous retrouvez la santé.

— Et toi ?

— Je suis son épouse. Pour moi, il n'y a pas de liberté, dit-elle avec prudence.

— Ça ne paraît pas équitable. Tu as à peinte vingt et un ans alors que cet homme n'est plus qu'un vieux barbon repoussant de laideur.

Catriona ne connaissait pas l'âge de Delmas, mais en dépit de sa barbe grise, son corps était encore ferme et vigoureux. Si Adwen le trouvait vieux, c'est parce qu'elle avait pour époux un jeune guerrier blond au teint clair, très séduisant.

— Ton père n'aurait-il pas pu te trouver un mari plus jeune ?

Catriona n'avait pas envie de révéler son passé. Adwen avait bien assez de ses propres ennuis.

— Il faut dormir, milady, insista-t-elle en lui pressant la main.

— Je t'ai déjà dit de ne pas m'appeler « milady ». Nous sommes amies.

— Lord Richard n'approuverait pas ces familiarités.

— Mais il n'en saura rien...

Catriona garda un instant le silence, et comprit qu'Adwen souffrait d'une terrible solitude pour oser ainsi désobéir à son mari.

— Entendu, nous sommes amies... Adwen. Et maintenant, consentirez-vous à vous rendormir ?

— Et si le rêve revient ?

— Il vous a fait si peur que cela ? demanda-t-elle en caressant les cheveux de la jeune malade.

— Pas au début. J'étais heureuse de le voir apparaître.

— Qui donc ?

— Le guerrier qui, dans le rêve, chevauchait au grand galop. Il était presque minuit et il faisait très noir. La comète flamboyait dans le ciel et faisait luire son armure. J'avais l'impression qu'il ne me ferait aucun mal, mais je me trompais puisque j'ai vu Redfern dévoré par les flammes.

Catriona fut soulagée qu'Adwen n'ait pas rêvé de sa propre mort.

— Ces racontars à propos du duc de Normandie vous auront perturbée !

— Il ne s'agissait pas du duc de Normandie.

— Bien sûr que c'était lui ! insista Catriona en la bordant. Hier soir, au dîner, dans la grande salle du manoir, lord Richard a dit que l'Angleterre risquait de se faire envahir par le duc de Normandie.

— Je m'en souviens. Il a même dit qu'il avait mieux à faire que de suivre le roi Harold sur le champ de bataille. Mais pour en revenir au rêve... Il semblait tellement réel. J'ai même vu le reflet des flammes dans les cheveux noirs du guerrier. Ne crois-tu pas que c'était une prémonition ?

— C'était juste un rêve...

Adwen resta silencieuse un long moment, alors Catriona crut qu'elle allait s'endormir.

— Je me sens tellement seule, Catriona. Voudrais-tu t'allonger près de moi ?

Catriona se coucha sur le lit et enlaça le corps délicat de la châtelaine. Adwen avait encore minci, depuis sa dernière fausse couche. La fièvre avait été si violente que la moindre rechute pourrait lui être fatale.

— Contre toi, je me sens en sécurité, soupira Adwen. Comme pendant la nuit où j'ai failli mourir, c'est toi qui m'as ramenée à la vie.

— C'est le bouillon aux herbes que je vous avais préparé qui vous a guérie.

— Je ne crois pas.

— Alors c'est Dieu. Je suis guérisseuse, pas sorcière.

— T'ai-je blessée ? s'inquiéta Adwen. Jamais je n'ai voulu t'accuser de sorcellerie ! Je voulais juste...

— Chut... Dormez, à présent.

— Tu resteras jusqu'à ce que je m'endorme ?

— Je resterai, oui.

Catriona fut soudain envahie par un profond désespoir. Depuis trois ans elle se demandait comment elle allait pouvoir s'enfuir de Redfern. Il serait facile d'échapper à Delmas, mais comment pourrait-elle briser les liens d'amitié qui la liaient à la jeune châtelaine malade ?

Soudain Adwen se mit à murmurer :

— Le guerrier à la comète... Catriona... Il approche...

20 avril 1066, Normandie

— C'est un signe de Dieu, décréta Guillaume de Normandie en montrant la radieuse comète à Gaël Dumont. Elle est la preuve que je peux en toute légitimité prétendre au trône d'Angleterre.

— En effet, acquiesça Gaël Dumont en gardant un visage impassible. Et pour faire bon équilibre, le roi Harold d'Angleterre est très certainement en train d'affirmer à ses barons que l'apparition de la comète confirme la légitimité de sa cause et le soutien que Dieu apporte à son camp.

— Insinueriez-vous que j'utilise Dieu pour servir mes prétentions au pouvoir ?

— Moi, pauvre négociant, oser accuser messire le duc de Normandie d'un tel blasphème ?

Cet impudent fripon de Dumont aurait osé tirer la barbe au pape, si cela avait arrangé ses affaires, pensa Guillaume.

— Pauvre n'est pas vraiment le mot. La rumeur vous prétend beaucoup plus fortuné que moi. Est-il exact que vous possédez à Byzance un palais grandiose ?

— Rumeur rime avec erreur, messire, répondit Dumont, qui avait l'art de la pirouette.

— On dit aussi que votre château de Bellerive regorge de merveilleux trésors importés d'Orient.

— En ma qualité de négociant, je suis amené à effectuer de fréquents voyages à Byzance pour m'y procurer des marchandises. Peut-être enviez-vous ces quelques agréments que je m'autorise, à moins que vous ne m'ayez convoqué pour me demander de partager mes babioles ?

Guillaume le fit taire d'un geste impatient. Ce n'était pas de ses richesses dont il avait besoin.

— On dit également que Bellerive est défendu par l'élite des soldats et des archers de Normandie.

Le visage de Gaël Dumont se durcit.

— Vos chevaliers ont tendance à nous considérer, nous autres pauvres petits marchands, comme un gibier de bonne prise. J'ai donc dû me donner les moyens de les décourager.

— Mes chevaliers se montrent parfois... un peu turbulents, je vous l'accorde.

— Le terme me semble faible pour qualifier des violeurs et des pilleurs.

— Que voulez-vous, les chevaliers ne sont entraînés qu'à faire la guerre. En temps de paix, on peut comprendre qu'ils se montrent remuants.

— Tellement remuants qu'ils battent la campagne, ravageant nos contrées. C'est pourquoi j'ai engagé des mercenaires.

Guillaume décida que l'heure n'était plus aux justifications et passa à l'attaque :

— L'an dernier, vous avez tué Jean de Brestain.

— Exact, confirma Gaël, le regard soudain méfiant.

— Ce meurtre a révolté mes barons. Ils ont tellement

horreur que les roturiers se mêlent de leurs petits jeux, qu'ils ont exigé que je rase votre château fort jusqu'à la dernière pierre et que je vous coupe la tête. Savez-vous pourquoi je ne l'ai pas fait ?

— Par bonté ?

Guillaume ne releva pas la raillerie et joua la franchise :

— Parce que Bellerive protège à merveille la côte de ma Normandie et que vous empêcherez toujours l'envahisseur de percer vos murailles, comme vous en avez empêché mes chevaliers.

— Vous m'en voyez fort reconnaissant.

— Je ne vous crois pas. Vous avez l'arrogance et l'insolence de votre père.

Une expression indéchiffrable figea les traits de Dumont qui s'inclina légèrement.

— Je n'ai pas de père. Je suis bâtard... tout comme vous, messire duc.

— Votre mère vous prétendait pourtant fils d'Hardraada.

— Hardraada le nie. Etant roi de Norvège, il a une descendance assez nombreuse et n'a nul besoin de s'encombrer d'un bâtard qui risquerait de prétendre au trône ; surtout si la mère est fille d'un marchand normand.

— Hardraada doit alors avoir pour vous beaucoup d'affection. Je crois qu'il vous a appris l'art de la guerre, et qu'à plusieurs reprises, il vous a emmené en mer.

— Cela semble étrange que vous en sachiez aussi long sur mon compte.

— Seriez-vous étonné que je vous surveille ? Je connais trop bien la soif de pouvoir qui ronge les bâtards comme nous. Puisque Hardraada vous refuse la position qui vous revient de droit, vous risquez de me prendre la mienne. Je vous suis reconnaissant d'avoir choisi d'acquérir la puissance en amassant un trésor fabuleux, mais la richesse ne vous suffira pas.

— Pourquoi pas ? L'or achète presque tout.

— Sauf ce qu'Hardraada vous a refusé et que je puis moi-même vous offrir, un titre. L'or ne vous a pas permis d'accéder à la noblesse car vous ne pouvez pas débarrasser vos sandales de la poussière de la roture.

— Pas le moindre grain de poussière sur mes chaussures, objecta Gaël en les examinant. Je ne me serais pas présenté devant votre auguste personne sans m'être nettoyé.

— Vous savez fort bien à quoi je fais allusion.

— Il faut parler plus clairement. Je suis marchand. Je suis habitué aux négociations claires et nettes. Car si j'ai bien compris, c'est un marché que vous voulez. (Il s'accota à la fenêtre et sans prendre de gants, il ajouta :) Vous voulez réquisitionner mes archers et mes soldats pour envahir l'Angleterre. Vous avez aussi besoin d'une somme rondelette pour les nourrir et les vêtir durant l'invasion ?

— Exact.

— Que me proposez-vous en échange ?

— Au lieu de déferler avec mon armée sur Bellerive pour m'emparer de ce dont j'ai besoin, je vous propose de vous adouber pour bons et loyaux services.

— Ce n'est pas suffisant.

Guillaume avait espéré que le damné marchand se serait satisfait sans qu'il ait à l'élever au rang enviable de baron. Cependant, il concéda :

— Je vous offre une baronnie en Angleterre. Terres et dignités pleuvront quand nous aurons vaincu les Saxons.

— Et le domaine de mon choix ?

— Vous voilà bien gourmand.

— Ne l'êtes-vous pas, messire ? On dit que vous offrez les terres des Saxons à tous les nobles et mercenaires de Normandie ; il n'en restera donc bientôt plus.

Du temps où il effectuait des razzias au côté d'Hardraada, Gaël Dumont s'était acquis une réputation d'homme impitoyable. Elle l'avait suivi ensuite dans le négoce et lui valait aujourd'hui d'être respecté et craint par tout le monde.

Guillaume capitula.

— Fort bien. Vous aurez le domaine de votre choix.

Dumont se redressa, s'écarta de la fenêtre et inclina le buste pour prendre congé.

— Je vous ferai connaître ma réponse d'ici deux jours. Le roturier de négociant que je suis ne conclut jamais un marché avant d'en avoir étudié tous les aspects.

Guillaume contint sa rage. Il était sur le point d'envahir l'Angleterre, et il avait absolument besoin de l'armée redoutable que possédait Dumont.

— Je patienterai deux jours, mais pas plus. Ne vous avisez pas de jouer à vos petits jeux, avec moi.

— Je laisse les jeux aux seigneurs et aux nobles dames de votre cour illustre.

— Une chose encore. Si vous acceptez ma proposition, il faudra laisser votre Sarrasin en France.

— Vous parlez de Malik Kalar ? demanda Gaël, le visage toujours impassible.

— Le Sarrasin qui fait partie de votre suite, oui. J'ai espoir d'effectuer l'invasion avec la bénédiction du pape et je ne voudrais pas qu'il s'offense de la présence d'un infidèle dans mes rangs.

— A supposer que je choisisse de me joindre à votre expédition, Malik m'accompagnera. C'est à prendre ou à laisser, conclut Dumont en quittant la salle d'audience.

Le monde entier pouvait bien s'interroger sur les origines de cet arrogant Dumont, Guillaume, lui, avait bel et bien la certitude que c'était le fils du Viking de Norvège.

— Mathilde ! Que penses-tu de cet homme ?

Son épouse poussa la porte de l'antichambre où elle s'était cachée. Guillaume accordait infiniment plus de crédit au jugement de Mathilde qu'à celui de ses barons, c'est pourquoi il lui demandait souvent d'espionner lorsqu'il s'entretenait avec quelqu'un.

— C'est un personnage intéressant, dit-elle en se montrant. Tout aussi avenant que le veut sa réputation. Il paraît qu'au lit, il a la fougue d'un étalon et qu'il connaît l'art de donner du plaisir aux dames. Il donne l'impression d'avoir une certaine... puissance.

Guillaume, lui, n'avait rien trouvé d'attirant chez cet homme trapu aux traits rudes. Mathilde essayait-elle encore de le rendre jaloux ?

— Ce n'est pas sa virilité mais son caractère que je t'ai chargée de sonder.

— C'est un homme intelligent, décidé et âpre au gain. De plus il sait rester sur ses gardes.

— Il doit savoir qu'Hardraada convoite lui aussi le trône d'Angleterre. A ton avis, est-ce à moi ou à son père qu'il offrira les services de son armée ?

— Je ne pense pas qu'il se rallie à la Norvège. J'ai senti en lui une certaine... amertume. Il n'a pas beaucoup d'affection pour son père. Qui sait s'il ne restera pas en Normandie pour s'emparer des fiefs laissés sans protection par tes seigneurs ? Méfie-toi, à mon avis, tu as affaire à quelqu'un d'exceptionnellement habile.

— S'il reste en Normandie, il ne sera jamais que le riche marchand qui tire les ficelles dans les coulisses. Or le mépris avec lequel le traitent mes barons l'horripile tellement que je parie qu'il acceptera de payer mon prix uniquement pour devenir leur pair.

— Puisque tu avais déjà ton idée, pourquoi me demander mon avis ?

Guillaume se précipita aussitôt pour apaiser sa femme. Elle savait tellement lui rendre la vie impossible dès qu'elle était contrariée.

— Tu sais combien ton avis m'est précieux... mais pour ce qui est de sa fougue au lit, avoue que tu n'as dit cela que pour me rendre jaloux. Rassure-moi, cet individu ne t'attire pas le moins du monde.

Mathilde surprit une légère anxiété sur le visage de son mari, aussi elle se ravisa en lui caressant tendrement la joue.

— Dans ta grande sagesse, tu as compris que je te taquinais, mon amour. Je ne trouve absolument rien de séduisant à Gaël Dumont.

— Tu en as mis, du temps ! s'étonna Malik, sans se détourner de la fenêtre, alors que Gaël le rejoignait dans sa chambre de Bellerive. J'espère qu'il t'a au moins proposé le monde entier, et pas juste une simple parcelle !

— Adoubement, baronnie, et le fief de mon choix en Angleterre, énuméra Gaël en venant se poster près de son ami. Guillaume s'est montré on ne peut plus généreux.

— Mais toi tu ne l'es pas, commenta Malik, sans quitter la comète du regard. Tu ne lui fais pas confiance ?

— Il me donne audience à minuit pour cacher à ses barons qu'il négocie avec moi. Et il menace de s'emparer de Bellerive si je ne lui donne pas ce qu'il veut. Dois-je lui faire confiance ?

Malik ne répondit pas.

— Pourquoi me lancerais-je dans la conquête de l'Angleterre alors qu'ici, j'ai tout ce que je veux ?

Son regard balaya la pièce. Il se posa sur un éléphant en or finement ciselé, la magnifique tapisserie représentant une chasse au lion dans le désert.

Une multitude de meubles sculptés et d'objets décoratifs en or, en argent ou en ivoire ornaient son château qui ressemblait à un vrai palais de Byzance.

— Non, Gaël, ici, tu es obligé de te battre pour obtenir le respect et protéger ton bien.

— Ce serait pareil en Angleterre, sauf qu'en plus de mes frères normands, il me faudrait combattre les Saxons. Franchement, j'ai tout intérêt à rester en Normandie.

— Mais tu ne le feras pas parce que tu es né pour régner, objecta Malik. Et partir pour l'Angleterre serait un pas dans cette direction.

— J'y gagnerai une baronnie, mais pas un royaume. A moins que tu ne me soupçonnes de vouloir renverser Guillaume. Certes je suis riche mais il me faudrait le trésor fabuleux de Salomon pour payer suffisamment de soldats et chasser Guillaume.

— C'est pourquoi je suis certain que tu participeras à la conquête. Depuis un an, tu piaffes d'impatience. Tu as besoin de te surpasser et les chevaliers de Guillaume ne représentent pas un assez grand défi pour toi. Si ce n'était pas l'Angleterre, ce pourrait être Byzance ou bien la Norvège...

— Non, je n'irai pas en Norvège. Quant à Byzance, n'oublie pas que tu y es condamné à la castration et à la décapitation.

— Tel est le sort de ceux auxquels Allah accorde l'intelligence. Un homme aussi brillant que moi, à ce point affamé de savoir, se heurtera toujours à des ennemis qui chercheront à le détruire.

— Je pense que c'est plutôt à cause de tes parties génitales que l'on te recherche. Jamais je ne comprendrai pourquoi tu as décidé de séduire l'épouse du chef de la garde impériale.

— Parce qu'elle avait besoin de moi. Son mari la brutalisait.

Ces propos ne surprirent pas Gaël. Pour se retrouver dans le lit de ce fripon de Malik, les femmes n'avaient pas besoin d'être jeunes ou belles, car il les aimait toutes, et goûtait à chacune d'elles avec le même enthousiasme passionné. Aussi les femmes raffolaient de Malik.

— Je me fais du souci pour cette malheureuse. Tu ne penses pas que nous devrions retourner à Karza pour...

— Il n'en est pas question.

Malik et lui avaient échappé de justesse à la mort, en fuyant Byzance. Cependant, Malik avait quand même eu le temps d'enlever l'épouse du chef de la garde pour la raccompagner jusqu'à son village natal, Karza, où elle était désormais en sécurité.

— Je lui ai remis suffisamment d'or pour lui permettre de mener la belle vie. Elle n'a plus besoin de toi, Malik.

— Tu as probablement raison. Laissons-la trouver un homme qui lui convienne, même si ce n'est pas un astre. Car moi je ressemble à la comète dont la splendeur éclipse toutes les lumières du firmament.

— Si tu mettais plus souvent ton éclat en veilleuse, cela me faciliterait la vie, railla Gaël.

Quand Malik se détourna enfin du ciel strié par la comète, un sourire éclairait son visage barbu.

— Si tu n'avais pas le goût du risque, tu ne m'aurais pas pris pour ami. Eh bien, partons-nous pour l'Angleterre ?

— En admettant que je me décide, Guillaume interdit que tu m'accompagnes. Il redoute que ton âme de païen ne corrompe l'expédition et ne lui retire la bénédiction du pape.

— Lui as-tu précisé que je n'aurai pas besoin de son armée pour vaincre les Saxons ? protesta-t-il en se frappant le torse d'un poing arrogant. Ne pas te rendre compte de ma valeur, toi qui me connais depuis si longtemps ! Tu me fends le cœur.

— Comment veux-tu que je l'oublie alors que tu ne cesses de chanter tes mérites ?

— Comme ils ne cessent de croître, je te tiens au courant, fanfaronna Malik. (Puis, évitant le regard de Gaël, il ajouta avec calme :) Si cela peut t'éviter des ennuis, je resterai à Bellerive.

— Tu laisserais Guillaume me dicter ma conduite ?

— Il règne sur la Normandie.

— C'est lui qui a besoin de moi, pas l'inverse. Si je pars, tu m'accompagnes. D'ailleurs si je te laissais seul, qui sait quel mauvais tour tu pourrais nous jouer.

— Je ferais mieux de rester en Normandie. La comète me dit qu'un malheur me guette, de l'autre côté de la mer.

— Ne me dis pas que cette satanée comète te fait à toi aussi tourner la tête !

— Quand la raison ne suffit plus, à nous de nous fier à l'intuition.

— Moi je crois ce que je vois, et ce que j'entends. Quant à cette comète, comme Guillaume, tu y vois ce qui t'arrange, dit-il en suivant le regard que Malik braquait sur l'astre brillant.

— Eh bien, que le destin s'accomplisse, décréta subitement Malik avec un large sourire. Je t'accompagne mais jure-moi auparavant que je ne mourrai pas de la main de ces barbares Saxons. Je mérite une fin plus glorieuse.

— Promis.

— Parfait. Et maintenant je te laisse, la perspective de la guerre m'a mis d'humeur à abuser des plaisirs de ce monde. Depuis trois heures une adorable jouvencelle attend dans ma chambre !

— Les dames ont horreur d'attendre. Elle a probablement disparu.

— La curiosité l'y aura retenue. Elle tient à vérifier si les Sarrasins sont aussi païens au lit que dans leur pratique religieuse.

Après le départ de Malik, Gaël se mit à contempler la comète. Un sentiment de puissance l'envahit. Hardraada l'avait dépeinte comme le pays de cocagne. S'allier à

Guillaume lui permettrait de renier ce père, qui l'avait rejeté avec brutalité lors de leur dernière rencontre. L'Angleterre lui offrirait la place et le statut qu'il n'avait jamais pu se gagner en Normandie et qu'on lui refusait en Norvège.

Gaël Dumont, qui ne croyait pas aux présages, décida alors d'orner son futur blason de baron, ainsi que son oriflamme d'une comète. Et quand le guerrier ambitieux qu'il était déploierait un tel étendard, Guillaume, le roi Harold d'Angleterre, Hardraada et même le pape en seraient épouvantés !

2

14 octobre 1066, Hastings, Angleterre

Le soleil déclinait doucement vers l'ouest, de plus en plus rougeoyant, d'un rouge presque aussi intense que celui de la tunique ensanglantée de Malik.

— J'ai stoppé l'hémorragie mais je ne peux plus rien pour lui, avoua le père Bernard en secouant la tête. La blessure est trop profonde. Il ne va pas tarder à succomber. Je dois aller porter secours aux autres maintenant.

— Je vous ordonne de rester ici, cria Gaël. Mon ami n'est pas encore mort. Vous devez le secourir.

Le père Bernard regarda autour de lui. Il y avait tellement de morts et de blessés, aussi bien parmi les Saxons que parmi les Normands, qu'il avait peine à croire que le pape ait pu autoriser un pareil massacre. Et maintenant, on demandait à des prêtres comme lui de faire des miracles.

— De nombreux blessés ont besoin de mes soins. Je dois y aller. Cet homme est condamné. J'ai déjà perdu trop de temps avec cet infidèle, alors qu'il y a des vrais chrétiens qui attendent.

— Cet infidèle est un homme bien plus généreux que la plupart des chrétiens que je connais, rétorqua Gaël.

— Vous blasphémez ! Puisse Dieu vous pardonner une telle…

Transpercé par le regard glacé que Dumont braqua sur lui, le père Bernard recula d'un pas. La fureur embrasait ce corps de géant dont le visage aux traits tordus semblait sortir de l'enfer. Cependant le prêtre se ressaisit. Dumont n'était qu'un homme, pas un démon.

— C'est un péché d'insulter pareillement les chrétiens.

— C'est un plus grand péché de laisser mourir un homme, grogna Gaël en piquant le prêtre de la pointe de son épée. Soignez-le !

— Je sais comment le guérir, moi ! fit une voix derrière lui.

Il se retourna et se trouva face à une troupe de prisonniers saxons placée sous bonne garde.

— Qui a parlé ?

— Moi, lord Richard de Redfern. Si vous voulez qu'il guérisse, relâchez-moi !

Un homme blond très grand s'empressa de se détacher du groupe, mais le garde le repoussa dans les rangs.

— Cet homme ment. Personne ne peut plus sauver l'infidèle, contra le père Bernard.

Sans plus se soucier du prêtre, Gaël examina les beaux traits du Saxon qui continuait à parler par-dessus l'épaule du garde.

— J'ai dans mon manoir une guérisseuse qui a déjà sauvé deux fois la vie à mon épouse.

— Traître ! cracha un prisonnier plus âgé qui se tenait à côté de Richard de Redfern. Je ne t'ai pas envoyé Catriona pour que tu l'expédies soigner ces Normands. Plutôt périr que de porter assistance à l'ennemi !

— Vous ne vous rendez pas compte, lord Kells, lança Richard avec hargne. Le roi Harold vient de mourir et nous sommes vaincus. Si vous tenez à rester prisonnier, ce n'est pas mon cas. Jamais nous ne nous relèverons si nous n'exploitons pas nos ressources pour marchander avec eux. (Il cria à Gaël :) Si vous tenez à sauver votre blessé, libérez-moi, et j'irai chercher la guérisseuse. C'est une esclave, je vous l'offre.

— Il n'en a plus pour longtemps à vivre, murmura le père Bernard.

— Mon manoir se trouve à une heure à peine de cheval, en direction du nord, insista le Saxon. D'ici deux heures, la guérisseuse pourrait commencer à soigner le blessé.

— Et que souhaitez-vous, en échange de votre esclave ?

— La liberté... et la permission de vous servir.

Après un instant d'hésitation, Gaël décréta brusquement :

— La liberté, je vous l'accorde, Saxon, mais il y a quelques heures à peine, vous étiez en train de massacrer mes soldats ; je ne prends pas mes ennemis à mon service. (Il se tourna vers le capitaine Lefont, responsable des prisonniers.) Prenez un détachement pour accompagner cet homme jusqu'à Redfern et ramenez la femme.

— Vous ne le regretterez pas, lui lança Richard tandis que le garde lui sectionnait ses liens. Pour le reste, je suis certain de pouvoir vous prouver mon utilité.

— Je n'ai que faire de votre utilité ! (Puis il se tourna vers un autre de ses soldats.) Dressez ma tente. Nous nous installons ici.

— Il me semble que Guillaume de Normandie veuille aller jusqu'à Londres ! s'étonna le capitaine Lefont.

— Dans ce cas, il se passera de ma compagnie. Je le rejoindrai ultérieurement.

Le père Bernard secoua la tête d'un air fataliste.

— Vous allez contrarier le duc pour rien. Vos efforts seront vains, le blessé ne peut pas être sauvé.

— Il sera sauvé, un point c'est tout, répliqua Malik.

— Tu n'as pas tenu... ta promesse, gémit Malik dont la voix s'élevait comme un soupir dans le clair-obscur de la tente. Tu avais promis... que les barbares... ne me tueraient pas.

— Chut... préserve tes forces, dit doucement Gaël.

— Au moment de mourir... on a le droit de dire... bien des choses, soupira Malik, paupières closes. Mais moi, rien ne me vient. Je ne suis... pas prêt.

— Tu ne mourras pas. J'ai envoyé chercher une guérisseuse.

— Trop... tard. L'heure de la mort arrive.

Gaël prit ses mains entre les siennes, et les serra fermement.

— Il est hors de question que tu meures. Ai-je jamais manqué à mes promesses ?

— Non, mon ami, jamais, souffla-t-il en ouvrant les yeux pour regarder Gaël.

— Alors aide-moi à la tenir.

— J'essaie... curieux de voir... comment tu la tiendras... cette promesse, dit-il avec un rire qui se mua en quinte de toux. Et la bataille... on l'a gagnée ?

— Oui. Le roi Harold est mort, et ses barons sont soit morts soit capturés. L'Angleterre nous appartient.

— Je savais... que les Saxons ne résisteraient pas... à mon épée invincible.

— Tu ne te trompais pas.

— Guillaume... t'a anobli ?

— Oui. Mais maintenant, repose-toi.

Soudain, la peur fit bondir Gaël. Malik ne bougeait plus. Son ami était-il mort ? Il s'approcha de lui et vit alors le torse de Malik se soulever imperceptiblement.

— Debout, Catriona !

On lui arracha sa couverture et on la poussa hors de son lit de planches.

— Qu'est-ce que c'est ? protesta Delmas qui dormait à l'autre bout de la chambre. Lord Richard ? Pourquoi faites-vous lever Catriona ?

— Silence ! J'ai besoin de ta femme.

Richard était essoufflé. Ses yeux bruns scintillaient avec sauvagerie à la lueur de la torche que portait le soldat étranger qui l'escortait.

— Non ! hurla Catriona, complètement paniquée.

— Je t'interdis de me dire non, femme ! Tu obéiras à mes ordres.

Elle secoua la tête pour se réveiller et déjà les doigts de Richard lui enserraient le poignet avec brutalité.

— L'état de lady Adwen aurait-il empiré ?

— Je ne suis pas passé vérifier, grommela-t-il en lui lançant sa robe. Et puis cela n'a pas la moindre importance. Désormais, elle ne m'est plus d'aucune utilité.

— Nous vous avons contrarié ? s'inquiéta Delmas.
Richard ne lui prêta pas la moindre attention.
— Chausse-toi, femme. Il faut regagner Hastings avant que ce bougre ait le temps de mourir.
Catriona enfila ses chaussures et se noua les cheveux sur la nuque avec un lacet de cuir.
— Le camp ? Vous me menez au camp du roi Harold ?
— Harold est mort. Comme beaucoup d'autres. Nous sommes vaincus. Mais moi, je n'ai pas l'intention d'être réduit à l'esclavage par ces païens de Normands. C'est pourquoi tu vas mettre tout ton art à guérir le Sarrasin, sinon je te tranche ta jolie gorge.
Un Sarrasin ? Pourquoi Richard délirait-il à propos d'un infidèle ? N'étaient-ce pas les Normands qui avaient battu les Anglais ? se demanda Catriona.
— Je ne peux pas quitter Redfern car depuis votre départ, la santé de votre femme s'est terriblement aggravée. Toutes les nuits, elle a des accès de fièvre qui m'obligent...
— Pauvre idiote ! Ne te rends-tu pas compte que le pouvoir a changé de mains ? Adwen n'a plus aucune importance. Nous avons tout perdu.
Lui laissant à peine le temps de prendre la sacoche en cuir contenant ses herbes et ses potions, lord Richard la traîna jusqu'à la cour.
Dehors, les torches des soldats éclairaient la nuit. Les serviteurs et artisans du manoir, terrorisés, se plaquaient en petits groupes contre les murailles. Des chevaux piaffaient d'impatience, les naseaux soufflant des petits nuages de buée dans l'air froid.
Un soldat s'avança. Sous la torche, sa cotte de mailles brillait d'un éclat glacé.
— C'est elle, la guérisseuse ?
— Oui. Nous pouvons repartir, capitaine, fit Richard.
Delmas sortit alors comme un fou.
— Et moi, lord Richard, que vais-je devenir ? Vous n'allez quand même pas emmener ma femme !
— Espèce de porc impertinent ! l'insulta Richard en lui envoyant un violent coup de poing. Je fais ce que bon me semble et je prends ce dont j'ai besoin. Désormais, Catriona est à mon service.

Il enfourcha son cheval avant d'asseoir Catriona devant lui sur la selle. Frappant les flancs de la bête, il la lança au galop tandis que le capitaine normand poussait la troupe en avant.

— Je ne devrais pas abandonner votre épouse, gémit Catriona. Sans mes soins, elle va dépérir.

— Elle mourra, et après ? Oublie-la. A partir d'aujourd'hui, tu appartiens à lord Gaël Dumont, le Normand. Je lui ai donné ma parole que tu guérirais son compagnon, un Sarrasin grièvement blessé. Et je lui fais cadeau de ta personne... en espérant que ce sauvage d'étranger sait ce qu'est la reconnaissance.

— Vous ne pouvez m'offrir à lui puisque je ne suis pas votre esclave.

— Ton mari l'est, par conséquent tu es toi aussi mon esclave.

Elle poussa un hurlement, immédiatement étouffé par les bras de Richard qui se resserrèrent violemment autour d'elle.

— Ecoute bien, Catriona de Falkhaar. Tu vas me faire le plaisir de guérir le Sarrasin et d'obéir aux exigences du Normand. Je me gagnerai ainsi ses faveurs, et je réussirai peut-être à le convaincre de te renvoyer au chevet de ma geignarde de femme.

Lord Richard ne se souciait d'Adwen que pour mieux la manipuler, elle, se dit Catriona. D'ailleurs, que ce fût Delmas, lord Richard, et à présent ce Normand, tous ne songeaient qu'à profiter de ses dons de guérisseuse.

— Le manoir sera bientôt réduit à l'abandon. Quand ils apprendront que nous avons perdu la bataille et que les Normands envahissent le pays, les serviteurs détaleront comme des rats. Qui se souciera d'Adwen ?

— Lord Kells ne la laissera pas mourir, assura Catriona.

— Les Normands l'ont fait prisonnier.

Catriona fut soudain désemparée.

— Soit, je servirai le Normand... mais seulement pour un temps.

— Jamais tu ne capitules, pas vrai ? railla Richard. Toi et ta manie de te mêler de tout, de promener tes grands yeux sur moi comme si tu ne me voyais pas, comme si j'étais un moins que rien! Combien de fois j'ai failli succomber à l'envie de t'écraser, de te violer, de te faire rentrer sous terre à coups de talon? Et tu le savais, hein?

— Oui.

— Eh bien, un conseil, ne joue pas les petites arrogantes avec le Normand parce que lord Kells ne sera plus là pour te protéger contre lui. Et si tu ne réussis pas à sauver le Sarrasin, il passera ses envies sur toi avant de te jeter à ses hommes. C'est un cruel, un barbare, comme ce sauvage de Guillaume, son maître.

Catriona fit un terrible effort pour ne pas être prise de panique. Il ne fallait surtout pas montrer à Richard à quel point ses menaces l'affectaient; il aurait été trop satisfait de la voir trembler.

— Il ne doit pas y avoir grande différence entre des barbares normands et des sauvages saxons. Vous vous ressemblez tous.

— Tu auras bientôt l'occasion de comparer, femelle.

L'odeur de sang et de mort qui régnait sur le champ de bataille commençait à faire suffoquer Catriona. Elle voulut se dégager des bras de Richard.

— Qu'est-ce qu'il y a?

— Avec tous ces morts, je ne pourrai rien faire...

— Je te préviens, le Sarrasin doit être sauvé. Tu m'entends?

Le capitaine Lefont poussa son cheval entre les cadavres, afin de rattraper lord Richard.

— Eh Saxon, qu'est-ce qui lui arrive, à la guérisseuse? Qu'est-ce que tu lui as fait? Je serais tout aussi contrarié que lord Gaël Dumont, si cette jeune femme ne parvenait pas à accomplir sa tâche.

— Tout va bien, capitaine, répondit Richard avant de rabrouer Catriona à voix basse: Tu ne vas pas t'évanouir, quand même! Remets-toi, ce n'est qu'un champ de bataille... Tu as l'habitude de la mort et de la maladie. Alors s'il te plaît, fais bonne figure. Il faut que le Normand soit persuadé que je lui offre un cadeau inestimable.

— La tente de lord Gaël se trouve juste devant nous, annonça Lefont en galopant en direction du pavillon éclairé.

Il sauta de cheval et se hâta vers l'entrée.

— C'est le capitaine Lefont, milord. J'espère que Malik vit encore. Nous avons fait au plus vite.

— Il vit, mais à peine. Où est-elle ?

— La femme, Saxon ! ordonna le capitaine en claquant des doigts.

Richard mit pied à terre, et souleva Catriona de la selle en la menaçant à voix basse des pires sévices si elle ne surmontait son malaise. Pour se donner du courage, Catriona pensa à Adwen, et aux soins dont elle avait besoin.

Richard la poussa alors à l'intérieur de la tente.

— Voici Catriona de Falkhaar, comme je vous l'avais promis, milord. Un cadeau pour satisfaire vos moindres désirs.

— Tu sais ce que je désire ! rétorqua Gaël Dumont, agenouillé au chevet d'un grabataire.

Quand le Normand se releva et qu'il se dressa devant elle, Catriona se figea. Richard, qui avait pourtant une belle stature, paraissait être petit et fluet à côté de ce géant à la carrure redoutable. Son visage était encadré par une chevelure noire comme la nuit qui lui tombait sur les épaules, et de son regard bleu ciel se dégageaient la puissance et l'autorité de tout son être.

— Puisque ton maître te prétend guérisseuse, tu dois sauver cet homme, dit-il en désignant le lit de planches sur lequel gisait le corps ensanglanté.

— Je vous promets de m'y efforcer, répondit Catriona en s'avançant vers lui. De quoi souffre-t-il ?

— D'un coup d'épée dans la poitrine. Et je te demande de l'arracher pour de bon à la mort. Car s'il meurt, tu le suivras dans la tombe.

Gaël Dumont était un être redoutable. Mais comme Catriona avait appris à ne pas se laisser démonter par ce genre d'intimidateur, elle fixa le colosse droit dans les yeux.

— Vous feriez mieux de me laisser soigner le blessé, au lieu de rester planté là à me menacer !

Le géant parut un instant déconcerté.

— Apprends que je ne menace jamais à la légère.

— Pardonnez son impertinence, intervint lord Richard. Mon épouse la traite avec trop de bonté et lui accorde bien trop de liberté pour une fille de sa condition.

— Sa condition sociale? Elle n'a pas l'air de la connaître, fit Gaël qui s'agenouilla au chevet de son ami. Quant à ses impertinences, je m'en charge. Vous pouvez disposer.

Furieux de se faire congédier comme un manant, Richard devint rouge écarlate. Mais par prudence, il ravala sa rage.

— Comme vous pouvez le constater, elle n'est pas encore tout à fait dressée. Si vous avez besoin de mon aide...

— Jamais je n'ai eu besoin d'aide, avec les femmes. Dois-je comprendre que vous cherchez à me la reprendre, maintenant que vous me l'avez donnée?

— Non, mais je voulais...

— Bien. Partez. Je suis las de votre présence.

— Vous me rendez la liberté?

Gaël Dumont acquiesça d'un air distrait car il concentrait toute son attention sur le visage blême de Malik.

— Lefont vous donnera un sauf-conduit pour regagner Redfern. Gardez-vous pourtant de vous réinstaller dans votre domaine, car dès qu'il aura payé ses dettes, Guillaume distribuera vos terres, tout comme celles des autres seigneurs anglais.

— D'ici là, j'aurais peut-être trouvé un moyen de récupérer mon bien, fit Richard en masquant sa contrariété. Quant à la guérisseuse, ne vous faites pas de souci, elle obéira. Je me suis arrangé pour la convaincre de guérir le Sarrasin.

Lorsque Richard souleva le rabat pour sortir, une bourrasque de vent froid s'engouffra sous la tente.

— Tu as entendu ce qu'il a dit? Guéris Malik.

Quand Catriona s'agenouilla devant le grabat, elle découvrit, éclairé par la flamme vacillante de la lampe, un visage d'une beauté surprenante. Les traits du mourant, soulignés par une barbe noire, approchaient de la perfection. Il devait avoir à peine vingt ans. Catriona ressentit une profonde tristesse.

— Comment se nomme-t-il ?

— Tu n'as pas besoin de connaître son nom pour le soigner.

— Vous n'avez pas à me dicter ma conduite. Si vous souhaitez qu'il vive, répondez-moi. Eh bien, son nom ?

— Malik Kalar, dit-il après un silence.

— Comprend-il notre langue ?

— Il parle français, anglais, norvégien ainsi que quatre autres langues dont vous autres, Saxons, vous n'avez pas idée. Il ne faut pas confondre les infidèles avec des sauvages.

— Peu m'importe qu'il parle la langue des anges, dit-elle en soulevant délicatement la couverture. J'ai seulement besoin qu'il me comprenne. Et puis je ne suis pas saxonne mais galloise.

— C'est pareil.

— Pas du tout. Le pays de Galles est très différent. (En retirant le pansement qui couvrait la blessure, Catriona fut effrayée.) Seigneur ! comment voulez-vous que je guérisse une telle plaie !

— Cela fait quatre heures qu'il a reçu le coup d'épée et il vit toujours. Malik est très résistant. Soigne-le, lui ordonna-t-il, en l'empoignant aux épaules pour la menacer de son regard bleu acier.

— Si vous me brisez les os, je ne pourrai rien faire, gémit-elle. Il est en train de mourir. Si c'est en mon pouvoir de le guérir, je le ferai, mais ce ne sera pas parce que vous me l'avez ordonné.

— C'est pour les beaux yeux de Richard, alors ? ricana-t-il. Méfie-toi, ce n'est plus lui ton maître.

— Il ne l'a jamais été. Et nul n'est mon maître. Quant à vous, inutile de me faire peur pour m'inciter à guérir ce garçon. Je suis guérisseuse et je ne puis m'empêcher d'exercer mon art. Maintenant, faites-moi porter de l'eau chaude et des linges propres pour le pansement.

Il la fixa un instant avant de consentir à la lâcher.

— Le prêtre a déjà nettoyé la plaie.

Catriona sut que la partie était gagnée et que le Normand lui accorderait tout ce qu'elle désirait.

— Je compte bien la laver moi-même pour qu'on ne me rende pas responsable des maladresses d'autrui. J'aurais besoin d'avoir du feu devant la tente ainsi qu'un petit chaudron pour mélanger baumes et potions.

— Je ne suis pas avare. Si Malik survit, tu auras une belle récompense, dit-il en se détournant pour dissimuler sa souffrance.

Pour la première fois, elle perçut une émotion autre que la colère et la frustration chez cet homme taillé comme un roc. Visiblement, il éprouvait pour le Sarrasin une grande tendresse.

— Vous seriez prêt à marchander avec moi pour garder cet homme en vie ?

— Pourquoi pas ? Tout s'achète. Tiens, si tu redescends dans la plaine, tu verras les morts et les blessés qu'Harold et Guillaume n'ont pas hésité à sacrifier pour se gagner un bout de terre saxonne.

Catriona aurait préféré ne pas se rappeler le champ de bataille. En pénétrant sous la tente, elle avait essayé de refouler la sensation d'impuissance qui l'avait oppressée pendant toute la traversée. Sang, agonie, mort...

— Que t'arrive-t-il ? Tu es toute blanche subitement.

— Ce n'est rien, dit-elle en s'humectant les lèvres. Allez me chercher des linges, que je me mette au travail.

Il ravala ses commentaires et sortit.

Catriona se reprit et essuya ses larmes, déterminée à se concentrer uniquement sur le Sarrasin. A défaut de pouvoir sauver les milliers de malheureux qui jonchaient le champ de bataille, elle tenterait l'impossible pour celui-ci.

— Malik... murmura-t-elle. M'entends-tu ? Je sais que tu sens ma présence. Je suis Catriona de Falkhaar et je vais essayer de te soigner. Mais il faut que tu m'y aides.

Il n'y eut pas la moindre réaction sur le jeune visage. Catriona n'avait rien espéré car il était déjà très près de la mort... Mais au-delà du voile épais de l'inconscience, il était possible que Malik l'entende, ou bien qu'il ressente quelque chose. Elle se mit alors à caresser d'un doigt délicat la chair déchirée qui bordait la plaie. Sa peau était glacée...

— Que fais-tu ?

Elle retira d'un coup sa main et tourna un regard coupable vers Gaël Dumont qui se dressait à l'entrée de la tente.

— Je tâtais la blessure pour en sortir d'éventuelles saletés ou des fragments de chiffon qui s'y seraient accrochés.

— Tu le caressais, oui ! accusa-t-il. Je ne t'ai pas mandée pour remplacer les filles vénales du camp. D'ailleurs il a déjà dû les avoir toutes dans son lit.

— Je le caressais par compassion, non par lubricité, se défendit-elle. Il faudrait que je sois folle pour désirer un homme aux portes de la mort. Et mon eau chaude ?

— Le capitaine Lefont l'apporte, dit-il en venant s'agenouiller auprès de Malik. Il ne respire presque plus !

— Tant qu'il y a un souffle, l'espoir demeure, le rassura-t-elle. Je veux que vous me laissiez seule avec lui.

— Pas question. C'est mon ami, et s'il doit mourir, je resterai avec lui jusqu'à son dernier souffle.

— Laissez-moi seule avec lui... sinon je ne tente rien pour le sauver, insista-t-elle, la voix plus dure. Il le faut.

— J'ai horreur des contraintes, gronda-t-il, levant vers elle ses yeux d'un bleu de glace.

— Je vous appellerai si la mort approche.

Il la regarda avec intensité afin qu'elle se soumette à sa volonté. Jamais Catriona n'avait été confrontée à une si grande détermination. Ouvrant et fermant convulsivement les poings, le Normand fixait sa gorge comme s'il avait voulu l'étrangler.

— Par l'enfer... Je te donne jusqu'à l'aube, dit-il en se relevant. J'ai horreur qu'on me fasse marcher à la baguette. J'ai organisé ma vie pour m'assurer que ça ne se produirait jamais plus. Quand Malik sera rétabli, je me souviendrai de ton attitude !

Il disparut, débarrassant la tente de sa présence aussi étouffante qu'un ciel d'orage. Elle poussa alors un immense soupir de soulagement, et se consacra entièrement à Malik. Elle toucha ses tempes et sentit palpiter une veine, imperceptiblement.

— Il est parti, murmura-t-elle. Tu sais que tu as là un drôle d'ami, Malik. Je pense que l'on sera beaucoup mieux sans lui. Je vais rester à ton chevet et, tout en bavardant, t'oindre cette affreuse blessure avec un de mes baumes... Tu ne vas quand même pas rester là-bas, au royaume des ombres. Tu as encore bien des choses à accomplir sur terre. (Elle plaça la main juste au-dessus de la plaie.) Et maintenant, de quoi pourrions-nous bavarder ? Pas de bataille. Elles me rendent presque aussi malade que toi. De mon Gwynthal ? Je compte y retourner bientôt. Tu aimerais ses forêts emplies de silence et de fraîcheur, où de merveilleuses surprises attendent le promeneur à chaque détour ; une fleur qui éclot la nuit, ou bien un oiseau que tu n'as jamais vu ailleurs... Et puis plus loin, une cascade qui déferle sur les rochers, en scintillant au soleil...

En sortant de la tente, Gaël fut saisi par l'air glacé, qui n'apaisa pas pour autant sa mauvaise humeur.

— Elle vous a jeté dehors ? demanda lord Richard.

Gaël jeta un coup d'œil hargneux au Saxon qui se réchauffait au feu de camp, en tendant ses mains vers les flammes.

— Elle ne tolère pas non plus de présence étrangère dans la chambre, quand elle soigne mon épouse, poursuivit-il. Si ce n'était pas mon beau-père qui me l'avait envoyée, il y a longtemps que je l'aurais châtiée pour ses insolences. Mais à l'époque, lord Kells était le baron le plus puissant du sud de l'Angleterre.

— Vous êtes encore là ? le rudoya Gaël. Je croyais que vous aviez décampé depuis longtemps.

— Après quelques longueurs de galop, j'ai rebroussé chemin, en pensant que je pourrais vous rendre un autre service. Et puis ça ne se fait pas d'offrir un cadeau sans vérifier qu'il donne entière satisfaction.

— Si ce cadeau-là ne me donne pas satisfaction, vous vous mordrez les doigts d'être revenu. Que Malik meure entre les mains de l'esclave et...

— Voilà pourquoi je suis revenu. Au cas, très improbable, où la guérisseuse échouerait, je voulais vous parler de ses autres talents.

— Quels talents ?

— Celui de consoler dans le chagrin, et d'une façon

exquise. Son petit corps aux courbes parfaites ne vous a sans doute pas laissé indifférent.

— Si.

Il avait à peine noté l'aspect physique de celle qu'il considérait avant tout comme la soigneuse de Malik. A bien y réfléchir, il se souvenait d'une silhouette mince, assez grande, vêtue d'une robe de grosse laine brune... Et puis il y avait ses yeux. D'un brun doré, ils jetaient des éclairs, soutenaient son regard avec orgueil. A ce souvenir, sa contrariété se raviva.

— J'ai été frappé par sa fierté et son manque de respect.

— C'est le sang gallois. Ne lui en veuillez pas, précisa aussitôt Richard. Et cet orgueil, vous pourriez l'exploiter si vous la dressiez à donner du plaisir. Elle adore toucher et se faire toucher. Elle est étroite comme un gant et grâce à moi, elle sait comment distraire un homme, au lit.

— Et votre femme malade, que devenait-elle pendant que vous donniez ces leçons à Catriona ?

— Je ne prenais pas Catriona dans le lit conjugal. Une épouse, c'est pour faire des enfants. Une fille comme Catriona, c'est pour la distraction. Je vous envie, elle me manquera.

Quel personnage répugnant ! Bien que les coucheries avec les esclaves soient pratique courante, la désinvolture avec laquelle Richard traitait sa femme écœura Gaël Dumont. Il se comportait comme un vendeur du marché aux esclaves de Byzance.

— Je n'ai nullement envie de coucher avec elle. Seuls ses dons de guérisseuse m'intéressent, dit-il avec dédain.

— Oh, mais naturellement, simplement je tenais à vous informer de tous les atouts que possède Catriona.

Effectivement, un corps de femme servait souvent de monnaie d'échange, mais contrairement aux espoirs du Saxon, Gaël ne compenserait jamais la perte de son ami avec des coucheries.

— Vous avez rempli vos engagements. Je ne vous retiens pas, si vous souhaitez repartir.

Le Normand se campa alors à son tour devant le feu,

et Richard, se jugeant à bout de ressources, préféra quitter les lieux.

— A votre guise. Je pense que nous nous reverrons un jour, milord, dit-il.

Gaël ne l'écoutait déjà plus. Ses pensées se trouvaient auprès de son ami mourant... et de cette femme de malheur qui avait osé lui interdire son chevet.

Dès les premières lueurs de l'aube, Gaël pénétra sous la tente. La guérisseuse, assise près de Malik, sursauta en l'apercevant.

— Que faites-vous ici ?

Qu'avait-elle fait à Malik pour manifester une telle inquiétude à son approche ? De toute la nuit, elle n'avait abandonné son chevet que pour foncer au feu de camp chauffer de l'eau et malaxer ses onguents.

— Je ne t'avais laissé que jusqu'au point du jour pour le sauver. Alors ?

— Il est en vie, dit-elle en passant ses doigts las dans ses cheveux. Il me semble en meilleur état.

— Meilleur état ? Je n'en ai guère l'impression. A-t-il repris connaissance ?

— Non.

— Déliré ?

— Non.

— Pourquoi me raconter qu'il va mieux ?

— Impossible à expliquer. Même si vous ne me croyez pas, je sens ses forces renaître et je sais qu'il se réveillera avant le lever du soleil. Je lui donnerai alors un bouillon. En attendant, je vais dormir un peu, dit-elle en bâillant et en s'allongeant contre le blessé. Je vous conseille de dormir aussi, car vous serez bientôt plus pâle que Malik et je n'ai pas le temps de soigner deux malades.

— Tu n'as pas le droit de dormir, gronda-t-il. Il peut avoir besoin de toi...

— Je n'ai pas fermé l'œil depuis trois jours. S'il a besoin de soins, je reste tout près.

Elle posa la main sur le torse du malade, en couvrant la blessure, se colla contre son flanc et ferma les yeux.

— La guérison est en bonne voie. Il n'a plus besoin de nous, pour le moment. Partez.

— Tu oublies que la tente m'appartient.

— Eh bien, couchez-vous dans un coin et gardez le silence...

Fichue bonne femme ! Elle était déjà endormie. Il s'apprêtait à la secouer quand il remarqua que de vagues couleurs étaient revenues aux joues de Malik. Son souffle aussi semblait plus régulier.

Bouleversé, des larmes lui montèrent aux yeux. Pour la première fois depuis que Malik était tombé devant lui, Gaël Dumont céda à un fol espoir. Il alla s'asseoir sur une couverture, dans un coin, prenant son tour de garde en attendant que Catriona se réveille.

Un murmure tira la jeune femme de sa somnolence. A quelques pouces de son visage elle découvrit un regard sombre et attentif. Le Sarrasin était de retour parmi les vivants !

— Qui... répéta Malik dans un souffle.

— Je m'appelle Catriona de Falkhaar.

Il resta un instant perplexe, puis s'excusa :

— Ce n'est pas très poli de vous le dire mais... je ne garde aucun souvenir... de nos ébats.

— Chut... Tu as besoin de repos.

— Il a repris conscience ? s'écria Gaël Dumont dont la gigantesque silhouette se dressa au-dessus d'eux comme une ombre menaçante. Comment te sens-tu, Malik ?

— Meurtri, douloureux... aussi faible qu'un enfant sorti du ventre de sa mère, plaisanta le Sarrasin en souriant à son ami qui s'agenouillait près de lui. J'ai bien peur que cette ravissante jouvencelle n'ait guère été satisfaite du voyage. Vous êtes nouvelle, au camp, il me semble ?

— Ce n'est pas une fille de joie, et j'ai le regret de t'annoncer que ta blessure t'a rendu impuissant, précisa Gaël.

— Impossible ! grogna le blessé. Comment ça ? Quelle blessure ? Ah, oui, la bataille de Hastings... je me souviens maintenant.

Catriona observait, éblouie, le visage de Gaël éclairé

par une miraculeuse douceur qui lui donnait l'air d'un petit garçon. Il était clair qu'une profonde amitié unissait les deux hommes et elle en conçut une pointe de jalousie.

— Cessez de parler, vous allez l'épuiser, lui intima-t-elle en se levant. Je sors lui préparer mon bouillon.

Elle se hâta vers le feu de camp, retira le chaudron d'eau maintenu en ébullition pendant toute la nuit et le remplaça par un autre. Il fallait qu'elle s'occupe activement pour ne pas penser à la mort et à la souffrance qui régnaient autour d'elle. Dès que Malik aurait récupéré des forces, elle demanderait au Normand de le transporter loin de ce lieu hanté.

Elle jeta un bref coup d'œil en direction du nord et de Redfern, priant pour que Richard ne laisse pas mourir Adwen. Difficile de croire que la veille encore, elle se trouvait là-bas, à vaquer tranquillement à ses devoirs. Elle ne se doutait pas que la bataille d'Hastings l'arracherait à son univers pour la jeter dans ce charnier, aux pieds d'un Normand qui la traitait comme une esclave.

Que faire pour s'en sortir? Il ne fallait certainement pas se lamenter. Agir... marchander... retourner la situation en sa faveur... Pourquoi pas? Qui sait si le Normand ne lui fournirait pas l'occasion de regagner Gwynthal plus tôt que prévu?

— En voilà une qui ne se gêne pas pour dire ce qu'elle pense! C'est bien la première fois que je vois une femme te donner des ordres. Qui est-ce? s'étonna Malik en regardant sortir Catriona.

— Mon esclave, avoua Gaël d'un ton ironique.

— Incroyable. Il semble qu'elle ait inversé les rôles et que ce soit toi qu'elle considère comme son esclave.

— J'ai bien l'intention de rectifier la situation, assura Gaël en remontant la couverture sur son bien-aimé Malik. Tu ne devrais pas bavarder.

— C'est ce qu'elle prétend, répondit Malik, fixant toujours l'entrée de la tente. Mais en même temps que mes forces, j'ai retrouvé la curiosité.

— Dieu nous préserve des méfaits de ta curiosité d'esprit ! soupira Gaël. Catriona était l'esclave de lord Richard de Redfern, que nous avons fait prisonnier. Il nous l'a échangée contre sa liberté, en nous vantant ses mérites de guérisseuse. Et je crois qu'il a eu raison. Car hier soir, je pensais que tu ne rouvrirais jamais les yeux.

— Elle m'a sauvé la vie ?

— On dirait bien.

— Un ange gardien descendu à mon chevet... J'en étais sûr quand j'ai vu son visage. Elle était radieuse.

— Radieuse ?

— Tu n'as pas remarqué ? Et puis quand elle m'a souri...

— Elle ne sourit jamais !

— Non ? Moi, je suis certain qu'elle m'a souri... Et j'ai ressenti une chaleur semblable à celle d'un rayon de soleil.

— C'était sûrement la fièvre.

— Non, insista Malik, émerveillé par le souvenir. Elle ne va pas tarder à revenir et je saurai alors si l'amour m'a percé le cœur d'une de ses flèches.

— Oh non ! Tu ne vas pas recommencer !

— Cette fois, ce n'est pas la même chose.

A en croire Malik, chacune de ses amourettes constituait un cas particulier, si bien que Gaël voyait déjà les ennuis se profiler à l'horizon.

— Cette fille n'a rien d'un ange. Quand elle ne soignait pas l'épouse de lord Richard, elle régalait son maître de ses talents de courtisane. Richard m'a garanti que dans ce domaine, elle en connaissait un rayon.

— La pauvre servante...

— Ta pauvre servante a la langue un peu trop acérée.

— De quelles armes disposent les esclaves, si ce n'est de leur langue et de leur corps ? D'habitude, tu manifestes plus d'indulgence et de compassion envers les gens moins chanceux que toi. Que t'a fait cette femme ?

— Je vous avais recommandé de l'empêcher de parler, protesta Catriona en soulevant le rabat de la tente. Je m'absente un moment et je vous retrouve en train de jacasser. Tiendriez-vous à ruiner le fruit de mes efforts ?

— Malik me jure qu'il a retrouvé ses forces, se récria

Gaël, étonné lui-même de se sentir obligé de se défendre contre les accusations d'une esclave.

— Evidemment ! Ils se sentent toujours beaucoup plus forts qu'ils ne le sont en réalité.

Catriona se ragenouilla auprès de Malik et s'adressa à lui d'une voix infiniment plus douce :

— Je vais te donner du bouillon et même si tu n'as pas faim, tu dois le boire. Chaque cuillerée t'apportera des forces, tu comprends ?

Sans la quitter des yeux, Malik acquiesça d'un signe de la tête. Elle commença alors à le nourrir à la cuillère, avec des mouvements très délicats.

Gaël resta un moment près d'eux, puis il finit par se rendre compte qu'il était complètement inutile. En effet, la jeune femme l'ignorait, et Malik, lui, était entièrement absorbé par son ange gardien. Il se leva alors pour regagner son lit, à l'autre extrémité de la tente.

De sa place, il observa Catriona de Falkhaar.

Radieuse ? Ce devait être la fièvre qui avait mis ce qualificatif dans la bouche de Malik. Gaël devinait en elle une grande vitalité, mais il ne lui trouvait rien de rayonnant. Au contraire, elle s'absorbait dans son travail jusqu'à en devenir sévère. Il sentit en elle cette volonté indomptable qu'il avait perçue la veille, dès qu'elle était entrée dans la tente.

Cependant, maintenant qu'il prenait le temps de l'observer, il commença à remarquer la grâce de la jeune femme. Sa chevelure châtain clair, retenue en arrière par un lacet, tombait au creux de ses reins. Son ample robe brune moulait ses seins voluptueux, épousant de ses plis les courbes d'un corps mince, et empli de vigueur. Son visage aux traits réguliers était souligné par une grande bouche, parfaitement dessinée. De plus, la luminosité de son teint doré semblait irradier la pénombre de la tente. Etait-ce cette luminosité qui avait ébloui Malik ?

Se sentant observée, Catriona détacha un instant les yeux du malade, et croisa le regard de Gaël. Cela avait suffi à Gaël pour sentir en elle une sorte de défiance... ou de peur.

Il eut alors brusquement envie de la terroriser et de la dominer. Mais ça n'avait pas de sens, car même si elle avait réussi à le contrarier, il ne s'attaquait jamais à plus faible que lui.

— Et voilà... dit-elle en posant l'écuelle pour essuyer tendrement les lèvres de Malik avec un linge. Il faut te rendormir.

— Je n'ai pas envie... commença-t-il, mais bon... mettons que je suis un peu fatigué. Tu seras là, à mon réveil ?

— Je ne te quitte pas, le rassura-t-elle en lui caressant le front avant de poser sa main sur la blessure. Nous allons dormir côte à côte.

— Rien que dormir ? Quelle perte de temps ! protesta-t-il faiblement en promenant son doigt sur la joue de Catriona.

Il ferma les yeux, et l'instant d'après, il dormait.

Catriona, elle, resta éveillée.

— Pourquoi me lorgnez-vous comme ça ? se rebiffa-t-elle.

— Parce que j'en ai envie. Je trouve que tu sors de l'ordinaire.

Catriona devint soudain méfiante.

— Je n'ai rien d'extraordinaire et je déteste qu'on me fixe. Votre ami est sauvé. N'avez-vous pas autre chose à faire maintenant ?

— Malik passe avant tout, déclara-t-il, s'allongeant sur son lit et se tournant vers elle. Et puis moi aussi je suis fatigué. Je n'ai pas dormi de la nuit.

— A qui la faute ? Je vous avais annoncé qu'il était en bonne voie de guérison. Mais vous n'avez confiance en personne.

— Si, en Malik.

Elle se rembrunit en le voyant sourire.

— Dans ce cas, c'est une bonne chose qu'il vive car il n'y a rien de plus abominable que de ne pouvoir se fier à personne.

— Pourquoi ? N'as-tu personne à qui te fier ?

Elle commença par secouer négativement la tête.

— Si. Selbar...

Elle ferma ensuite les yeux et garda le silence. Comprenant qu'elle n'en dirait pas plus, Gaël éprouva un profond dépit. La voir couchée tout contre Malik éveilla en lui une pulsion de violence. Il se sentit soudain impuissant, alors qu'il avait toujours eu l'habitude de manipuler les gens selon ses désirs.

Mais dans sa rage, il eut la certitude, qu'avec la guérison de Malik, tout rentrerait dans l'ordre.

Il ferma à son tour les yeux, se contraignant au sommeil, mais un mot lui revint en mémoire. Selbar ! Par l'enfer, qui était-ce ?

3

16 octobre 1066, Redfern, Angleterre

— Que milord veuille bien me pardonner de le déranger... J'aimerais vous parler de ma femme, balbutia Delmas.

Richard détacha son regard maussade du fond de son gobelet. N'était-il pas suffisamment accablé de malheurs sans que ce lapin couinant vienne en plus le déranger ? Depuis deux jours qu'il était rentré à Redfern, l'esclave ne cessait de lui tourner autour.

— Fiche-moi le camp ou je t'embroche comme un cochon prêt à rôtir.

Delmas se ratatina mais ne bougea pas.

— Il faut me rendre ma femme.

— Tu me donnes des ordres, maintenant ? tonna Richard, après avoir avalé une gorgée de cervoise.

— Ce n'est pas correct de séparer un mari de sa femme.

— Tiens donc ! Aurais-tu le front de me dicter ma conduite ?

Quittant son fauteuil en titubant, il regretta d'avoir trop bu. Cela émousserait le plaisir qu'il aurait à fouetter cette vermine insolente.

— C'est que... Non, milord. Tout ce que vous faites, c'est bien. Et je suis certain qu'en donnant Catriona au Normand, vous avez pensé agir pour le mieux. Simplement... Il me la faut, lâcha-t-il, pris d'un courage subit.

— Une épouse toute jeune, c'est d'un tempérament

bien trop fougueux pour un homme aussi chenu, l'insulta Richard. Le Normand est bien mieux loti que toi pour la satisfaire.

— Et votre dame? Elle risque d'avoir besoin de Catriona.

Le poing de Richard fendit l'air et s'écrasa sur Delmas qui s'écroula sur le dallage de pierre.

— Les besoins de mon épouse ne regardent que moi, rugit-il.

Il en avait plus qu'assez des regards de reproche que lui jetaient ses serviteurs, depuis son retour au manoir. Jusqu'à Alice qui avait osé protester quand il l'avait enlevée du chevet d'Adwen pour la prendre dans son lit. Il lui avait donné une bonne leçon, à la servante! Quant à ce rat couineur de Delmas, il allait lui apprendre le respect. Il lui envoya un violent coup de pied dans le ventre.

— Moi et moi seul, compris? Garde tes réflexions pour toi.

— Que milord veuille bien me pardonner, balbutia Delmas en détalant sur les dalles pour se placer hors de portée. Je me disais que peut-être, Catriona vous serait plus utile ici que chez le Normand. Mais si vous croyez qu'elle...

Il se remit sur pied, surveillant d'un regard effaré la progression de Richard qui marchait à nouveau vers lui pour le frapper.

— Je voulais simplement que ce soit vous qui récupériez le trésor. Les Normands nous en ont déjà bien assez volé.

— Un trésor? Quel trésor?

— Ma femme connaît la cachette. Une fortune...

— Menteur.

— Non, non, c'est vrai, dit-il en reculant d'un pas. Moi je n'ai pas réussi à lui arracher le secret mais vous, vous êtes bien plus habile. Pensez donc, milord! Guillaume ne devinera jamais que vous possédez bien plus que Redfern. Vous trouverez le trésor et sans qu'il le sache, vous vous rachèterez un domaine, et redorerez votre blason...

L'esclave lui racontait certainement des mensonges,

mais il continua quand même à lui poser quelques questions :

— Où se trouve-t-il, ce trésor ?

— A Gwynthal.

— Au pays de Galles ?

— Je ne sais pas exactement.

— Dans ce cas, comment es-tu au courant de cette histoire ?

— A Kythe, où j'ai trouvé Catriona, ils avaient tous entendu parler de Gwynthal et du trésor. C'est le père de Catriona..., quand il avait un coup de cervoise dans le nez, il s'en vantait... Il marmonnait des choses à propos d'une île...

— Une île, maintenant ! Comment veux-tu qu'on retrouve une île perdue dans l'immensité de la mer ? Tu m'imagines, dérivant à l'infini, en attendant que mon bateau tombe par hasard dessus ?

— Quand j'ai trouvé Catriona dans la forêt, très loin de Kythe, elle allait vers le village de Selkirk, qui se trouve au bord de la mer. Je parie que son île n'en est pas loin !

— Mettons.

Encouragé par l'intérêt de Richard, Delmas se rapprocha d'un pas et revint à la charge :

— Vous voyez bien qu'on a besoin de Catriona ici.

Le fou ! Croyait-il qu'il recevrait sa part du trésor, si on le retrouvait ? Richard décida pourtant de ne pas lui ôter ses illusions. Delmas connaissait le village gallois, et il savait également comment manipuler sa femme. Regagnant son fauteuil en bois d'un pas un peu moins chaloupé, il décida qu'après tant d'infortunes, il méritait bien un petit cadeau. Le trésor lui permettrait de mettre un terme à ses épreuves.

Il s'affaissa sur son siège et gratifia d'un regard dédaigneux l'avidité qu'exprimaient les traits du répugnant Delmas. Il était tombé bien bas pour être contraint de marchander avec cette vermine.

— Si tu dis vrai, je considère moi aussi qu'il faut arracher ta femme aux griffes du Normand.

— C'est vrai, je le jure ! J'ai même une preuve. Catriona l'avait sur elle quand je l'ai trouvée... un pendentif accroché à une chaîne. Elle s'est débattue comme une louve quand j'ai essayé de le lui arracher du cou.

Delmas porta les doigts à la bourse coincée dans sa ceinture. Le petit rubis qu'il en sortit resplendissait comme un joyau. Richard dissimula son intérêt pour la pierre précieuse.

— Pas bien gros, ce caillou.

— On y voit à travers, et regardez cette couleur! Où voulez-vous qu'une petite villageoise trouve un rubis pareil?

Richard s'en empara pour l'examiner à la flamme de la chandelle. Il admira avec enthousiasme la perfection du bijou et se cala plus confortablement dans son fauteuil.

— J'ai besoin d'en savoir davantage. Raconte-moi tout de ta rencontre avec Catriona de Falkhaar et de ce Gwynthal.

— C'est où, Gwynthal? demanda Malik de but en blanc.

Catriona fut tellement prise de court, que ses mains qui passaient l'onguent sur la plaie s'immobilisèrent.

— C'est bien à Gwynthal que tu es née? insista Malik.

— Oui, dit-elle d'une voix imperceptible. Comment le sais-tu?

— Elle ne te l'a pas dit, sinon je m'en serais souvenu, intervint Gaël.

— Tu ne te trouvais peut-être pas dans la tente, à ce moment-là, fit Malik en réfléchissant.

— Je ne t'ai pratiquement pas quitté, depuis la blessure.

— « Ses forêts emplies de silence et de fraîcheur... de merveilleuses surprises attendent le promeneur à chaque détour... » murmura Malik. Je cite bien tes paroles, Catriona?

— Oui. Je m'en souviens maintenant. C'est le premier soir que je t'ai raconté Gwynthal. Je ne me doutais pas que tu en garderais un souvenir aussi précis. Quand je soigne les malades, je leur parle, en m'efforçant de leur rappeler les merveilles qui les attendent s'ils reviennent parmi nous.

— Quelle drôle de technique! s'esclaffa Gaël.

— Je m'efforce de faire le nécessaire. Si vous avez mieux à proposer, guérissez-le vous-même!

Malik se hâta de l'apaiser.

— Tu es une guérisseuse très efficace. Gwynthal me fait rêver à ces contrées idylliques et paisibles que l'on rêve tous de retrouver.

— Des contrées paisibles? Est-ce que ça existe, au moins? railla Gaël.

— Pas pour vous, puisque, en bon guerrier, au lieu de rechercher la paix, vous préférez tuer. Gwynthal, au contraire, ne connaît que la paix.

— Je ne te crois pas. D'ailleurs puisque Gwynthal est un endroit si merveilleux, je me demande ce que tu fais, au milieu de sauvages tels que nous.

— Ce n'est pas très malin de poser cette question à une femme que vous considérez comme votre esclave! On ne m'a pas laissé le choix. On m'a emmenée ici sans me demander mon avis.

Elle acheva de bander la plaie.

— La blessure a bien meilleure allure, Malik, et la cicatrisation est en bonne voie.

— Ça me chatouille, dit le blessé d'une voix ensommeillée.

— C'est bon signe, mais surtout, ne te gratte pas, lui recommanda-t-elle en se levant. Repose-toi pendant que je vais refaire chauffer de l'eau pour te débarbouiller.

Une fois sortie de la tente, elle respira à pleins poumons l'air pur et froid et se rendit compte que la présence de Gaël la crispait. Son regard d'un bleu de glace était trop froid, trop scrutateur...

— Puis-je vous être de quelque utilité, damoiselle?

En se retournant, Catriona découvrit Lefont qui poussait son cheval dans sa direction. Elle ne l'avait pas beaucoup croisé, depuis son arrivée au camp. Ce capitaine la traitait toujours avec courtoisie et bienveillance. A la lueur des torches, dans la cour intérieure de Redfern, il lui avait paru farouche et sévère, mais sans son armure, il était bien plus avenant.

— J'aurais besoin d'eau pour laver le blessé. Si vous vouliez avoir l'amabilité d'envoyer quelqu'un en chercher ?

— Avec plaisir, dit-il, lançant un ordre en français à un soldat. Je vous aurais bien donné moi-même satisfaction mais je dois revêtir mon armure avant de conduire les prisonniers au camp de Guillaume.

Les prisonniers ! Absorbée par ses soins, Catriona avait complètement oublié ces infortunés.

— Lord Kells aussi ?

— Oui, il est du nombre.

— Quel sort les attend ?

Le capitaine haussa les épaules, indifférent.

— C'est messire le duc de Normandie qui décidera, puisque lord Gaël n'a pas besoin d'eux.

— Aurais-tu une tendresse particulière pour ce lord Kells ? demanda Gaël qui venait de les rejoindre.

Catriona se figea. Elle avait l'impression que le Normand s'obstinait à vouloir la surprendre en plein méfait.

— Il ne m'a jamais maltraitée... C'est le premier lord saxon dont j'aie fait la connaissance, quand on m'a amenée en Angleterre. Croyez-vous que je puisse éprouver de la tendresse pour un lord qui m'a mise sous le joug de la servitude, moi qui avais jusqu'alors vécu dans la liberté la plus totale ?

— Tu n'es pas née esclave ? Tu ne peux pas être non plus une prisonnière de guerre puisque ton Gwynthal ne connaît que la paix perpétuelle !

— A quoi bon chercher à comprendre ce qui m'a conduite jusqu'ici ? J'y suis et je soigne votre ami.

Gaël s'accroupit devant le feu et son regard se perdit dans la contemplation des flammes. Sous le soleil de cette fin d'après-midi, Catriona crut voir des reflets roux dans ses cheveux noirs.

— N'empêche que je te trouve inquiétante et cela me met mal à l'aise d'en savoir aussi peu sur ton compte. C'est dangereux.

Lui, la trouver inquiétante ? Alors que jamais personne n'avait autant perturbé sa paix intérieure, et qu'à chaque fois qu'il la regardait, elle tremblait ?

— Entre mes mains, Malik ne court aucun danger.

Même si je le souhaitais, il me serait impossible de lui nuire, car étant guérisseuse, je me détruirais moi-même.

— J'en ai croisé beaucoup, des guérisseurs, au cours des guerres que j'ai faites ; ils ne mouraient pas du tout quand le blessé dont ils s'occupaient trépassait. Pis encore, j'en ai soupçonné quelques-uns de se faire payer pour accélérer la mort.

— Dans ce cas, ce n'étaient pas de vrais guérisseurs.

— Et j'imagine que ce genre de crime ne pourrait pas se produire à Gwynthal ?

— Exactement.

La grimace moqueuse de Gaël s'effaça devant le calme de Catriona.

— J'ai presque envie de te croire.

— Bon. Dans ce cas, ne vous sentez plus obligé de m'observer comme si vous me soupçonniez de vouloir trancher la gorge à Malik.

— Et si ce n'était pas pour cette seule raison que je te regardais ?

— Bien sûr que c'est la seule raison puisque vous vous méfiez de tout le monde et que vous me considérez comme dangereuse pour votre ami ! se défendit-elle, à nouveau gênée.

— Tu as une feuille dans les cheveux.

— Pardon ?

Il se releva, tendit la main vers sa chevelure, et en ôtant la feuille minuscule qui s'y était prise, il effleura d'un doigt léger les mèches folles qui voletaient contre les joues de Catriona.

— Tes cheveux ressemblent à ces lourds écheveaux de soie qui resplendissent dans les échoppes de Byzance.

Elle leva vers lui un regard fasciné, et se sentit toute faible en présence de ce colosse qui la dominait. Elle remarqua pour la première fois la courbe très marquée de sa lèvre inférieure, et se retint de la caresser du bout du doigt. Elle s'écarta alors rapidement et détourna le regard.

— Je me demande s'ils n'ont pas oublié mon eau. Le capitaine m'avait promis de m'en faire porter par un soldat.

— Dans ce cas, il ne va pas tarder. Lefont ne tolère pas les négligences dans le service.

— Pas plus que vous.

— Exact. Je n'ai guère de patience avec ceux qui font mal leur travail.

La voix de Lefont s'éleva de l'autre côté du campement, où il avait pris la tête d'un détachement dont les cottes de mailles brillaient dans le crépuscule :

— Nous sommes sur le départ, milord.

— Bon voyage, capitaine. Transmettez mes meilleurs vœux et mes respects à messire le duc de Normandie. Je vous attends d'ici trois jours.

Il hocha la tête, puis sur un geste de Lefont, la colonne s'ébranla.

— Tu sembles t'intéresser à mon capitaine, reprit Gaël, exaspéré.

— Un bien bel homme, dit-elle d'un air distrait. C'est votre oriflamme que je regardais. J'ai vu des drapeaux portant un lion, un cerf, mais jamais je n'avais vu de boule de feu rouge sur un fond blanc.

— Il ne s'agit pas d'une boule de feu mais d'une comète. Elle a traversé le ciel, au printemps dernier. Je l'ai vue, j'en ai eu envie et je me la suis appropriée. Ça te déplaît ?

— Non. Je la trouve très belle.

De quel bois était fait ce Gaël Dumont pour oser choisir un pareil emblème ? se demanda-t-elle en suivant des yeux la colonne de soldats qui descendait la colline. Même les moines avaient prié au passage de la comète. Mal à l'aise, elle bredouilla :

— Je vais aller la chercher moi-même, mon eau chaude, puisqu'on tarde à me la porter.

Elle s'éloigna, songeuse. Le fait que Gaël Dumont ait, comme elle, observé la comète dans le firmament, créait entre eux un lien étrangement intime.

— Il serait grand temps de lever le camp, Gaël. D'après Lefont, Guillaume et son armée marchent sur Londres. Tu devrais chevaucher à son côté, afin de veiller à tes intérêts.

— Je lui ai envoyé un détachement symbolique, pour sauver les apparences, rétorqua Gaël. Nous rejoindrons Guillaume quand tu seras rétabli.

— Ce qui pourrait nous repousser au printemps prochain. Je ne peux même pas m'asseoir, grogna Malik. Je ne suis bon qu'à manger et à dormir, comme les bébés.

— Tu piaffes d'impatience, mais n'oublie pas qu'il y a quatre jours, on te croyait aux portes de la mort, fit Gaël, attendri.

— J'ai bien cru moi aussi que ma dernière heure était arrivée. Où est-elle allée ? s'inquiéta-t-il en fixant le rabat de la tente.

— La fille ? Dehors. Elle fait bouillir de l'eau et touille son onguent pour en badigeonner ta blessure.

— Ce doit être un onguent extraordinaire, parce que je n'ai jamais vu une plaie cicatriser aussi vite.

— Dans ce cas, ne dis pas que tu trouves la guérison trop lente ! le taquina Gaël. Dans le fond, cette fille n'est peut-être pas totalement dépourvue de talents.

— Elle se nomme Catriona, pas « la fille ».

— Quelle différence ? Te serais-tu entiché d'elle ?

— Entiché n'est pas le mot.

— Percé au cœur par les flèches de l'Amour ?

— Non plus. C'est son rayonnement...

— ... qui a perdu son éclat ? hasarda Gaël, moqueur.

— Non, elle n'a rien perdu de son éclat. Simplement, je n'arrive pas à penser à elle en termes de séduction. Pour moi ce serait totalement déplacé.

— Ta rayonnante guérisseuse n'est qu'une esclave aussi irritable qu'un porc-épic, et pourvue d'une langue bien acérée. Jamais je n'ai connu de femme aussi peu aimable.

— Moi je l'aime beaucoup, dit Malik.

— Parce que tu as le goût de l'étrange.

— Evidemment ! fit le Sarrasin, en souriant. Sinon pourquoi t'aurais-je choisi pour ami ? Tu n'es pas non plus sans épines. Et moi j'ai décidé qu'on m'avait envoyé sur terre pour rendre le sourire aux gens.

— On t'a jeté sur terre pour tourmenter et exaspérer le monde... décréta Gaël. (Puis il détourna le regard en ajoutant :) Tu veux que je te la donne, cette femme ?

— Non... Mon refus semble te soulager. Etrange. Tu t'acharnes à ne voir en Catriona qu'un être sans visage, et en même temps, tu rechignes à t'en séparer.

— Ridicule ! Si je souhaitais la garder, je ne te la proposerais pas.

— Sauf si sa présence provoquait un conflit en toi. Qui sait si en me la donnant, tu ne cherches pas à repousser la tentation de l'aimer ?

— Tu crois vraiment que je veux coucher avec cette femme ?

— Bien sûr que tu veux coucher avec Catriona. Depuis quatre jours, je n'ai rien d'autre à faire que t'observer. Je te connais bien, Gaël. Je t'ai trop souvent vu tourmenté par le désir pour me tromper quand ça te reprend.

— Je n'ai pas eu de femme depuis notre arrivée en Angleterre. Elle a un beau corps, quoi de plus naturel que de la désirer ?

— Je serai bien le dernier à te contredire. Mais pourquoi refuses-tu d'admettre que tu as envie d'elle ?

— Bon, j'admets. Mais quelle importance ? Essayerais-tu de m'empêcher de profiter bassement d'elle ?

Malik fit non de la tête.

— Je crois au contraire que tu devrais coucher avec Catriona. Une fois rassasié, tu la traiterais avec plus de gentillesse, et je crois sincèrement qu'elle a besoin de tendresse.

— Comment ? Tu ne me demandes pas en plus de lui rendre la liberté ?

— Dans un pays ravagé par la guerre ? Elle sera beaucoup mieux protégée en restant esclave auprès de toi. Plus tard, peut-être... dit-il en bâillant. Ah, ces bavardages ont eu raison de mes forces. Laisse-moi. Je vais refaire une petite sieste.

Gaël sortit de la tente et aperçut Catriona devant le feu. D'un bras ferme et fort, elle touillait la mixture qui cuisait dans le chaudron. La vapeur qui se dégageait faisait friser les mèches folles de ses tempes et plaquait le tissu de sa robe contre ses seins ronds, où pointaient les tétons.

« Elle adore se faire toucher... Elle est étroite comme un gant... Couche avec elle une bonne fois pour toutes. »

Son sexe se tendit, gonflé par un désir presque douloureux. A quel moment, exactement, avait-il commencé à avoir envie d'elle ? Dans l'après-midi, en lui caressant les cheveux ? Oui, il se souvint de cette masse soyeuse au creux de sa main, dont le contact avait provoqué en lui un étrange bien-être. Mais il avait essayé de refouler son désir. Il n'avait pas envie de vouloir une femme avec cette violente intensité qui ne s'apaiserait que dans la possession.

Cependant, pourquoi luttait-il contre ses pulsions ? Catriona ne constituait aucun danger puisqu'elle lui appartenait. Dans ce cas, pourquoi ne pas suivre les conseils de Malik, et l'emmener dans le petit bois, là-bas, pour assouvir ce désir ? Elle ne s'évanouirait pas comme une vierge effarouchée puisque Richard de Redfern lui-même l'avait dressée à donner du plaisir. En repensant à ce personnage pervers, Gaël sentit soudain la rage monter en lui. Etait-ce de la jalousie ? Impossible. Jamais Gaël Dumont n'avait été jaloux d'une femme.

— Vous n'avez vraiment rien de mieux à faire qu'à rester planté ici à me lorgner ? lui demanda Catriona sans daigner lever les yeux de son chaudron.

Gaël fut blessé dans son amour-propre. Catriona réservait des paroles tendres et douces à Malik et elle traitait le capitaine Lefont avec beaucoup de politesse. Pourquoi était-il le seul auquel elle parlait avec brutalité ?

— Ne me dis pas que tu vas tartiner Malik avec cette pâtée à cochons ?

— Je raclerai jusqu'au fond du pot pour l'en frictionner, répliqua-t-elle en touillant avec une vigueur redoublée. C'est pour vérifier que je ne l'empoisonne pas que vous me surveillez toute la sainte journée ?

— Non, dit-il, haussant les épaules. Par contre, Malik risque d'avoir peur !

— Il sait que je n'agis que pour son bien, dit-elle en scrutant le fond du chaudron.

— Comment en douterais-je puisque Malik te dépeint comme une sainte ou comme un ange ? poursuivit-il en s'asseyant sur le sol. Ce serait commettre un sacrilège qui m'enverrait droit en enfer.

— Je ne pense pas que l'enfer vous terrorise tant que cela.

— Je me prétendrais bien archange du diable si ça pouvait t'empêcher de me donner des ordres à tout bout de champ.

— Je ne vous commande que lorsque c'est indispensable au bien-être de Malik. Vous vouliez qu'il guérisse et je ne peux suffire seule à la tâche. A ce propos... je voudrais partir d'ici, ajouta-t-elle, mal à l'aise.

— Malik n'en a pas la force.

— Je ne parle pas de le transporter très loin. Non. Juste à quelques kilomètres, dit-elle en désignant le nord. La forêt qui se trouve là-bas, peut-être... Ce serait préférable.

— Pour lui?

— Non. Pour moi, avoua-t-elle après un temps d'hésitation. Cet endroit est malsain. Ne le sentez-vous pas?

— Sentir quoi?

— Si vous ne le sentez pas, je ne peux pas vous l'expliquer. Simplement, je voudrais me trouver loin... s'il vous plaît.

A ces mots, Gaël écarquilla les yeux de surprise.

— Il faut que ce déménagement te tienne vraiment à cœur pour que tu en viennes à me supplier! Bon. En admettant que j'accepte, consentiras-tu à me donner quelque chose en retour? dit-il d'une voix de velours.

— J'ai déjà sauvé Malik. Ça ne vous suffit pas?

— Malik te répondrait que je n'en ai jamais assez. La récompense à venir me semble toujours plus savoureuse. Il m'arrive toutefois de la négocier, au lieu de me servir sans scrupule. Malik t'a probablement dit qu'en plus de guerrier, j'étais marchand...

— Il m'a dit que vous étiez fils de roi et capable de réaliser vos moindres ambitions.

— Et ça t'a laissée indifférente.

— Pourquoi voulez-vous que ça m'impressionne? Un homme reste un homme, quels que soient son rang et sa position.

— Sur un certain plan, c'est incontestable, dit-il, amusé. Mais tu ne m'as pas répondu. Accepteras-tu de me donner quelque chose en retour?

— Je ne possède rien qui puisse servir de monnaie d'échange.

— Tu es femme ; et c'est un atout considérable dans un marchandage.

Catriona redressa les épaules et se retourna pour le regarder droit dans les yeux.

— Ne me dites pas que vous voulez que je vous serve aussi de catin !

— Tes paroles manquent de délicatesse, dit-il en pinçant les lèvres.

Catriona baissa la tête.

— Mais elles ne manquent pas de vérité. Vous ne pensez qu'à me faire écarter les cuisses... Je trouve même étonnant que vous ayez songé à négocier ; car vous me considérez seulement comme une esclave destinée à se faire exploiter.

— Exactement. Les esclaves doivent travailler et donner du plaisir. Et tu as raison, rien ne m'oblige à marchander avec toi. J'ai parfaitement le droit d'assouvir mes caprices.

Catriona tournait sa mixture de plus en plus vite.

— On va dans la tente tout de suite ? A moins que vous ne préfériez me violenter sous les yeux de vos soldats ? Je vous serais toutefois reconnaissante de me laisser achever l'onguent qui fait tant de bien à votre compagnon. Mais si ma requête ne vous convient pas, vous n'avez qu'un mot à dire et...

— Silence ! tonna-t-il. Jamais vu pareille...

— Je me borne à me montrer humble et docile, conformément à vos désirs.

— Mes désirs... Je ne sais même pas ce que je désire... Quand je le saurai, je te garantis que tu seras au courant !

Il se redressa, et se dirigea en pestant vers la tente. Soudain il s'arrêta et se retourna vers elle.

— Qui est Selbar ?

— Pardon ?

— Tu m'as dit que tu n'avais confiance qu'en Selbar. C'est ton amant ? Parle !

— Pourquoi vous l'avouerais-je ? s'emporta-t-elle. Libre à vous de considérer que mon corps vous appartient, mais jamais vous n'aurez mon esprit. Je ne vous dirai rien.

Il s'engouffra en jurant sous la tente.

Cette violente altercation laissa Catriona toute tremblante. Deux jours avant, elle avait pressenti qu'une telle scène se produirait, mais elle n'avait pas pensé avoir si peur. Reprenant sa respiration, elle repêcha la spatule au fond du chaudron et se remit à touiller.

Comme avec Delmas, elle avait fait exprès de le pousser à bout, pour qu'il apaise sa rage en la rouant de coups. Mais Gaël Dumont avait su se maîtriser. Ses pulsions allaient alors fermenter jusqu'à ce qu'il ne les contrôle plus, jusqu'à ce qu'il lui saute dessus.

En imaginant la masse gigantesque de Gaël sur son corps menu, elle se demanda comment elle pourrait survivre à l'étreinte du géant.

— Que mets-tu dans ton onguent pour qu'il dégage ce délicieux parfum ? demanda Malik en sentant le produit qu'elle lui passait sur le torse.

— Le nom des simples ne te dirait rien.

— Pas sûr. En Orient, la médecine est beaucoup plus avancée que chez les Francs ou les Anglais.

— Dans les cas graves, on est censé diluer la pâte avec de l'urine de chien.

— Beurk ! Ne me dis pas que tu t'es servie de ce liquide pour me soigner ?

Catriona se fit un plaisir de lui révéler les bienfaits du produit qui le dégoûtait :

— On tient l'urine en grande estime parce qu'elle draine les humeurs nocives du corps. Un quart de gobelet mélangé à du bouillon de viande s'impose dans ces cas-là. Tu étais aux portes de la mort. Que voulais-tu que je fasse d'autre ?

Malik déglutit avec peine. Enchantée de l'avoir choqué, elle partit d'un grand éclat de rire.

— Rassure-toi, je n'ai pas utilisé d'urine. Je doute trop de ses propriétés curatives.

— Allah soit loué, fit Malik avec une touchante ferveur.

— Il y a des substances tout aussi efficaces. Tu veux que je te les énumère ?

— Non, non, surtout pas !

— Bonne idée. Ton corps a subi suffisamment de tortures comme cela, épargnons-lui des réactions trop violentes. Voilà, le pansement devrait tenir toute la nuit. Je vais te chercher ton souper, conclut-elle.

— Je... je n'ai pas vraiment faim, bredouilla Malik.

— Bien sûr que si ! Au menu, nous avons du ragoût de lapin aux herbes... sans rien d'autre, promis, ajouta-t-elle en se levant.

— Je vais le chercher. Ce serait dommage que vous interrompiez votre charmant petit bavardage.

Catriona sursauta imperceptiblement. Bavarder avec Malik lui avait fait oublier la présence suffocante de Gaël.

— Et puis, j'en profiterai pour toucher deux mots à Lefont. On lève le camp à l'aube.

Catriona en resta sans voix.

— On rejoint Guillaume et le gros de l'armée ? s'étonna Malik.

— Non. C'est moi qui suis las de cet endroit. On ne déplace le camp que de quelques kilomètres, pour s'installer dans la forêt.

Un sourire radieux éclaira les traits de la jeune femme. Son bonheur n'échappa point à Gaël qui prit le temps de contempler un instant ce visage rayonnant avant de sortir.

— Ce ne serait pas toi, par hasard, qui as émis le vœu de quitter ce champ de bataille ? demanda Malik.

— Oui. Et je suis étonnée que Gaël ait accepté, car je ne lui ai pas donné de raisons sérieuses pour le convaincre. Je ne sais pas si tu comprends mais cet endroit sent la mort. Il m'emplit de tristesse.

— Je pense qu'il se dégage même plus que de la tristesse. Tu as raison, confirma le Sarrasin doté d'une sensibilité étonnante.

— Oui, mais je ne comprends pas pourquoi il a accepté. Un homme aussi dur, tellement impitoyable.

— C'est un peu vrai ce que tu dis. Mais Gaël cherche peut-être à te faire plaisir... C'est une tactique fréquente quand on courtise une jouvencelle.

Catriona se sentit rougir. Elle était très gênée par les paroles de Malik.

— Les hommes s'inquiètent peu de contenter les femmes avec qui ils prennent du plaisir, dit-elle avec une certaine vivacité. Quant à ton lord Gaël, je pense qu'il ne se soucie pas beaucoup des préliminaires.

— Tu te trompes, Catriona. Tu n'as vu que le guerrier en lui, mais tu apprendras qu'il est beaucoup plus que cela.

— Je ne désire pas en savoir plus sur lui !

— Il se peut que tu n'aies pas le choix, rectifia Malik avec gentillesse. Parce que Gaël a envie de toi.

— Et il ne tient compte de rien d'autre ? Il veut une femme, alors il s'empare d'elle pour se satisfaire. Et ma volonté à moi ? fit-elle en serrant les poings d'indignation. C'est trop injuste...

— Mais n'as-tu pas remarqué que la vie était souvent injuste ?

— Si. Mais toi, Malik, tu n'es pas comme lui. Accepterais-tu de m'aider ?

— Je refuse de t'aider à t'enfuir, si c'est ce que tu me demandes. Tu es bien plus en sécurité ici, sous notre protection. Et si tu restes, je parie que Gaël te fera les honneurs de son lit avant la fin de la semaine.

— Je ne peux pas m'enfuir tout de suite. Il y a un problème à Redfern... Dis-moi ce que veut Gaël. Les femmes n'intéressent pas les hommes, excepté pour un bref moment de plaisir. J'ai besoin de savoir ce qu'il attend de la vie.

— Gaël est mon ami. Je n'ai pas le droit d'agir contre lui.

— Je t'ai sauvé la vie, Malik. Sans moi, tu serais mort.

— C'est vrai, dit-il en souriant.

Catriona lâcha un soupir de soulagement.

— Tu acceptes de m'aider ?

— Voyons un peu... Ce que veut vraiment Gaël ? Il possède déjà une colossale fortune et on vient de l'anoblir...

— Oui, mais les hommes en veulent toujours plus... Alors ?

— Il croit vouloir être roi. Dans son village, presque tous les gens le rejetaient, et puis son père a fini par le chasser. Quand on vous humilie, quoi de plus naturel que de vouloir s'élever jusqu'à être intouchable ?

— Les hommes n'aspirent quand même pas tous au trône !

— Et ils ne sont pas tous capables de régner. Gaël connaît depuis toujours ses capacités, ce qui rend sa situation d'autant plus frustrante... Dis-moi, douce guérisseuse, peux-tu lui offrir un trône ?

— Non, mais... Peut-on lui faire confiance ?

— Quoi ?

— Sait-il tenir sa parole ?

Malik regardait Catriona, intrigué.

— Oui. J'ai bien souvent remis ma vie entre ses mains. Ta présence ici constitue une preuve supplémentaire de sa loyauté. A ma connaissance, jamais il n'a manqué à ses engagements.

Le trésor... Même si le Normand lui promettait d'en garder le secret, ce serait prendre de gros risques que de lui en parler. Il était toujours plus simple de faire une promesse à une femme, plutôt qu'à un homme. Et quand elle lui aurait révélé l'existence des fabuleux joyaux, il risquerait, comme Delmas, de vouloir en connaître la cachette.

— Tu ne dois pas avoir peur, la rassura Malik. Si tu vas dans son lit de ton plein gré, il te traitera avec ménagement. Et puis tu sais, ça ne durera guère. Gaël se lasse très vite des femmes. Si grands que soient tes talents de courtisane, tu ne le retiendras pas longtemps.

C'était déjà réconfortant de savoir que si elle ne pouvait l'éviter, au moins l'épreuve serait brève.

— Tu peux être sûr que je ne le retiendrai pas, Malik. En tout cas, je te remercie de ta bonté.

— J'ai appris il y a bien longtemps que la bonté était le seul cadeau dont on ne se repent jamais. Et maintenant, pour m'en remercier, promets-moi...

— Tout ce que tu désires...

— De ne plus jamais accommoder mes onguents avec des saletés.

Installée dans un coin reculé de la tente, comme chaque soir, Catriona peignait sa chevelure. Gaël la regardait, fasciné.

Rien n'est plus excitant que le bruissement d'une chevelure de femme, songea-t-il, les reins en feu. Il regrettait de ne pas encore l'avoir emmenée vers le bois pour en finir. Il fallait qu'il couche avec elle au plus vite, afin qu'elle cesse de l'obséder.

La jeune femme sourit à une remarque de Malik, et se pencha pour glisser délicatement le peigne dans sa barbe noire. Gaël était exaspéré par l'intimité qu'il y avait entre eux. Bondissant sur ses pieds, il alla souffler la flamme de la lampe à huile, pendue au mât de la tente. Ce fut soudain le noir total. Cependant, Gaël put encore discerner les contours du corps de Catriona, penchée sur Malik.

— Elle n'avait pas fini de s'occuper de moi, protesta le Sarrasin. Pourquoi as-tu éteint ?

— Il est temps de dormir.

— Ça n'aurait pas été très gênant d'attendre encore un peu, se plaignit Malik.

— Si. On lève le camp à l'aube. Si elle avait envie de lambiner toute la nuit, il ne fallait pas demander à partir.

— Ce n'est pas le genre de Catriona de lambiner et un moment de plus...

— Peu importe, intervint Catriona d'une voix suave. Vous auriez dû me le dire plus tôt que je vous dérangeais.

— Tu ne me déranges pas, mentit-il.

Mais tout en elle le perturbait. Les mouvements de son corps, les regards méfiants qu'elle lui lançait et qui contredisaient l'arrogance de ses paroles, le parfum de sa peau... Non, il ne pouvait plus supporter la volupté avec laquelle elle s'allongeait près de Malik en se collant à lui. Il explosa.

— Tu n'as aucune raison de continuer à dormir avec Malik puisque tu nous as annoncé toi-même qu'il était hors de danger.

— Si, j'ai mes raisons. Ce n'est pas encore le moment de le laisser livré à lui-même.

— Dis-moi un peu ! Couches-tu avec tous tes patients ?
— Oui.
— Les hommes doivent trouver l'expérience fort agréable.
— Gaël, laisse tomber ! le gronda Malik.
— Sors de son lit !
— Je refuse, dit Catriona.
— Tu me désobéirais ? cria Gaël en se raidissant.
— Je suis flatté que tu me croies capable de menacer la vertu de la jouvencelle, Gaël, mais je...
— Silence, Malik.
Catriona ne put se contenir davantage :
— Oui, je vous désobéis ! Parce que je sais ce qui lui convient. Je ne quitterai son chevet que lorsque j'estimerai que ça ne met pas sa santé en péril.
— Tes fameuses plantes ne suffisent pas ? Crois-tu qu'il ait vraiment besoin de ton corps douillet collé contre le sien ?
— Oui, avoua-t-elle à regret, contrariée qu'il lui arrache son secret.
— Es-tu certaine de ne pas confondre tes désirs avec les besoins de Malik ?
— Certaine, dit-elle en tremblant. Ne croyez-vous pas que si je le pouvais, je vous céderais sur ce point, comme vous m'avez cédé en acceptant de déménager le camp ? Seulement je ne le peux pas. Cela présenterait de trop gros risques.
— Quels risques ?
— Les dragons... Ils attaquent parfois en force. Pas de réels dragons, bien sûr, mais ceux de l'épuisement, de l'infection et... de la mort. Ils choisissent l'instant où la vigilance se relâche pour emporter le malade.
— Et tu prétends que c'est en tripotant Malik que tu repousses ces monstres ?
Elle frémit, terrifiée.
— Je n'ai jamais dit ça. Je n'ai jamais dit que j'avais besoin de le tripoter pour le guérir. Mais je refuse de me séparer de lui. Vous êtes libre de penser que je suis une sorcière, et que j'utilise la magie pour soigner.
— Oh non, je ne crois pas à ces sornettes. La magie n'existe pas. Qu'en penses-tu ?

— Si je croyais à ce genre de blasphèmes, l'Eglise me ferait brûler vive.

— Sauf si tu parvenais à accomplir des miracles pour le bénéfice exclusif du clergé, objecta-t-il, cynique.

— Je ne suis pas une sorcière. C'est l'onguent qui agit, répéta-t-elle. Et si je dors avec votre compagnon...

— Elle désire simplement me protéger d'une rechute, l'apaisa Malik. Ne me dis pas que ses explications ne te suffisent pas.

Gaël sentait que Catriona lui cachait une partie de la vérité. Mais si elle se croyait vraiment dotée de pouvoirs magiques, comment le lui reprocher puisqu'elle avait miraculeusement sauvé Malik ?

Il s'allongea sur son lit de camp.

— Soit, dors avec Malik... pour cette nuit.

Elle se recoucha et, malgré la distance qui les séparait, Gaël sentit qu'elle se méfiait de lui.

— Chut... murmura Malik à la jeune femme. Tout se passera bien.

Une fois de plus, Gaël se retrouvait dans la peau du bourreau et Malik dans celle du chevalier au grand cœur. Eh bien, pourquoi pas ? se dit-il. Ce n'était pas l'estime de Catriona qu'il voulait mais seulement le plaisir de son corps.

Elle remua dans la pénombre, pour se coller plus encore à Malik.

Etouffant de justesse la rage qui montait en lui, Gaël se contraignit à fermer les yeux, comme pour effacer la présence des deux autres. Dès le lendemain, il réglerait le sort de Catriona.

4

— Comment vas-tu ? demanda Gaël en stoppant son cheval à la hauteur du chariot de Malik.

— Je vais bien, le rassura son compagnon, allongé dans la voiture. Je me sens en forme.

— Malik perd des forces. Je ne me doutais pas que la

forêt était aussi loin. On aurait peut-être dû retarder le départ d'un jour... intervint Catriona.

— Nous serons dans la forêt d'ici une heure, décréta Gaël en poussant son cheval en tête de la colonne.

— Il m'en veut, soupira Catriona. Et à juste titre. J'aurais dû le prévenir que tu n'avais pas encore beaucoup de force pour voyager.

— Je te parie que son mécontentement ne vient pas de mon état de santé, mais du fait qu'il a beaucoup moins bien dormi que moi, cette nuit! plaisanta Malik.

— Dans ce cas, qu'il souffre! Je ne comprends pas pourquoi les hommes se laissent toujours mener par leur sexe. Le monde serait beaucoup plus plaisant s'ils réfléchissaient, au lieu de suivre leurs pulsions.

Malik pouffa de rire.

— Je me rends bien compte que nous sommes abominables, comparés à vous, délicieuses jouvencelles. Mais il faut nous pardonner, car Allah nous a fabriqués ainsi pour que ses enfants continuent à peupler la terre. Rassure-toi, tu n'as pas besoin d'avoir aussi peur de Gaël.

— A quoi fais-tu allusion? bougonna-t-elle, en détournant le regard.

— Dis-moi... Tu détiens vraiment des pouvoirs magiques?

— Non, bien sûr.

— De quoi as-tu peur? Tu peux me parler. Tu m'as sauvé la vie, je ne te trahirai pas.

Comme elle aurait aimé le croire, et avoir enfin un ami à qui se confier. Mais Catriona avait trop souffert pour se fier désormais à quiconque. Elle se força à sourire et poursuivit:

— Souviens-toi des paroles de lord Gaël. La magie n'existe pas.

— Comme ce serait dommage! J'espère que tu as compris que contrairement à lui, mon peuple et moi nous considérons qu'un monde dépourvu de magie serait sinistre... Si un jour tu te découvres ce genre de pouvoirs, tu n'auras pas meilleur protecteur que Gaël. Il ne craint ni le roi ni le pape. Au contraire, il serait ravi de les défier. Avec lui, tu seras en sécurité.

Elle leva les yeux vers Gaël qui chevauchait devant

eux. De son torse puissant bardé de fer se dégageaient une force et une violence presque palpables. Mettrait-il un jour cette puissance à son service, au lieu de l'utiliser contre elle ? Catriona se sentait lasse de se battre toute seule contre des difficultés insurmontables. Il fallait trouver l'occasion de lui proposer son marché…

— Il te traiterait avec autrement plus de bonté que lord Richard.

— Il n'aurait pas grand mal !

— Dans ce cas, accorde à Gaël ce qu'il te demande et accepte la protection qu'il t'offrira en retour.

Ce qui signifiait qu'elle devait se rendre bien docilement dans son lit. Elle ne s'offusqua pas de ce conseil car elle savait que Malik ne songeait qu'à son bien.

— Et si je lui proposais une chose à laquelle il attache beaucoup de prix, exigerait-il toujours de moi certain… service ?

— Que possèdes-tu qui ait une telle valeur ?

Elle ignora la question.

— Réponds, Malik.

— En principe, il s'en contenterait. Mais il se pourrait que dans ton cas, il fasse une entorse à la règle. Jamais je ne l'ai vu désirer une femme à ce point.

Lui révéler le secret de Gwynthal et en plus subir ses ardeurs lascives ? La liberté valait-elle un tel sacrifice ? Oui. S'il lui permettait de retourner auprès d'Adwen pour la sauver. Catriona s'était habilement refusée à Delmas, mais pour sauver la vie d'une malade, elle n'hésiterait pas à se livrer.

— Eh bien, qu'est-ce que tu possèdes qui ait tant de valeur ? chuchota Malik.

Catriona détourna la tête.

— C'est un secret ? demanda Malik en souriant. Catriona, tu excites mon imagination, j'adore les secrets !

C'est à ce moment-là que Gaël tourna la tête et braqua sur elle son regard d'un bleu translucide et glacé. Elle sentit une chaleur monter en elle, et fut prise d'une faiblesse qui, depuis quelques jours, lui était familière. Aurait-elle bientôt la force de se donner à ce guerrier ?

Un sourire étira enfin les lèvres de Gaël, puis il reporta son regard vers les bois.

La troupe atteignit la forêt juste avant midi. Le camp fut établi au sommet d'une colline surplombant un joli petit lac.

Malik poussa un soupir de soulagement quand il retrouva le confort de son lit de camp. A le voir si pâle et si faible, Catriona fut saisie de remords.

— Je ne pensais qu'à ton bien, Malik, en demandant ce déplacement. Je vais te faire un bon bouillon...

— Du bouillon ? glapit-il, soudain bien réveillé. Non, non ! Je me sens en grande forme. Je n'ai pas du tout souffert du voyage. D'ailleurs à bien réfléchir, je n'ai même pas sommeil.

— Oh, Malik, comment pourrais-je oser te jouer un tour pareil ?

Elle éclata de rire et sortit de la tente.

— Tu me sembles bien contente de toi-même !

C'était Gaël, qui se réchauffait au petit feu bâti devant la tente. Le sourire de la jeune fille s'effaça. L'heure de la confrontation avait sonné. Après avoir échangé quelques banalités, elle attaqua :

— Il faut que je vous parle.

— Me parler ? répéta-t-il avec douceur. Ce n'est pas cette envie-là que j'ai lue en toi, tout à l'heure.

— Vous vous êtes mépris.

— Et toi tu mens, dit-il avec une moue. Tu me déçois. Je te croyais au-dessus de ce genre de ruse. Tu veux vraiment que je te prenne de force pour que cela te permette de crier au viol ? Ça me serait parfaitement égal. Simplement, ne me fais pas marcher trop longtemps, dit-il en avançant vers elle. Je suis à bout de patience. Allez, viens !

— Mais Malik... J'étais sortie lui préparer du bouillon.

— Plus tard !

Sa main se referma comme un étau autour de son poignet et il l'entraîna de force. Un peu plus loin, ils croisèrent Lefont.

— Gardez l'œil sur Malik, capitaine. On descend au lac.

Lefont hocha la tête et se dérida :

— Je m'assurerai qu'on ne vous dérange pas, milord.

Catriona, traînée par Gaël, se tordait les chevilles tant

le terrain était accidenté. Il la poussa entre les arbres, lui libéra le poignet et lui tourna le dos.

— Déshabille-toi.

Il ôta sa cape, et l'étendit sur les feuilles mortes qui tapissaient le sol de la forêt.

— Et vite !

— Non.

Il se retourna pour la regarder.

— On fait sa coquette, maintenant ?

— Il ne s'agit pas de coquetterie, se défendit-elle. Je vous ai dit que je tenais à vous parler.

— C'est le manège que t'a enseigné lord Richard ? grommela-t-il en la plaquant contre un tronc. Moi je n'apprécie pas du tout ce genre de taquineries.

— Je n'y connais rien dans ce domaine. Je me borne à vous dire la vérité. Je veux vous parler.

Il lui prit le sein à pleine paume. Catriona sentit alors son cœur suspendre ses battements, et se remettre ensuite à cogner de plus belle, comme un fou. A travers la laine, sous la chaleur et la rudesse de cette main, son sein se durcissait. Elle abaissa un regard hypnotisé vers les doigts qui lui procuraient un étrange plaisir.

— Tu vois bien... dit-il d'une voix à présent rauque de sensualité. Je ne suis pas dupe. Tu en meurs d'envie.

Il lui saisit le bout du sein et le titilla. Une étrange chaleur se répandit en elle avec une ardeur presque douloureuse. Il pencha ensuite la tête, afin de lui lécher le sein. Dans sa bouche chaude, le téton se tendit.

— Maintenant, c'est toi qui m'émoustilles. Allez, enlève ta robe...

Elle ravala un cri et s'appuya contre l'arbre en attendant qu'il lui arrache sa robe. Elle s'affaisserait alors, nue, sur le lit de feuillage et lui ouvrirait les cuisses pour qu'il se satisfasse... et assouvisse ainsi le désir qui brûlait en elle. Jamais elle n'aurait cru qu'une femme puisse éprouver cette envie violente qui fait perdre toute dignité...

Les dents de son séducteur se refermèrent à nouveau sur la pointe de son sein gonflé. Elle poussa un petit cri, et ses mains se glissèrent dans les cheveux de Gaël. Elle lui offrit ses lèvres.

— Oui... souffla-t-il, en lui empoignant les fesses pour la plaquer contre son sexe dressé. Ecarte les cuisses. Oui, bien... Et laisse-moi...

« Ce n'est pas bien... gémit-elle, intérieurement. Je ne veux pas me comporter comme un animal, et je ne veux pas être sa catin ! Non... »

Elle ne se donnerait pas sans contrepartie.

Elle s'arracha à lui en poussant un cri. Gaël la dévisagea sans comprendre. Il était sûr qu'elle s'était enfin pliée à ses désirs.

— Reviens. Je ne supporte pas qu'on me nargue.

Comment pouvait-il penser qu'elle le narguait, alors que se détacher de lui la laissait tremblante ? Elle se sentait même étrangement dépossédée d'une partie d'elle-même.

— Pourquoi refusez-vous de m'entendre ? Il faut que je vous parle... Il nous faut négocier.

Il se figea sur place, tandis qu'un sourire moqueur lui courait sur les lèvres.

— Excuse-moi mais comme tu m'appartiens, j'avais jugé normal de me dispenser des préliminaires. Quel est ton prix pour me prendre entre tes jambes ?

Catriona ne s'attendait pas à une question aussi crue, et elle perdit tous ses moyens.

— Vous ne comprenez pas.

— Au contraire, il n'y a rien que je comprenne mieux que le marchandage. Je suis très riche et je préfère les filles consentantes.

— Vous pourriez devenir encore plus riche, et obtenir une fortune à laquelle les hommes se contentent simplement de rêver.

— Tu es très gourmande. Je t'assure que je suis assez riche pour te payer généreusement tes faveurs.

Elle agita les bras en signe d'impatience et protesta :

— Non, non, je ne parle pas de cela. Je ne vous demande pas de me payer. Au contraire, je veux vous acheter.

— Tes stupidités vont finir par me lasser, dit-il en avançant d'un pas. Si tu crois que tes belles promesses m'aiguiseront les sens, tu te trompes. Maintenant, viens, je suis fou de désir, ajouta-t-il avec rudesse.

Elle esquiva ses assauts d'un bond en arrière.

— Il ne s'agit pas de stupidités. Malik prétend que vous aimeriez devenir roi. Je peux vous offrir de quoi acheter une couronne.

Son regard sceptique se promena sur le lainage grossier de sa robe.

— Ah oui ? Les esclaves sont-ils devenus les maîtres du monde ? Te préparerais-tu à recourir à la sorcellerie pour y parvenir ?

— Je vous répète que je ne suis pas sorcière. Une couronne, ça s'achète, et j'ai les moyens d'exaucer votre désir secret. Je connais la cachette d'un trésor qui vous achèterait des milliers de trônes.

— Ma parole, mais tu y crois ! s'exclama-t-il.

— Naturellement !

— Et en échange de ce fabuleux trésor, tu me demandes d'épargner ta vertu et de te rendre la liberté ?

— Si vous ne me croyez pas, raccompagnez-moi à Redfern.

— Où tu me montreras ton trésor ?

— Non. Il se trouve à Gwynthal, mon lieu de naissance. Mais à Redfern, je pourrai déjà vous fournir une preuve matérielle de son existence. Eh bien ? Pourquoi hésiter puisque je vous donne ce que vous désirez le plus au monde ?

— Tu ne m'as rien donné du tout, bougonna-t-il en regardant avec insistance sa poitrine. Rien.

Elle fut de nouveau traversée par cette chaleur étrange, comme si le sexe de Gaël avait soudain caressé son ventre... Elle releva un menton arrogant.

— Je vous propose un trésor fabuleux et vous, vous n'avez qu'une seule idée en tête !

— Sans doute parce que je ne puis penser à autre chose. Que me demandes-tu en échange de ce trésor ?

— Que vous me reconduisiez à Gwynthal saine et sauve. Quand vous aurez le trésor, je veux que vous repartiez et me laissiez là-bas. Ce n'est guère demander en échange d'un trône !

— Fort peu... si tant est qu'il existe, ce trésor ! Le plus étrange, dans cette affaire, c'est que tu ne cherches pas à te l'approprier toi-même pour racheter ta liberté.

— Venez à Redfern.

— Pourquoi veux-tu retourner à tout prix à Redfern au lieu de gagner directement Gwynthal ?

— C'est là-bas que se trouve la preuve.

— Oui, mais ce n'est pas la seule raison.

Elle ne voulait pas parler d'Adwen.

— C'est la seule raison qui vous intéresse.

— Serait-ce pour retrouver plus vite ce beau traître qui tenait tant à te vendre ?

— D'ici une semaine, Malik aura la force de voyager. Partons pour Redfern, et vous n'aurez plus besoin d'attendre les faveurs de Guillaume pour vous gagner un misérable petit fief.

— Je ne cherche pas ses faveurs. En revanche, ma belle, toi, tu essaies de me vexer pour mieux me manipuler.

— Je vous propose de vous donner ce que vous voulez, pourquoi refusez-vous d'écouter ?

— Mais c'est que tu y crois dur comme fer ! J'ai déjà suffisamment contrarié Guillaume en restant à Hastings pour permettre à Malik de guérir ; ce serait imprudent de tarder encore à le rejoindre.

— Vous voyez bien que vous cherchez ses faveurs !

— Je n'ai pas la bêtise de défier un prince quand je n'ai rien à y gagner. Tes beaux discours n'ont pas réussi à me convaincre. Et maintenant, montre-moi comment tu guéris les hommes en te collant à eux.

Son expression se fit subitement sensuelle et il tendit la main.

— Allez, Catriona de Falkhaar, guéris mon mal.

— Non ! s'écria-t-elle. Pourquoi le devrais-je ? Vous n'êtes qu'une brute. Vous vous vautrez aux pieds de Guillaume ! Malik se trompait. Vous n'avez pas plus de cervelle qu'un bœuf !

— Suffit !

— Non, ça ne suffit pas. Vous m'entraînez ici pour me chevaucher comme une moins que rien et il faudrait encore que je m'allonge avec complaisance quand vous claquez des doigts ?

— Suffit, j'ai dit !

Il se jeta sur elle, la dominant de toute sa taille et plaqua une main sur sa bouche pour la faire taire.

— Je t'ai traitée avec une patience que tu ne mérites pas. Tu m'appartiens et j'ai le droit de faire de toi ce que bon me semble.

Elle lui mordit la main à belles dents et quand il la retira en jurant, elle cria :

— Je n'appartiens à personne.

— Pas même à ton ravissant lord Richard ? glissa-t-il en lui reprenant le sein avec brusquerie. Oublie-le. Tu ne le reverras jamais, ni lui ni Redfern.

Pourquoi s'obstinait-il à croire qu'elle tenait à cette brute ? Richard était important seulement parce qu'il tenait la vie d'Adwen entre ses griffes.

— Il faut que je regagne Redfern. C'est une question...

Elle poussa un cri quand les doigts de Gaël pressèrent son sein. Mais à sa profonde stupéfaction, il tourna subitement les talons et grommela :

— Ce n'est pas dans mes habitudes de brutaliser les femmes. Oh, bon sang, je te voudrais tant fougueuse et consentante. Je voudrais que tu frémisses de plaisir, que tu remues les hanches quand je suis en toi, que tu te frottes contre moi et que tu me laisses te faire l'amour de mille façons.

Elle en fut secouée par de longs frissons.

— Je ne serai jamais consentante. Jamais.

— C'est pourtant ce qui a failli se produire. Ton lord Richard avait raison, tu as un tempérament des plus passionnés. Le problème, c'est qu'il me faudra canaliser tes ardeurs sur ma seule personne, afin que tu n'aies plus envie d'aller à Redfern. Eh bien, Catriona, on le conclut, ce marché ? J'ai besoin de garanties. Je ne veux pas perdre mon temps pour rien.

— Vous ne perdrez guère de temps, Redfern ne se trouve pas loin d'ici.

— J'exige quand même une compensation. Dans une semaine, Malik pourra voyager. D'ici là, tu auras eu le temps de venir dans mon lit, pour me persuader de faire un détour par Redfern. Sinon, nous rejoindrons Guillaume à Londres.

Et il la planta là. Catriona considéra ce sursis comme

une victoire. Elle disposait d'une semaine pour lui expliquer qu'elle ne lui donnerait jamais son corps, mais qu'il aurait beaucoup mieux à Gwynthal.

Et une semaine, ça pouvait être parfois une éternité.

Gaël pestait en regagnant le camp à grands pas. Comment allait-il pouvoir attendre une semaine? Quelle bêtise, quelle faiblesse de l'avoir quittée ainsi!

Avant d'atteindre le camp, il s'arrêta et s'appuya à un arbre. Il griffa l'écorce avec ses doigts jusqu'à ce que la souffrance le submerge et l'arrache à cette autre douleur intolérable qui le brûlait entre les jambes.

Il lui fallait simplement attendre. Elle viendrait à lui. Elle avait trop envie de retrouver Redfern. Il ne serait pas contraint de recourir à la force. Elle se laisserait faire. Juste attendre. Attendre.

— Tu ne pourrais pas aller te défouler dehors, Gaël? le supplia Malik. Catriona me recommande le repos, la sérénité et toi tu m'énerves à tourner comme un fauve dans la tente!

— Je ne tourne pas comme un fauve! bougonna Gaël. Mais où est-elle passée?

— Elle est partie se promener dans la forêt. Elle adore les bois.

— Tu aurais pu l'en dissuader. D'après Lefont, la forêt grouille de sangliers furieux.

— Je parie que tu t'es fait un plaisir d'en avertir Catriona toi-même.

En effet il le lui avait dit, mais elle l'avait ignoré. D'ailleurs depuis leur altercation, elle ne lui avait pas adressé la parole.

— Tu as plus d'influence que moi.

— Elle se prétend hors de danger, en forêt, avoua Malik. A mon sens, c'est la bête humaine plus que le fauve à quatre pattes qu'elle redoute.

— Les soldats ne l'importuneront pas. Ils savent qu'elle m'appartient.

— Je ne faisais pas allusion aux soldats.

Devinant que Gaël faisait semblant de ne pas comprendre, Malik aborda lui-même le sujet :

— Puisqu'elle refuse de coucher avec toi, pourquoi ne lui accordes-tu pas la victoire ?

— Jamais !

— Réaction prévisible, soupira Malik.

— Il n'y a pas si longtemps, tu m'encourageais à coucher avec elle. Pourquoi as-tu brusquement changé d'avis ?

— Je la connais un peu mieux, maintenant. A la différence de ces femmes qui s'offrent allégrement aux hommes, Catriona ne prendrait pas l'aventure à la légère ; elle ne pourrait pas quitter ton lit sans un regard en arrière.

— Tu me conseillerais de la renvoyer directement dans les bras de Richard ? Jamais de la vie ! Si elle a pu s'habituer à cette brute, et satisfaire ses caprices, pourquoi ne s'habituerait-elle pas à moi ? Jamais je ne la renverrai à Redfern, pas plus que je ne céderai à ses exigences.

— Ce n'est peut-être pas pour Richard qu'elle a envie de rentrer mais plutôt pour ce trésor.

— Comment veux-tu qu'une esclave détienne un pareil secret ?

— Et comment expliques-tu que Catriona sache lire et écrire, si c'est une esclave ? Bien peu de nobles possèdent ces talents.

— Elle sait lire et écrire ? Comment t'en es-tu aperçu ?

— Ça lui a échappé. Tu sais qu'elle est très secrète et méfiante... Oh, ne fais pas les gros yeux ! Je ne cherche pas à m'interposer entre vous.

— Dans ce cas, ne t'en mêle pas.

— J'obéis aux élans du cœur, dit-il avec simplicité.

— Essaie donc de suivre les élans de ton cerveau, l'avertit Gaël d'un ton sec. Ça évitera bien des bosses et des bleus.

— Seriez-vous en train de le menacer ?

Gaël se retourna vivement et découvrit Catriona à l'entrée de la tente. Elle s'avança vers lui, l'air menaçant.

— Vous oseriez vous attaquer à un homme affaibli par la maladie ?

— Catriona, viens à mon secours, je n'arrive pas à repousser les attaques de ce barbare, fit Malik, le regard malicieux.

— Tu te défends très bien seul, le rabroua-t-elle en s'agenouillant près de lui pour soutenir la main tremblante qu'il lui tendait.

Malgré la rudesse de sa remarque, Catriona borda Malik avec tendresse. Elle avait une petite feuille d'érable dans ses cheveux dorés ; ce qui rappela à Gaël leur précédent affrontement. Il huma l'odeur d'humus et d'air automnal qu'elle ramenait de la forêt. A la lueur de la lampe, son teint rayonnait d'une lumière intérieure. Elle dégageait une si grande vitalité qu'il faillit tendre les doigts pour la toucher. Pour la première fois, la tendresse prit le pas sur son désir, pourtant violent.

— Tu n'as pas à aller vagabonder seule dans les bois, la gronda-t-il.

Soudain sur ses gardes, elle répondit en détournant les yeux :

— J'y suis en totale sécurité.

— A moi de le décider. Je ne tolérerai pas qu'on abîme mon bien.

— Regardez vous-même, rien de cassé. Et maintenant, éteignez la lampe afin que Malik puisse dormir.

Malik souleva la couverture pour que Catriona s'étende à ses côtés, mais elle interrompit son geste en souriant.

— Non, maintenant, tu vas dormir seul. Je m'étendrai par terre, tout près, au cas où tu aurais besoin de moi.

Elle quitta son manteau, et l'étendit sur le sol.

— Dois-je comprendre que les dragons ont réintégré leur antre ? fit Gaël, aussi déconcerté que Malik.

— Riez si vous voulez, peu m'importe.

Emu par la touchante bravoure avec laquelle elle se défendait, Gaël prit une couverture et la luit tendit.

— Je n'ai pas envie de rire, figure-toi. Et maintenant, extinction des feux ! Tout le monde au lit.

5

Le lendemain après-midi, le soleil brillait avec tant d'éclat que Catriona, avec l'aide de quatre soldats, sortit le lit de camp devant la tente pour y installer Malik. Le convalescent offrit avec béatitude son visage au soleil en soupirant.

— Par Allah, je me sens revivre.

— A partir de maintenant, nous te sortirons un peu chaque jour. Le soleil est le plus efficace des guérisseurs.

— Pas plus efficace que toi, ma douce et modeste soigneuse. Tu fais toujours l'éloge des autres sans jamais reconnaître tes propres qualités.

— Elle choisit toujours la voie de la prudence, fit une voix, dans leur dos.

Catriona pivota et vit Gaël s'approcher. Il poursuivit :

— Car Catriona allie la sagesse à la modestie.

La remarque avait été formulée avec cette sorte de tendresse que Gaël utilisait avec Malik. La veille au soir, il s'était adressé à elle avec une bienveillance bourrue. Catriona avait alors cru à un caprice passager mais voilà qu'il la regardait de nouveau avec... oh, difficile à décrire. Mais non, il ne fallait pas trop rêver, c'était probablement une illusion.

— On n'a pas besoin d'une grande sagesse pour affirmer l'évidence. L'air pur et le soleil...

Mais elle n'eut pas le temps de terminer.

— Holà ! Gardes, cédez le passage ! fit alors une voix tonitruante.

Soudain la terreur glaça Catriona jusqu'aux os. Lord Richard remontait le chemin. Sourire conquérant aux lèvres, paré de son plus beau manteau à parements d'hermine, la chevelure dorée par le soleil, il avait fière allure.

Contrariée par cette intrusion, Catriona étouffa un juron. Il s'avança vers eux d'un pas déterminé. Que venait-il faire à Hastings ? Adwen avait-elle rechuté ?

Non, cet égoïste ne se serait pas habillé de cette manière, ni déplacé pour sauver sa femme.

— Bel homme ! s'extasia Malik en le voyant traverser le camp à cheval. Qui est-ce ?

— Lord Richard de Redfern. Il n'est pas mal, en effet, lâcha Catriona, l'esprit ailleurs.

— Je te rappelle que ce « bel homme » t'a livrée à moi sans le moindre scrupule, précisa Gaël. Pourquoi le traites-tu avec une bienveillance que tu me refuses ?

— Il ne me considère pas comme bienveillante, lui dit-elle.

Elle se souvenait des cinglants avertissements que lui avait lancés lord Richard en la conduisant à Gaël.

— Si, puisqu'il m'a assuré que tu le régalais souvent de certaines faveurs, lança-t-il en se dirigeant vers le visiteur.

— Tu aurais dû le ménager au lieu de l'exacerber. Gaël a les nerfs à vif, en ce moment, lui reprocha Malik.

— A quoi fais-tu allusion ? s'étonna-t-elle. Je ne lui ai rien reproché, je me suis contentée de dire la vérité.

— Dans ce cas, évite de lui parler de ton précédent maître, parce que ça le contrarie.

Pour le moment, elle se moquait éperdument de la susceptibilité de Gaël ! L'important, c'était de découvrir la raison de la visite de lord Richard.

Gaël s'arrêta devant le cheval du visiteur.

— Moi qui croyais m'être à jamais débarrassé de vous ! Que venez-vous faire ici ?

— Lancer les invitations. Ma foi, Catriona, je constate que tes talents de guérisseuse ont fait merveille, s'esclaffa-t-il en regardant vers le lit de camp. Quant à toi, tu as une mine superbe ! Toujours aussi séduisante...

— Quelle invitation ? coupa Gaël.

— Je vous invite à Redfern.

— Pourquoi ?

— J'aimerais que Guillaume vous offre comme récompense mon domaine.

— M'offrir votre propriété personnelle ? Quelle générosité de votre part ! fit Gaël, un peu décontenancé.

— Vous le disiez vous-même, Guillaume me dépossédera de mon domaine pour l'offrir à l'un de ses barons.

J'ai pensé qu'il serait avantageux pour moi de négocier avec vous directement.

— Et moi, rien ne m'oblige à négocier puisque je peux m'emparer de vos terres et vous chasser.

— Pourquoi agiriez-vous de la sorte ? Vous n'auriez pas meilleur régisseur que moi. Je connais Redfern comme ma poche.

— Comment ? De maître, vous consentiriez à en devenir l'administrateur ?

— Ce serait un début. Je suis un homme qui a le sens pratique...

— Et ambitieux !

Sans se départir de son affabilité, Richard acquiesça.

— Vous n'êtes qu'un Judas. Pourquoi m'embarrasserais-je d'un intendant en qui je n'ai pas la moindre confiance ?

— Judas avait la réputation d'être très rusé ; et un homme rusé est toujours fort utile. Allez... suivez-moi à Redfern pour voir ce que je vous offre. C'est un domaine fort prospère, pas vrai, Catriona ?

— Oui.

— Ne t'en mêle pas, Catriona, lui lança Gaël sans se retourner vers elle.

— Vous aurait-elle déplu ? demanda Richard. Si vous avez envie de vous débarrasser d'elle maintenant qu'elle a fait son devoir, je me ferai un plaisir de la reprendre.

— Hors de question !

Catriona fut surprise par la véhémence du refus de Gaël.

— Elle ne m'a pas déplu. Maintenant, trouvez-vous une autre esclave. Celle-ci m'appartient.

— Bah, je ne cherchais qu'à vous débarrasser d'un éventuel fardeau. Eh bien, m'accompagnerez-vous à Redfern ?

— J'y songerai. Mais c'est peu probable, conclut Gaël en tournant les talons.

— Je me demandais... Me permettriez-vous de dire un mot à Catriona ?

— Non, je ne vous le permets pas.

— C'était pour lui donner des nouvelles de Redfern.

Mais puisque ma démarche vous offense, je n'insisterai pas.

— Adieu, lord Richard.

— Attendez ! s'écria Catriona en s'élançant à la poursuite du visiteur. Je veux savoir...

D'un bond, Gaël la rattrapa et la saisit par le poignet pour l'immobiliser.

— Laissez-moi ! Vous n'avez pas entendu qu'il a des nouvelles ? glapit la jeune femme en se libérant d'une brusque secousse. Lord Richard ! hurla-t-elle au cavalier qui s'éloignait.

Il tira sur les rênes et se retourna, un sourire moqueur aux lèvres.

— Plus rebelle que jamais, pas vrai ? Je me doutais bien qu'il ne réussirait pas à te dompter. On n'a pas beaucoup de temps, dit-il en observant le Normand qui se rapprochait d'eux.

— Comment se porte Adwen ?

— Diable... pas bien du tout. La fièvre l'a reprise, il y a deux jours, et dans son délire, elle t'appelait. Elle a besoin de toi. Il faut absolument que tu regagnes Redfern.

— Je cherche un moyen.

— Fais preuve d'imagination. Le Normand se montre excessivement possessif, à ton égard. Tu as dû lui donner beaucoup de plaisir !

— Est-ce Alice qui soigne Adwen ?

— Non. Alice a été affectée à d'autres tâches.

Elle n'eut pas le temps d'en demander davantage. La poigne de Gaël se referma sur son bras et il l'arracha à Richard en la faisant brutalement pivoter vers lui.

— Retourne immédiatement près de Malik ! Et tout de suite.

— Il faut absolument...

— Nous nous sommes tout dit, l'interrompit Richard. Gardons-nous d'irriter lord Gaël. J'espère bien vous revoir à Redfern.

Il partit au galop.

Catriona le suivit d'un regard chargé d'angoisse. Pas besoin de se demander à quel emploi il avait affecté Alice. Avait-il poussé la cruauté jusqu'à abandonner la douce

Adwen à son mal? Elle se souvint que la nuit de la comète, Adwen s'était blottie contre elle, dans le lit, en lui donnant son amitié.

— Cesse de prendre cet air de martyre! la rudoya Gaël en la traînant de force jusqu'au camp. Il est parti, bon débarras. Je t'interdis de me désobéir, à l'avenir, compris? Interdiction absolue de courir après ce... Bon Dieu, mais tu pleures!

A son insu, les larmes ruisselaient le long de son visage... Elle avait honte de montrer sa faiblesse à Gaël. Elle voulait être seule, se cacher, le temps de réfléchir...

— Lâchez-moi! hurla-t-elle.

Elle réussit à lui échapper et courut ensuite droit vers l'épais bosquet qui signalait l'orée de la forêt.

Quand elle regagna le campement, vers minuit, elle en trouva les abords déserts. Lorsqu'elle pénétra dans la tente, elle fut accueillie par un soupir de soulagement.

— Allah soit loué! Tout va bien?

— Oui. Et toi, tu devrais dormir à poings fermés.

— Comment veux-tu que je dorme si je me ronge d'inquiétude à cause de toi? Je ne peux même pas me lever pour suivre Gaël qui parcourt la forêt pour retrouver ta trace.

— Il est parti à ma recherche? s'affola-t-elle.

— Il a organisé une battue.

— Rien ne l'obligeait à se lancer à ma recherche.

— Et lui te répondrait que rien ne t'obligeait à t'enfuir, répliqua Malik d'un ton réprobateur. On jurerait que tu t'es roulée dans les feuilles! Tu as des brindilles accrochées partout dans les cheveux... Et regarde ta figure!

— Je ne te quitterai pas, tant que le devoir me retient encore à ton chevet, dit-elle en versant l'eau de la cruche dans un récipient. J'avais besoin de réfléchir dans le calme à la visite de lord Richard.

— Si tu veux mon avis, ce lord Richard ne nous apporte que des ennuis. Mieux vaut que Gaël t'ait débarrassée de sa présence.

— Je ne serai jamais débarrassée de lui, grommela Catriona.

Elle se débarbouilla à l'eau froide avant de s'essuyer le visage avec un linge bien propre.

— Gaël te croit repartie à Redfern, à la poursuite de ce bel étalon.

— Pourquoi me serais-je enfuie ? Pour que Gaël me rattrape en chemin et me ramène au bercail ? Un propriétaire qui se respecte ne laisse pas le bétail lui échapper, ajouta-t-elle, amère.

— Je suis ravi que tu l'aies compris.

— J'ai compris une foule de choses, pendant mon escapade dans la forêt, dit-elle en soufflant la lampe pour s'allonger sur son manteau. Bonne nuit, Malik.

— Quoi ? Tu dors, alors que Gaël bat les taillis à ta recherche ?

— Ça lui fera le plus grand bien de dépenser son énergie !

Quand Catriona ouvrit les yeux, elle découvrit Gaël dressé de toute sa hauteur au-dessus d'elle. La lueur de la lampe qu'il tenait à la main accentuait la dureté de son visage.

— Je t'étranglerais avec plaisir... pesta-t-il.

Sa voix était chargée de violence, de rage et de fureur... et peut-être d'inquiétude.

— Allez dormir. Nous parlerons de tout cela au matin.

— As-tu au moins réfléchi au risque que tu courais en t'égarant dans la forêt ? Tu aurais pu tomber sous les griffes de bêtes féroces qui t'auraient dévorée vive ?

— J'étais en sécurité.

— Toute seule dans les bois, sans armes pour te défendre ?

Il ne comprenait pas que dans la forêt, elle n'avait rien à craindre. Elle roula sur le flanc, ferma les yeux, et murmura :

— En sécurité, oui. Mais nous en reparlerons demain.

— Tout de suite ! Il est grand temps que tu comprennes qui de nous deux est le maître.

— Demain...

Elle sentait son regard la dévorer. Elle sentait sa frustration et sa violence. Irait-il jusqu'à arracher la couverture pour la faire lever, la brutaliser? Non. Il se retourna et marcha vers son lit.

Jamais elle ne l'avait vu dans un tel état de fureur. Jamais il n'avait été à ce point en colère contre elle. Pourtant, Catriona n'avait pas peur. Comme si une transformation subtile s'était opérée dans leur relation, une sorte de confiance.

Le lendemain, elle ne se réveilla que vers midi. Gaël était assis à ses côtés. Il demanda aussitôt:

— Eh bien, daignes-tu me parler, maintenant?

Elle se dressa comme un ressort.

— Sans tarder. Où se trouve Malik?

— Dehors, au soleil. Il fait aussi doux qu'en été. Lefont t'a trouvé un remplaçant. Inutile de te hâter, on s'occupe de son repas... Quant à toi, garde-toi à l'avenir de fuguer. J'exige que nous tirions l'incident au clair.

— Je descends au lac me laver. Si cela vous tente de me suivre...

Elle prit un bout de savon et sortit, espérant se débarrasser de l'importun. Elle passa devant Malik qui somnolait sous les chauds rayons, et descendit la pente en courant. S'accroupissant au bord de la rive, elle s'apprêtait à s'asperger le visage quand son reflet lui tira une grimace: elle avait encore de la terre et des feuilles collées dans les cheveux.

Un pas fit crisser les feuilles mortes... Gaël!

— Je serai à vous dès que je me serai lavée, dit-elle en libérant ses cheveux. Je déteste la saleté. Vous aussi, je l'ai remarqué, ce qui est étonnant pour un barbare.

Sa chevelure se déploya sur ses épaules.

— Moi aussi, ça m'a étonné de constater que les Saxons n'ont pas deux têtes et qu'ils ne crachent pas le feu. Il n'y a que les imbéciles pour prêter foi à ces rumeurs ridicules. Vas-tu enfin m'expliquer pourquoi tu es allée te perdre dans la forêt?

— Je n'étais pas perdue.

— Que t'a raconté cette brute de Richard ? Mais... que diable es-tu en train de faire ?

— Je retire ma robe.

Sans un coup d'œil à Gaël, elle laissa glisser sa robe qui tomba parmi les feuilles. Elle se pencha ensuite pour délacer ses sandales. Puis, elle s'avança dans le lac. L'eau lui arriva bientôt à la taille, et sa chair était tellement brûlante, qu'elle ne sentit pas la morsure du froid.

— Regarde-moi en face ! demanda Gaël.

Quand leurs regards se croisèrent enfin, elle crut en perdre le souffle.

— Pourquoi fais-tu ça ? Pourquoi maintenant ?

— Parce que c'est nécessaire, dit-elle. Je suis obligée de repartir à Redfern et vous exigez une... compensation.

Il restait figé devant elle, la dévorant des yeux.

Incapable d'en supporter davantage, Catriona lui tourna le dos ; elle plongea alors la tête sous l'eau et entreprit de se frotter énergiquement les cheveux.

— Ça vous suffirait, comme compensation, l'espoir de ramasser un trésor ?

— Pas assez.

— Dans ce cas, vous êtes aussi vorace que tous les hommes.

— Infiniment plus vorace.

En entendant un bruit d'éclaboussures, Catriona entoura sa poitrine de ses bras. Elle pivota lentement et le vit avancer nu, à sa rencontre. Ses jambes musclées pourfendaient l'eau. Une toison noire couvrait ses larges pectoraux, s'affinait en pointe le long du ventre et encerclait son... Vite, elle leva les yeux... et affronta son regard. Il s'arrêta à sa hauteur.

— Je suis vorace, oui, et plus lubrique encore que tous ceux que tu as pu connaître. J'ai envie de te dévorer, de t'engloutir, dit-il avec rudesse.

Il lui prit le savon et s'enduisit les mains de mousse.

— Ne bouge pas.

Quand il referma les mains savonneuses sur ses seins, elle sursauta en poussant un cri. Il serra alors plus fort les mamelons.

— Tu ne vas pas recommencer, grogna-t-il. Tu ne m'abandonneras pas, cette fois.

— Je... ne cherchais pas à m'enfuir.

— Bon. Parce que ça ne se passera pas comme ça. Jamais plus. Sais-tu ce que j'ai ressenti, dans la forêt, alors que je m'attendais à chaque instant à te trouver morte en travers du chemin?

Ses mains lui titillaient le bout des seins, les pinçant délicatement. Il la repoussa vers la rive.

— Ecarte les jambes, dit-il en plongeant les mains entre ses cuisses.

Elle creusa les reins, bouleversée par les sensations voluptueuses qu'il déchaînait en elle.

— Qu'est-ce que... vous faites?

— Je te détends.

Deux de ses doigts pénétrèrent doucement en elle.

— Je ne voudrais pas te blesser.

De l'autre main, Gaël palpait, explorait son corps...

— Non! cria-t-elle en s'accrochant à ses épaules.

— Je te fais mal?

La sensation, trop forte, aussi lancinante que la souffrance, fut suivie d'un spasme puis d'un sentiment de vide insoutenable.

— Je... ne crois pas.

Il prit ses fesses dans ses grandes mains, la souleva et l'embrocha d'un coup de reins.

Un long cri s'échappa alors de sa gorge, et instinctivement elle se pendit à lui, s'accrochant avec ses mains et ses jambes. Elle se sentit entièrement soudée à son corps. Jamais elle n'avait vu un homme prendre une femme de cette manière-là.

— Bouge, haleta-t-il au creux de son oreille. Donne-toi... donne.

Et voilà qu'elle ondulait, épousant le rythme qu'il lui imposait.

La maintenant empalée sur sa verge sur laquelle elle s'agitait avec frénésie, il se dirigea vers la rive... Elle se retrouva allongée sur les feuilles, dominée par le corps massif de son amant qui la pénétrait par saccades plus ou moins violentes. Autour d'eux il y avait le ciel, d'un bleu un peu flou, l'arôme âcre de l'humus, l'odeur de pin et de savon. Le froissement des feuilles sèches sous son dos était aussi sensuel que le souffle rauque de Gaël à son oreille.

— Donne-toi, sans te retenir ! haleta-t-il.

Que voulait-il de plus ? Comment donner davantage ? Soudain un long cri fusa de sa gorge et, creusant les reins, elle se livra au plaisir qui parcourait violemment son corps.

— Oui, c'est comme ça que je te veux !

Avec un sourire sauvage, il remua alors plus vite, presque frénétiquement. Bientôt il s'immobilisa et, après un long gémissement, il se laissa retomber sur elle. Il lui avait transmis sa sève, et elle fut étonnée d'en être aussi heureuse. Une sensation de paix, une chaleur réconfortante avaient suivi cet incroyable désir. Jamais elle n'avait ressenti cela. Ses bras se resserrèrent autour des épaules massives de Gaël. A bout de souffle, il releva la tête pour la contempler.

— Catriona ! Qu'as-tu fait de moi ?

Sans se détacher d'elle, il la fit rouler sur le côté. Elle eut alors la sensation d'être enchaînée à lui ; soudain étrangement possédée.

— Je... souhaite vous quitter, souffla-t-elle.

— Pourquoi ?

— Ce n'est pas bien.

— Au contraire, c'est très agréable, rit-il en lui prenant le bout du sein entre les lèvres.

— Libérez-moi maintenant. Vous avez eu une compensation bien suffisante ! protesta-t-elle, rougissant de sentir le désir monter de nouveau en elle.

— Je ne pense pas, dit-il en la dévisageant. Car je suis très exigeant...

Il glissa les mains le long de ses flancs pour reprendre ses fesses et la coller à lui.

— Merci de me rappeler que je n'ai pas à me reprocher d'abuser de toi. Je reconnais que j'ai un instant oublié les termes de notre accord... Faut-il que tu aies envie de retrouver Redfern pour m'accorder cette si grande compensation !

— Oui.

— Dis-moi un peu, le beau blond t'a-t-il demandé de

me convaincre, afin que je te reconduise moi-même là-bas ?

— Ce n'était pas la raison.

— Ainsi, il te l'avait demandé ! dit-il en lui caressant les fesses. Il sait manipuler les femmes dans son intérêt, le gredin, et tu dois avoir l'habitude d'obéir à ses ordres pour t'être disposée ainsi à me donner du plaisir. J'espère au moins que tu n'as pas été déçue du voyage.

Elle se demanda un instant pourquoi les railleries de Gaël la blessaient aussi profondément ?

— Laissez-moi partir.

— Je n'ai pas encore terminé, dit-il en l'installant sur lui.

Elle fut étonnée de le sentir frémir de nouveau en elle.

— Encore ?

— Ça t'étonne ?

Il fit retomber ses cheveux sur ses seins, et en enroula les mèches autour des mamelons.

— Qu'est-ce que vous faites ? Cette position... me semble...

— Serait-ce une première ? Parfait. Ça me déplaît de savoir que tu as couché avec d'autres hommes. Je t'interdis de me montrer ce qu'ils t'ont enseigné. Fais comme si tu avais l'innocence d'Eve au paradis, dit-il en ponctuant chacun de ses mots d'un coup de reins.

Catriona s'abandonnait entièrement à cette volupté toute nouvelle. Elle n'aspirait qu'à la délivrance, qu'à l'explosion de tous ses sens, au moment où le plaisir violent se mêlerait enfin à un délicieux bien-être.

Elle redouta soudain la séparation, car jamais un homme ne lui avait encore fait ressentir de si profondes sensations. Que ferait-elle sans lui, sans cette puissante virilité ? Mais non, elle ne l'aimait pas. Elle tirait simplement de son corps tout autant de plaisir qu'il en tirait du sien et puis...

— Arrête !

Elle baissa les yeux vers Gaël. Son visage se tordait en une étrange grimace.

— Je veux que tu penses à moi, et rien qu'à moi !

Il accéléra progressivement les coups de reins, la soulevant très haut, comme pour se suspendre au bouleversant plaisir qui le submergea bientôt.

La chair est faible, songea-t-elle, alanguie contre lui. Mais elle aurait été bien sotte de se refuser un plaisir aussi légitime.

Ils ne regagnèrent le campement qu'à l'approche de la nuit. Sur la butte, on avait allumé des feux. La culpabilité s'abattit brutalement sur Catriona.

— Jamais je n'aurais dû l'abandonner aussi longtemps.

— Malik ? Je me suis assuré qu'un soldat veille sur lui.

— N'empêche que j'ai manqué à mes devoirs. J'aurais dû rester auprès de lui.

Au lieu de cela, elle avait fait l'amour tout l'après-midi, s'abandonnant sans vergogne à ses désirs.

— Tu le disais hors de danger, fit Gaël, légèrement agacé. Et d'abord, c'est moi qui t'ai fait venir ici pour le soigner, et c'est donc moi qui définis tes devoirs et tes obligations !

— Certes, mais en matière de soins, c'est moi qui décide. Quand partons-nous pour Redfern ? demanda-t-elle en se souvenant qu'Adwen aussi la réclamait.

— Bientôt.

— Quand, exactement ?

— Je te certifie que je remplis toujours mon contrat.

— Je n'en doute pas. Quand ?

Il garda d'abord un silence bougon.

— D'ici deux jours, si Malik est en état de voyager. Ton désir de regagner Redfern aurait-il relégué la santé de Malik au second plan ?

— Pas du tout ! se défendit-elle. Simplement, je suis obligée de me partager.

— Dans quel sens ?

— Vous ne comprendriez pas.

— Je crois au contraire fort bien comprendre.

Elle le regarda, sentant soudain dans sa voix un semblant d'amertume. C'était un être entièrement fait d'ombre et de lumière, de force et de domination. Les rayons du soleil couchant faisaient luire sa chevelure d'ébène et scintiller ses iris, comme deux diamants bleutés. Il semblait plus doux. Désormais, elle percevait en lui le rayonnement majestueux qui le rendait si attirant. Elle était fascinée, et sans cesse elle devait lutter pour ne pas le fixer, ne pas tendre la main et le toucher, caresser son visage... Subitement, elle détourna les yeux et pressa le pas.

On avait déjà rentré Malik sous la tente et un civet de lapin mijotait dans le chaudron. Lefont causait avec un jeune soldat et à l'approche de Catriona et de Gaël, il se mit à sourire.

— Malik a passé une bonne journée, milord. Si bonne qu'il s'est senti d'attaque pour une partie de dés... Il a pris ma selle en gage, en attendant que je trouve l'argent qu'il m'a gagné.

— Il n'est pas trop fatigué, j'espère! fit Catriona.

— Non. Nous avons interrompu la partie au premier signe de lassitude. J'aurais préféré qu'il se fatigue plus vite, car j'ai tout perdu!

Quand elle entra dans la tente, le sourire étincelant de Malik effaça ses angoisses.

— Bonsoir, Catriona. Regarde, pendant ton absence, je suis devenu l'heureux propriétaire d'une selle, d'une bride avec mors en argent et d'une bourse pleine d'or.

Il avait le teint frais et le regard pétillant; passer la journée à jouer aux dés n'avait pas pu nuire à sa santé. Au contraire.

— Demain, tu pourras peut-être donner à Lefont la chance de regagner sa selle. Cette fois, je resterai dans les parages pour te surveiller. Je ne veux quand même pas que tu t'épuises.

— Ce n'est pas la peine. Pas si Gaël... exige ta compagnie. Tu ne lui as pas résisté?

Le feu lui monta aux joues. Elle avait prévu que Malik devinerait l'intimité qui la liait désormais à Gaël.

— Tout s'est bien passé? Il ne t'a pas blessée? insista Malik.

— Il ne m'a pas fait mal, le rassura-t-elle en soulevant la couverture pour vérifier le pansement. Tu le redoutais?

— Non. En général, il ne maltraite pas les femmes

mais avec toi... Tout semble différent. Je suis heureux que tu aies décidé de lui céder.

— Je ne lui ai pas cédé, nous avons conclu un arrangement. Dans deux jours, nous prendrons la route de Redfern. Et maintenant, je vais chercher ton souper.

— Catriona ? Je sais que tu n'as pas grand-chose dans la vie, mais malgré ses avances, Richard de Redfern ne mérite pas ton attachement. Et même si tu retournes là-bas, Gaël ne te permettra pas de regagner le lit de Richard.

— Le lit de... Richard lui a raconté qu'il m'avait mise dans son lit ?

Catriona comprit enfin les allusions de Gaël au sujet de Richard.

— Il a même fait l'éloge de ton enthousiasme et de ton habileté. Tu vois bien que Richard ne mérite pas tes sentiments.

Catriona le regarda, déconcertée.

— Mes sentiments ?

— Comment ? Tu n'éprouves rien pour lui. Mais pourquoi veux-tu repartir alors ?

Un instant, elle voulut mentionner Adwen car Malik avait suffisamment de bonté pour comprendre. Mais elle craignait qu'il ne se sente obligé d'en parler à Gaël Dumont, alors elle préféra se taire.

— Je n'ai jamais prétendu ne pas avoir de sentiments pour lord Richard, mentit-elle en sortant rapidement de la tente.

Un peu jaloux, Gaël regardait Catriona nourrir Malik à la cuillère. Ensuite, elle lui lava le visage, et plus tard, alors qu'il s'était endormi, elle lui remonta sa couverture. Gaël l'avait observée toute la soirée. Et quand elle étala enfin son manteau sur le sol, il tapota la place vide sur son lit de camp, et lui demanda de venir près de lui.

Catriona sentit la tension monter en elle. Elle fit effort pour se détendre.

— Vous me plongeriez dans la honte en présence de votre ami ?

— Mon ami dort du sommeil du juste. Ici ! répéta-t-il avec emphase.

— Vous n'en avez pas eu assez ? grommela Catriona en traversant la tente.

Il l'attrapa par le bras et la coucha sur le côté pour l'envelopper de son grand corps. Tirant la couverture sur leurs formes encastrées, il lui prit un sein dans la main.

— Dors, maintenant. Je te réveillerai quand le besoin s'en fera sentir.

Comment voulait-il qu'elle s'endorme, alors que son cœur affolé menaçait d'exploser dans sa poitrine ?

— Ce genre de situation me met mal à l'aise.

— Tu en prendras l'habitude. Pour ma part, j'adore te sentir collée contre moi. Depuis le temps que je rêve de te sortir du lit de Malik pour te prendre dans le mien.

Elle se surprit bientôt à se détendre et son corps s'abandonnait mollement contre celui de Gaël. Il y avait longtemps qu'elle ne s'était pas sentie à ce point en sécurité.

— Si j'avais su que j'aurais à dormir avec vous...

— Oui ?

— Je préfère dormir seule, mentit-elle.

Il ne répondit rien. Progressivement, elle se sentit bien, attendant presque l'étreinte de Gaël. Mais étrangement, il ne lui réclama rien.

— J'ai des nouvelles pour vous, milord. Un cavalier arrive à l'instant du camp du duc de Normandie.

Contrairement à son habitude, la voix de Lefont était hésitante. Catriona ouvrit les yeux. Le capitaine se tenait debout dans l'ouverture de la tente. La situation devait être grave pour qu'il se permette de réveiller Gaël.

Gaël dégagea le bras au creux duquel Catriona était blottie. Quand il se redressa, elle fut gagnée par une étrange sensation de solitude et de froid.

— Hardraada est mort.

Gaël sursauta, comme frappé physiquement par la nouvelle, puis il se ressaisit.

— Vous en êtes certain, capitaine ?

— Tout à fait. Guillaume a interrogé les Saxons prisonniers à Hastings. Hardraada avait envahi l'Angleterre par le nord, et il a été vaincu par Harold peu de temps avant que nous abordions sur la côte sud.

— Et la mort d'Hardraada ne fait aucun doute ?

Lefont hésita un instant.

— Il a pris une flèche dans la gorge, à Stamford Bridge.

Gaël fut frappé en plein cœur. Catriona ressentit sa douleur avec une telle violence, qu'elle s'écarta légèrement de lui. Il resta immobile, la voix impassible, combattant intérieurement sa souffrance.

— C'est Magnus qui règne maintenant sur la Norvège, poursuivit Lefont.

La voix grave et tendre de Malik s'éleva alors du fond de la tente :

— Tu te doutais bien que cela se produirait un jour, mon ami. Les chefs de la trempe d'Hardraada ne meurent pas dans leur lit.

— En effet. Il n'aurait pas voulu finir autrement. Mais inutile de me traiter avec de tels ménagements, Malik. Il ne m'était plus rien depuis fort longtemps. Je ne le pleure pas, dit-il avec amertume. Mon seul regret, c'est qu'il ne saura jamais que moi, je me suis gagné une jolie portion de l'Angleterre !

D'un pas décidé, il sortit de la tente, suivi de près par Lefont.

Catriona resserra ses bras sur elle, balançant d'avant en arrière. Elle avait été meurtrie, déchirée par la douleur de Gaël. Et sa souffrance devenait d'autant plus grande qu'il refoulait la sienne. Depuis la mort de sa mère, jamais elle n'avait ressenti un mal aussi profond.

Rejetant la couverture, elle se dressa à son tour.

— N'y va pas, Catriona, l'avertit Malik en la voyant sortir. Il est mieux tout seul. Et puis il ne te permettra pas de l'aider.

— Je n'ai pas le droit de le laisser tout seul, balbutia-t-elle.

L'instant d'après, elle était déjà dehors, et scrutait les environs.

Gaël se dirigeait vers la forêt. Il regardait fixement

devant lui. Elle s'élança en criant derrière lui, mais il ne réagit que lorsqu'elle se retrouva à sa hauteur.

— Retourne auprès de Malik. Je ne veux pas de toi ici.

— Moi non plus, je ne veux pas être ici. Si vous croyez que ça me plaît de courir les bois aux aurores ! J'ai déjà les pieds trempés par la rosée et...

— Alors pourquoi ne retournes-tu pas au camp ?

— Parce que vous avez besoin de moi.

— Tu en redemandes ! Quand j'aurai besoin de toi, je t'écarterai les cuisses et je t'utiliserai à mon gré. Pour le moment, ce n'est pas ce que je désire.

Elle fut sidérée par la cruauté de ce discours.

— Où allez-vous ?

— Nulle part et n'importe où. Je dois réfléchir.

— Dans ce cas, je vous accompagne.

— Serais-tu sourde ? Je ne veux pas de toi ! s'emporta-t-il.

Il accéléra le pas, et elle fut bientôt obligée de courir pour ne pas être distancée.

Leur course dura longtemps. La grisaille du ciel se moucheta de rose avant de s'illuminer et de prendre l'éclat resplendissant du jour. Catriona haletait, souffrant d'un point de côté. Gaël ne s'arrêterait-il jamais ?

Il arriva aux abords d'un ruisseau. Se retournant soudainement, il lui aboya à la figure :

— Tu ne vois pas que tu es à bout de souffle ? On dirait un cheval sur le point de s'effondrer !

— Je ne m'effondrerai pas, dit-elle, en profitant de ce court répit pour retrouver son souffle. Je tiendrai aussi longtemps que vous.

Il la dévisagea un instant, puis se laissa tomber à genoux pour s'asperger le visage avec de l'eau. Elle s'assit à côté de lui, pressant son flanc douloureux.

— Qu'est-ce qui t'arrive ? grogna-t-il.

— Rien de grave. Un point de côté. Vous avez les jambes plus longues que moi.

Elle se pencha et, les mains en coupe, s'abreuva à longs traits.

— Il ne faut pas te montrer aussi têtue.

— Je ne peux pas faire autrement.

Elle étudia ses traits ; rien ne paraissait de la douleur

qui tourbillonnait en lui. Il fallait pourtant l'extraire et elle n'était pas sûre de pouvoir en supporter le choc.

— Il y a en vous trop de peine.

— Je ne souffre pas ! Et puis même si je souffrais, que pourrais-tu y faire ? Disposerais-tu d'un onguent magique qui soigne l'esprit aussi bien que le corps ?

— Non.

— Envisagerais-tu alors de guérir cette douleur avec tes mains ?

— Je ne peux pas vous toucher.

— Pourquoi pas ? s'exclama-t-il en tendant les bras. Viens te coucher contre moi, comme avec Malik, que je vérifie l'efficacité de tes pouvoirs magiques.

Elle s'éloigna furtivement, effrayée à la seule idée de s'allonger près de lui. Les eaux ridées du ruisseau renvoyaient de Gaël une image distordue, plus facile à accepter que la réalité.

— Pourquoi aimiez-vous autant Hardraada ?

Pas de réponse.

— Je trouve étrange que vous ayez de l'affection pour lui alors que, d'après Malik, il refusait de vous considérer comme son fils.

— Je n'ai pas la moindre affection pour lui. C'était son trône que j'aimais mais il n'a pas jugé bon de me le proposer.

— A mon avis, vous l'aimiez.

— Eh bien, tu n'es qu'une idiote. Pourquoi aimerais-je un homme qui m'a banni de son territoire ? Il m'a chassé, oui, parce que je lui ressemblais trop. Il redoutait que je ne m'empare de force de ce qu'il me refusait. Il a eu sûrement raison ; avec le temps, j'aurais fini par glisser de la ciguë dans sa chope de cervoise.

— Jamais vous n'auriez fait une chose pareille.

— Lui m'en croyait parfaitement capable.

— C'était lui l'imbécile. Jamais vous ne feriez de mal à un être aimé. Et vous aimiez Hardraada.

— Je te répète que… Mettons que oui ; mais seulement au début. J'étais tout jeune quand on m'a présenté à lui et pour moi il représentait… tout. C'était un guerrier incomparable qui recherchait sans cesse de nouveaux triomphes. Il aimait la vie avec passion.

— Comment l'avez-vous retrouvé ?

— Mon grand-père m'a envoyé à sa cour quand j'avais douze ans. (Gaël hésita un instant.) Mon grand-père était très ambitieux. Il avait rencontré Hardraada à Byzance, et avait poussé sa fille vers lui dans l'espoir de la marier. Seulement, avant de repartir en Norvège, Hardraada s'était juste contenté d'engrosser ma mère.

— Et votre grand-père vous a envoyé chez Hardraada ?

— Bien sûr. Quoi de mieux pour un négociant que d'avoir un prince comme petit-fils ?

— Et votre mère ?

— Quand j'ai été sevré, mon aïeul l'a autorisée à partir vivre à Constantinople. Elle avait fait son devoir et trouvait la vie trop pénible dans un village de Normandie. De plus elle avait honte d'être la mère d'un bâtard.

Et Gaël, n'avait-il pas souffert d'être bâtard dans ce village ? se demanda Catriona. Privé de mère, avec un grand-père qui se servait de lui pour accroître ses gains, Gaël n'avait eu que l'affection superficielle de son père, et seulement pendant une courte période.

— Quand votre père vous a-t-il banni ?

— J'ai regagné la Normandie il y a quelques années seulement.

Comme son père lui refusait le trône, Gaël avait quitté Hardraada pour devenir prince des marchands. Il s'obstinait à transformer sa défaite en victoire.

— Vous étiez mieux sans Hardraada.

— Ah oui, tu crois ? grinça-t-il. Mais qui es-tu pour te permettre de dire cela ? Je crois au contraire que le trône d'Hardraada me serait allé comme un gant.

— Je ne crois pas que ce soit son trône que vous vouliez.

— Je ne voulais rien d'autre de lui. Rien !

Jamais il n'aurait reconnu ce besoin d'affection paternelle, mais parler de son père avait finalement évacué une partie de sa souffrance. Catriona avait d'ailleurs senti sa propre peine s'alléger un peu. Elle se remit debout.

— Si vous le dites... Et maintenant, si ça ne vous dérange pas, je retourne au campement.

Gaël fut surpris, car il ne s'attendait plus qu'elle parte.

— Parfait. C'est ce que je te poussais à faire depuis le début, grommela-t-il.

— Il n'était pas question que je vous abandonne. En revanche, maintenant que je vous sens un peu plus détendu…

— Attends ! cria-t-il en lui attrapant le bras.

Catriona se raidit. Elle ne voulait pas être emportée par la détresse de Gaël.

— S'il vous plaît… Non, je vous en supplie, murmura-t-elle en fermant les yeux.

— Qu'est-ce qu'il y a, bon sang ?

— Votre douleur, je la ressens si fort… Je vous en prie, ne me l'imposez pas.

Il lui libéra la main.

La souffrance disparut alors d'un coup. Gaël se retrouvait seul. Mais Catriona ne pouvait pas le laisser comme ça. Elle lui reprit rapidement la main et, à son contact, la douleur lui arracha un petit cri.

— Par l'enfer, qu'est-ce qui t'arrive ?

— Je ne sais pas. Jamais je n'ai ressenti cela, bredouilla-t-elle, en lui prenant l'autre main.

Au lieu de refouler la douleur qui s'imposait à elle, elle préféra fusionner avec Gaël, et entrer dans le cœur de cette souffrance. Alors qu'elle se collait à lui, la bouche pressée contre son torse, les larmes roulèrent sur ses joues.

— Arrête, bon sang, grogna-t-il, en gardant sa raideur. Pourquoi diable pleures-tu ?

— Parce que vous ne voulez pas le faire et qu'il faut bien que les larmes s'écoulent.

Voyant les larmes ruisseler de plus belle, Gaël finit par reculer d'un pas pour scruter son visage.

— Tu as perdu la tête, répéta-t-il, suivant du bout du doigt les sillons sur sa joue. C'est malsain, il faut arrêter.

Les larmes s'apaisèrent en même temps que la caresse de Gaël. Secouée par un ultime sanglot, Catriona murmura :

— C'est fini. Je vais repartir, maintenant. J'ai fait de mon mieux.

Elle se retourna et se mit à courir sur le chemin.

— Nous sommes très loin du camp, l'avertit-il. Tu crois que tu vas pouvoir le retrouver ?

— J'ai grandi dans la forêt, jamais je ne m'y perdrai.

Gaël ne rentra pas de la journée. Aux alentours de minuit, ils soufflèrent la lampe, mais Catriona resta éveillée jusqu'à ce que Gaël arrive et se glisse sous la couverture pour la prendre entre ses bras.

Elle ressentit encore en lui une douleur sourde, mais il allait beaucoup mieux.

— Si tu recommences à pleurer, je te bats, lui chuchota-t-il au creux de l'oreille. J'ai horreur des pleurnicheuses. Et je ne te crois pas quand tu affirmes deviner ce que je ressens.

— Eh bien, libre à vous de douter.

— Ne crois pas non plus que tes larmes vont m'attendrir. Je n'en ai rien à faire.

— Tant mieux. Maintenant, j'ai besoin de dormir. Bonne nuit.

Gaël marmonna encore quelques paroles avant de prendre Catriona pour la coller contre son grand corps. Ils ne firent plus qu'un, comme si le désir partagé avait abattu pour toujours le mur qui les isolait l'un de l'autre.

— Catriona ?

— Oui ?

— Je te remercie d'avoir pleuré pour moi.

— Je n'ai pas besoin de vos remerciements ; j'ai fait mon devoir.

Ses bras l'enlacèrent plus douillettement.

— Je suis ravi de constater que tu connais tes devoirs, plaisanta-t-il. Tu tâcheras de ne pas les oublier, quand nous serons à Redfern.

6

— C'est ça, ton beau Redfern. Une forteresse en bois ? s'exclama Gaël en apercevant la palissade de rondins se profiler à l'horizon. Chez nous, en Normandie, nous bâtissons les châteaux forts en pierre...

— Eh bien, ce n'est pas la mode en Angleterre, dit Catriona.

Elle arrangea les couvertures sur lesquelles reposait Malik et se cala plus confortablement dans le chariot.

— Guillaume n'aura aucune difficulté à marcher sur Londres s'il ne croise que ce genre de forteresse sur sa route ! Et je m'étonne même que l'Angleterre n'ait pas subi de plus fréquentes invasions, conclut Gaël en tapotant son cheval.

Les immenses portes en madrier s'ouvrirent sur lord Richard qui s'avança en souriant.

— Bienvenue à Redfern, lord Gaël. Je suis si heureux que vous ayez accepté mon invitation ! Dois-je en déduire que vous prenez l'offre de Redfern en considération ?

— Pas forcément.

— Un petit séjour dans ce manoir de rêve vous fera très certainement changer d'avis. Et toi, Catriona, comment te portes-tu ?

Catriona n'était pas habituée à tant de courtoisie de la part de lord Richard, et elle se demanda ce qu'il préparait.

— Oui, assez bien.

— Faut-il vraiment que nous attendions dehors que vous ayez fini de vous faire des politesses ? s'impatienta Gaël.

— Mais pas du tout ! Je mets à votre disposition ma propre chambre, milord, susurra Richard en faisant tourner bride à sa monture. Après avoir pris un peu de repos, j'espère que vous me ferez l'honneur de dîner à ma table. Les cuisiniers s'affairent déjà à préparer le festin.

— Je n'ai guère besoin de repos. Nous n'étions qu'à deux heures de cheval.

— Pardonnez-moi. J'oublie toujours à quel point vous êtes robustes, vous, les guerriers normands !

— Catriona !

La jeune femme se retourna et vit Delmas qui traversait la cour en se dirigeant vers elle. Elle eut un sentiment de dégoût en voyant le visage avide de cet homme, qui espérait encore pouvoir se servir d'elle.

— Que t'arrive-t-il ? Des ennuis ? intervint Gaël, en remarquant l'expression de Catriona.

— Non. Ce n'est que mon mari.

Malik émit un sifflement de surprise.

— Ton mari ? Puis-je savoir pourquoi tu n'avais pas mentionné l'existence d'un... mari ? demanda Gaël.

— A quoi bon ? Cela aurait-il modifié la situation ?

Delmas arriva alors et se planta devant Gaël.

— Salut à vous, Milord. Bienvenue à Redfern.

Gaël ne lui prêta pas la moindre attention, et poursuivit la conversation :

— Cela n'aurait évidemment rien modifié.

Delmas s'approcha encore plus près.

— Sans vouloir vous offenser, Milord, vous pourriez me prêter Catriona ? Juste un petit moment. Ça fait longtemps qu'on ne s'est pas vus et j'aimerais bien...

A l'instant où il croisa le regard du Normand, Delmas recula d'un pas, terrorisé.

Catriona pensa que Gaël allait le tuer.

— Non !

Sans s'en rendre compte, elle s'était glissée hors du chariot pour s'interposer entre Gaël et Delmas. Elle protégea son mari et le poussa en direction de l'écurie.

— Catriona ! Reviens ici tout de suite ! tonna Gaël.

Bien que morte de peur, elle accéléra l'allure.

— Je vous rejoins dans un instant ! Je dois parler avec Delmas.

— Reviens immédiatement !

— Bientôt !

Elle sentit le regard de Gaël la suivre jusqu'à l'intérieur de l'écurie. Une fois la porte refermée, elle s'arrêta, le cœur battant. Delmas la gifla en pleine figure.

— Espèce de catin ! cracha-t-il. J'ai bien cru qu'il allait me tuer et tout ça par ta faute.

La colère monta subitement en elle. Pourquoi s'était-elle interposée alors que Delmas méritait de mourir ? Au lieu de protéger ce mari encombrant, elle aurait mieux fait de s'en remettre à Gaël pour l'en débarrasser. Delmas releva la main.

— Ne t'avise plus jamais de me frapper, dit-elle, glaciale.

Delmas hésita un instant.

— Je ferai ce qui me chante. Tu es ma femme. Rien n'a changé.

— Tout a changé, au contraire.

Delmas n'avait désormais plus le pouvoir de l'aider, ni celui de lui nuire.

— Parce que tu es la traînée du Normand ? Je me plaindrai auprès de l'Eglise. N'oublie pas qu'on s'est mariés devant Dieu.

— Je n'ai pas prêté serment.

Delmas ne tint pas compte de cette remarque.

— Les Normands ne peuvent rien contre l'Eglise et ses sacrements.

— L'Angleterre est anéantie, crois-tu que l'Eglise prêtera l'oreille aux lamentations d'un esclave ?

— Lord Richard me soutiendra. Jamais il ne te livrera à ce Normand, s'insurgea Delmas.

Malgré ses soupçons, Catriona resta calme.

— Qu'as-tu dit à lord Richard pour t'assurer son soutien ?

— Ce que j'ai jugé nécessaire de lui dire pour qu'il exige ton retour, cracha Delmas en fuyant son regard.

— Tu lui as parlé du trésor ? De Gwynthal ?

Il acquiesça en agitant frénétiquement la tête. Catriona fut glacée jusqu'aux os. Jamais elle n'aurait imaginé que Delmas dévoilerait ce secret.

— Pauvre imbécile, Richard te tuera.

— Non, il a trop besoin de moi, annonça Delmas avec un sourire rusé. C'est vrai que c'est une brute, il ne te traitera pas avec la même douceur que moi.

De la douceur ? Elle n'en croyait pas ses oreilles.

— Oublie Richard et le Normand. On pourrait s'enfuir ce soir de Redfern et, une fois à Gwynthal, tu me donnerais...

— Non.

Il ne comprenait pas encore qu'il n'avait plus aucun pouvoir sur elle. Il la dégoûtait.

— Je ne peux pas partir. Comment se porte lady Adwen ?

— J'imagine que ça va, dit-il avec un haussement d'épaules indifférent. Elle ne nous est plus utile à rien, désormais. Si tu refuses de t'enfuir avec moi, tu t'en mordras les doigts. Lord Richard est...

— Je rentre au manoir voir Adwen.

— Ils l'ont emmenée. Lord Richard a décrété que sa présence l'offensait.

— Où l'a-t-il reléguée ? demanda-t-elle, bouleversée.

Delmas lui désigna le réduit, tout au fond de l'écurie. C'est ici que Catriona avait cherché refuge pour contempler la comète. Elle fonça droit vers la porte.

Une silhouette toute menue était recroquevillée sur un grabat, coincé sous la fenêtre.

— Adwen ?

Quels sévices lord Richard lui avait-il infligés ? Elle avait les yeux cernés de noir, enfoncés dans leurs orbites, les lèvres enflées et gercées, le cheveu terne...

Catriona s'assit à côté de la malade et lui prit les mains. Elles étaient froides, inertes.

— Adwen, il faut vous réveiller...

Adwen remua. Elle ouvrit les yeux et un murmure lui échappa :

— Catriona ?

— C'est moi, oui ! répondit Catriona, soulagée.

— Je... je croyais que tu ne reviendrais plus jamais. Il m'a dit que tu étais partie...

La voix d'Adwen était si faible que Catriona en eut les larmes aux yeux.

— Il ne fallait pas le croire, dit-elle en remontant la couverture sur les épaules d'Adwen. Gardez-vous bien d'écouter ce qu'il raconte.

— Je sais... soupira Adwen dont les paupières se fermaient.

Sa réponse intrigua la jeune femme car, auparavant,

Adwen n'aurait jamais mis en doute la parole de son Richard bien-aimé.

— Il veut que je meure, tu sais.

— C'est lord Richard lui-même qui vous l'a dit ?

— Non, mais je ne suis pas complètement idiote. C'est pour se débarrasser de moi qu'il m'a transportée dans ce cagibi, sans personne pour me soigner. J'ai eu peine à le croire... Mais je ne me laisserai pas mourir ! ajouta-t-elle avec une soudaine détermination. Richard n'aurait jamais dû me traiter de la sorte. C'est profondément injuste. Je ne le laisserai pas faire.

— Chut, la calma Catriona, craignant pour sa santé. Vous ne mourrez pas. Jamais je ne le permettrai.

— Non, je ne mourrai pas. Je l'ai juré sur ma foi, fit-elle, les yeux débordants de larmes. Que je suis contente que tu sois revenue, Catriona. Ce sera plus facile avec toi. Je me suis sentie tellement seule, quand Richard m'a appris la mort de mon père !

— Il vous a raconté ce mensonge ? Lord Kells n'est pas mort. Il a seulement été fait prisonnier et emmené au camp de Guillaume de Normandie.

— Il m'a donc aussi menti au sujet de mon père. Quelle cruauté de m'enlever tout espoir ! soupira-t-elle, tandis que ses paupières se refermaient avec lassitude.

— Oui, reposez-vous, maintenant.

Adwen était évidemment très faible, mais pour la première fois, Catriona avait senti en elle une force nouvelle.

— Laisse-la tranquille, lui intima Delmas qui observait la scène depuis l'écurie.

— Comme les autres l'ont fait ? Pourquoi n'es-tu pas intervenu ? Tu savais très bien qu'en la mettant ici, il la condamnait à mourir.

— Lord Richard nous a ordonné de la laisser seule, dit-il en se dandinant d'un pied sur l'autre.

— Pour la laisser mourir à petit feu dans cette porcherie ?

— Ce n'est pas ma faute. J'obéis aux ordres, moi ! Et toi aussi tu ferais mieux de baisser la tête. Lord Richard est le maître, à Redfern.

— Un maître qui obéit comme un petit chien à lord Gaël ?

— Plus pour longtemps, ajouta Delmas avec un sourire rusé.

— Que veux-tu dire ?

— Tu crois vraiment qu'il a envie d'offrir Redfern à lord Gaël ? Non, non. En fait, lord Richard voulait seulement te forcer à venir. Qui sait si un accident... ajouta-t-il, toujours plus sournois.

— Il l'aurait invité dans son manoir pour l'assassiner ?

C'était absolument contraire aux règles de l'hospitalité saxonne. Jamais lord Richard ne commettrait un acte aussi déshonorant.

— Je n'ai jamais dit une chose pareille ! En tout cas, toi, tu as intérêt à filer doux maintenant. Pourquoi es-tu aussi entêtée ?

— Adwen ne doit pas rester dans ce réduit. Porte-la jusqu'à sa chambre.

— Tu me donnes des ordres ?

— Porte-la au manoir sinon je révèle votre complot à lord Gaël !

Delmas devint tout à coup très pâle.

— Tu n'oserais quand même pas...

Non, mais il n'avait pas besoin de le savoir, songea Catriona en le suivant des yeux. Il s'avança vers le grabat d'un pas réticent et souleva Adwen dans sa couverture.

Quand ils sortirent dans la cour ensoleillée, Gaël avait disparu. Lefont était en train de donner des ordres pour qu'on loge son détachement.

— Lord Gaël tient absolument à vous voir, lui souffla le capitaine. Il m'avait demandé d'aller vous chercher mais je suis content que vous m'ayez épargné cette tâche. Il est au manoir. Lord Richard lui a fait préparer un bain.

— Savez-vous où ils ont installé Malik, capitaine ?

— La chambre sud, m'a-t-il semblé.

La chambre d'Adwen ! Faisant signe à Delmas de lui emboîter le pas, Catriona pénétra dans le manoir. Elle traversa la salle commune et monta à l'étage.

Dans la chambre d'Adwen, elle découvrit Malik allongé dans le grand lit.

— Je suis très bien installé, Catriona, lui annonça-t-il, l'air inquiet. Va retrouver Gaël avant qu'il ne soit trop tard.

Faisant la sourde oreille, elle avança et se planta devant le lit.

— Dans un instant. Excuse-moi de réduire tes aises mais si tu pouvais te pousser...

— Pourquoi ? Ah, messire ton mari me porte une femme pour me tenir chaud la nuit ! Que c'est gentil à toi, Catriona.

— Cette dame ne t'est pas destinée. J'ai simplement besoin de la mettre en sécurité en attendant de lui trouver un autre lit. Pousse-toi.

Malik eut un soupir résigné.

— Dois-je comprendre qu'on t'a confié une nouvelle malade à guérir ?

— Ce n'est pas une nouvelle malade, c'est Adwen, l'épouse de lord Richard. Et on t'a installé dans son lit.

Delmas coucha Adwen près de Malik.

— Pauvre damoiselle ! Elle a l'air bien mal en point. Quel mal la ronge ?

— La fièvre, l'épuisement et le manque de soins. Elle a perdu quatre bébés en cinq ans et lord Richard a jugé bon de l'abandonner à la solitude, dans un réduit au fond de l'écurie.

Elle cala Adwen contre le traversin puis se tourna vers Delmas :

— Fais porter de l'eau chaude, ainsi qu'une chemise propre. Et dis à Alice de monter chez sa maîtresse.

— Alice ne peut plus la servir. Elle est occupée à autre chose.

— Fais-la monter quand même ! insista Catriona.

Partager le lit de lord Richard n'empêchait pas Alice de servir Adwen. Cependant, Delmas refusa obstinément.

— Bon, j'irai la chercher moi-même ! lança Catriona.

— Pauvre petite jouvencelle. Ne t'inquiète pas, nous prendrons soin l'un de l'autre, fit Malik qui s'attendrissait en regardant Adwen. J'ai l'impression qu'elle a besoin de moi.

— Agis à ta guise. Je me charge de retrouver Alice qui veillera sur vous.

Malik changea soudain d'expression.

— Va voir Gaël, Catriona. Dépêche-toi. Et sans lui, ajouta-t-il en désignant Delmas.

— Moi, je suis au service de lord Richard. Et j'ai déjà perdu beaucoup de temps, bredouilla Delmas.

La porte claqua derrière lui et on l'entendit prendre la fuite dans l'escalier.

— Pas plus de courage qu'un cafard, commenta Malik en secouant la tête. Gaël va l'écraser et jeter sa carcasse dans la cour, sur le tas de fumier.

— On ne tue pas un homme parce qu'il est peureux.

— Je te conseille de ne pas le défendre devant Gaël. Ça ne ferait que précipiter la mort du cafard ! Allez, file ! Je ne détacherai pas les yeux de la jouvencelle, dit-il en chassant Catriona de la main.

Catriona eut un instant d'hésitation avant d'abandonner les deux malades. Mais elle devait aller voir Gaël. Attendre ne ferait qu'aggraver la situation.

Ainsi va la vie, songeait Malik. A lui qui était tout seul, on venait d'offrir un inestimable trésor à chérir jusqu'à la fin de ses jours ! Adwen avait la beauté frêle de la clochette én cristal que lui avait donnée sa mère, quand il avait quitté le village. Quelle brute oserait détruire une petite chose aussi adorable ? Les yeux de la jeune beauté s'ouvrirent et se noyèrent dans les siens. Elle eut un frisson d'effroi.

— Chut, n'ayez aucune crainte. Catriona reviendra bientôt. Je me nomme Malik et jamais je ne vous ferai le moindre mal.

— Un étranger...

— Pas pour longtemps, sourit-il. Vous n'avez pas l'impression que nous étions faits pour nous rencontrer ?

Elle le fixait toujours avec ses yeux écarquillés, mais peu à peu, la peur s'atténua. Puis, poussant un soupir, elle referma les yeux.

Malik reçut cela comme un magnifique cadeau.

— Ah, vous me faites confiance ?

— Non. Jamais.

— Parce que je suis étranger ?

— Non.

— Parce que je suis un païen de Sarrasin ? fit-il, de plus en plus tendu.

— Non plus.

— Pourquoi alors ?

— Je ne peux pas avoir confiance en vous, dit-elle en bâillant avant de lui tourner le dos pour se coucher sur le côté. Vous êtes bien trop beau garçon...

Poussant la porte de la chambre de Richard, Catriona découvrit Gaël immergé dans un immense baquet d'eau chaude. Des guirlandes de vapeur odorante s'élevaient dans la pièce. Penchée sur lui, Alice lui frottait le dos. En plus de sa chambre, Richard lui avait apparemment cédé sa favorite !

L'intimité de la scène déclencha en Catriona une irritation presque douloureuse.

— Approche, fit Gaël d'une voix de velours.

Catriona sentit qu'il était très en colère. Serrant les poings pour reprendre courage, elle se planta devant la baignoire et décréta :

— J'ai accouru aussi vite que possible.

— J'imagine que d'autres devoirs te réclamaient. Tu as été séparée de ton mari un bon moment.

— Oui, répondit-elle, absente.

Elle regardait les mains d'Alice, aussi grassouillettes que le reste de son corps, épouser les contours du corps de Gaël et frotter les muscles saillants de son torse. Catriona s'arracha à sa contemplation et étudia Gaël. Bien qu'il restât impassible, la rage fermentait en lui de plus belle. Il la foudroyait du regard.

— Laisse-nous, dit-elle à Alice. Il faut absolument que tu ailles soigner Adwen.

Les mains d'Alice s'immobilisèrent brusquement.

— Je ne peux pas.

— Tu iras. Elle a besoin de toi. Fais-lui sa toilette et installe-la confortablement. Je l'ai remontée dans sa chambre.

— Vous n'auriez pas dû ! s'affola Alice. Lord Richard va se mettre dans une de ces colères...

— Eh bien, qu'il se mette en colère. Maintenant, va t'occuper d'Adwen.

Alice en eut les larmes aux yeux.

— Je n'ai pas le droit. Vous pensez bien que j'ai insisté pour continuer à m'occuper de notre pauvre milady. Mais il me l'a interdit.

Désobéir à lord Richard rendait la pauvre servante malade de peur.

— Ne t'a-t-il pas recommandé d'obéir en tout à lord Gaël ?

Alice hocha la tête, les joues soudain toutes rouges. Catriona se tourna vers Gaël.

— Dites-le-lui, vous.

— Et si j'ai envie de la garder près de moi ?

— Vous n'avez pas envie de la garder. Vous avez seulement envie de me contrarier.

Son regard s'envenima et, d'un geste, il congédia la servante :

— Va t'occuper de... lady Adwen.

Alice se redressa comme un ressort et fila. Au passage, elle chuchota à Catriona :

— Honnêtement, je ne voulais pas lui faire du mal. Mais il m'a interdit de la soigner. Il a bien fallu obéir.

Alice disait peut-être la vérité. C'est pourquoi Catriona jugea préférable de ne pas la sermonner.

— Dans ce cas, repens-toi en la soignant avec sollicitude et dévouement.

— Oh oui, promis, fit la servante en détalant.

— Et moi, je me trouve privé de servante pour ma toilette, se plaignit Gaël. Tu vas être obligée de prendre sa place.

— Je ne vois aucune objection à vous rendre ce petit service, dit-elle. Comme vous le savez, c'est la coutume lorsqu'on donne l'hospitalité à un voyageur. Si Adwen avait eu la santé, c'est elle qui vous aurait lavé.

— Pas possible ! A ce propos, je ne me rappelle pas t'avoir entendue mentionner l'épouse de Richard. Pas plus que tu n'avais évoqué l'existence de ton mari, d'ailleurs.

— Lord Richard vous a pourtant bien dit que j'avais été envoyée à Redfern pour soigner sa femme ?

— En tout cas, toi, tu ne l'as jamais nommée. Pas un mot. Quelle cachottière tu fais, Catriona de Falkhaar, dit-il en s'allongeant dans le baquet. Ote ta robe et rejoins-moi dans le bain.

— Pourquoi ? demanda-t-elle, méfiante.

— Tu me disais aimer la propreté ?

— Je me laverai plus tard... Et puis il n'y a pas de place.

Il pointa le doigt vers ses genoux :

— Il y en a une toute prête. Viens dans la baignoire !

Sans trop chercher à comprendre, elle enleva sa robe et la laissa tomber sur le sol recouvert de paille nattée. Après avoir retiré ses chaussures, elle se glissa lentement dans la baignoire. Gaël l'installa alors à cheval sur ses cuisses musclées.

— Et voilà. Pas si inconfortable que cela, dans le fond ?

— Non, mentit-elle.

Catriona était autant perturbée par cette position, que par la douceur insidieuse de la voix de Gaël.

Elle se rendit bientôt compte qu'il savonnait un linge pour lui frotter le dos.

— Que faites-vous ? C'est vous qui m'aviez demandé de vous laver !

Il lui nicha le visage au creux de son épaule et souleva sa lourde chevelure.

— Je n'ai jamais touché des cheveux aussi soyeux... veloutés, lourds. Ils frémissent de vie. Je pourrais les reconnaître sans avoir à ouvrir les yeux.

Il lui frottait le dos avec des mouvements circulaires, et remonta jusqu'à sa nuque.

— Tu as les muscles du cou noués. As-tu peur de moi, Catriona ?

— Non, dit-elle, la voix étouffée.

Le bras de Gaël se referma d'un coup sec autour de ses épaules.

— Tu le devrais parce que j'ai envie de te briser !

— J'ai constaté que cela arrivait souvent aux hommes d'avoir envie de broyer les femmes, de les détruire.

— Pas à moi. C'est la première fois. (Il se tut, puis demanda :) T'a-t-il fait l'amour ?

— Delmas ?

— Qui d'autre ? A moins que tu n'aies un autre mari caché dans ce manoir infernal.

— Non.

— Alors dis-moi. Dans l'écurie, t'a-t-il jetée sur le sol pour te violenter ?

— Non.

Gaël se détendit légèrement.

— Je ne tolérerais pas que tu me mentes sur ce point.

— Je ne mens pas.

— Pourquoi ne m'avais-tu pas parlé de lui ?

— Je ne vous en avais pas parlé parce qu'il n'est pas intéressant, s'emporta-t-elle. J'avais suffisamment de soucis et ce sujet était sans intérêt pour vous.

— Tu prends les vœux sacrés du mariage fort à la légère. Mais c'est aussi bien, parce que j'ai l'intention de t'en débarrasser, de ce mari sans intérêt.

— Non !

— Alors, tu vois bien qu'il en a, de l'importance. Aurais-tu des sentiments pour lui ?

— Je le déteste. Pourtant je ne te laisserai pas l'assassiner sans réagir. Je n'ai pas envie de supporter le poids de la culpabilité sur mes épaules.

Il se pencha sur elle et embrassa le creux de son cou.

— Tu as de très belles épaules. Il ne faudrait surtout pas les surcharger. Mais je t'assure que les miennes ne remarqueraient pas ce fardeau supplémentaire.

— Je vous interdis de commettre un tel crime ! protesta-t-elle en se débattant. Je ne tolérerai pas, vous entendez ?

— Reste tranquille, dit-il en l'immobilisant. Je ne voudrais pas avoir à te faire mal.

— Mais pourquoi ? Delmas n'a rien fait pour vous offenser, s'affola-t-elle.

— Tu crois ? (Il l'écarta soudain de lui pour la foudroyer du regard.) Cet imbécile m'offense parce qu'il te considère comme sa propriété à cause d'une vague prière. Il m'offense parce qu'il s'est servi de ton corps et qu'il te connaît mieux que moi. Et... sa simple existence m'offense.

— Et vous iriez jusqu'à le tuer pour ne plus le voir ?

— Pourquoi pas ? Je le balayerai de ta vie avec autant

de plaisir que je lave les traces qu'il a pu laisser sur ton corps.

— Ce serait commettre un péché. La vie est un don merveilleux auquel on n'a pas le droit de toucher. Bien que je ne ressente rien pour Delmas, je ne supporterais pas qu'il meure à cause de moi. (Son regard fut soudain troublé par des larmes.) Je ne suis pas une destructrice mais une guérisseuse. Ce serait... Je ne pourrais pas endurer une pareille souffrance.

— Cesse de pleurer. Ça m'offense également que tu pleures sur son sort.

— Je ne pleure pas sur son sort !

— Alors arrête. Pourquoi faut-il que tu larmoies sans cesse ?

— Croyez bien que j'arrêterais, si je pouvais. Mais c'est votre faute. Je n'ai jamais pleuré autant que depuis que je vous connais.

— Par l'enfer... Cesse de pleurer et je te promets de ne pas toucher à cette vermine...

Il prit délicatement le visage de Catriona entre ses mains.

— En échange, tu ne lui parleras plus et tu éviteras sa compagnie. Plus question qu'il te touche. Et si tu oses mentionner son nom, je lui ouvre le ventre et je le coupe en deux !

Il approcha alors sa bouche de la sienne, et l'embrassa avec une ardeur et une avidité apparemment impossibles à rassasier. Il s'écarta cependant un instant pour s'écrier :

— Tu m'appartiens, à moi et à moi seul !

Il plongea alors ses mains dans l'eau pour la prendre aux hanches. Il l'ajusta ensuite à lui et la pénétra d'un violent coup de reins.

Catriona lâcha un petit cri.

— A moi seul... Je t'aurais tuée quand tu es partie avec lui dans l'écurie. J'ai imaginé tout ce qu'il te faisait.

— Je vous ai dit que...

Le va-et-vient de Gaël l'entraînait peu à peu dans une douce plénitude. Elle eut du mal à terminer sa phrase.

— Il... n'a rien fait.

— Je te crois. Ce qui lui permettra de vivre un peu plus longtemps.

Il la souleva pour mieux la faire redescendre sur lui, doucement, encore et encore.

C'était trop lent. Catriona suffoqua et chercha désespérément à étreindre Gaël.

— Gaël, c'est...

— Tu sens à quel point nos corps s'aiment ?

Elle se contracta pour le retenir en elle, mais il s'obstinait à la soulever en la frottant à lui avec une lenteur affolante.

— C'est mieux qu'avec ton joli cœur de lord Richard, hein ? Et meilleur qu'avec ton vermisseau de mari !

— Je n'aimais pas... commença-t-elle en se mordant la lèvre. (Sous la caresse intime, elle fut traversée par une onde de désir.) C'est bien mieux... ce n'est pas pareil.

— Alors oublie-les, grommela-t-il, en l'écrasant contre lui. Ils ne font plus partie de ta vie.

Soudain il lui empoigna les fesses, et l'étreinte se fit de plus en plus intense.

Caressée par le remous de l'eau chaude sur sa peau, brûlée par le sexe de feu qui s'agitait en elle, elle entendit des petits cris de plaisir s'échapper de sa gorge, à mesure que la tension montait.

— Oui... crie... gémis... je veux t'entendre.

Impossible de se retenir. Tout son corps se soulevait, tendant vers la libération qui la laissa bientôt sans voix, éperdue, contre le cœur de son amant.

— Tu vois... tu m'appartiens... à moi seul, murmura-t-il dans ses cheveux, alors qu'il remuait toujours en elle.

— Non.

Un long spasme le secoua soudain et il la serra involontairement jusqu'à l'étouffer. Enfin repu, il s'affaissa contre le rebord de la baignoire et ferma les yeux.

— Entêtée, grommela-t-il enfin.

Se dressant brusquement dans l'eau, il la souleva et sortit de la baignoire. Il se dirigea vers le lit.

— Il est temps que nous fassions l'amour ensemble dans un lit.

— Nous sommes encore mouillés !

— Nous sécherons et je te promets que tu ne prendras pas froid.

Il l'allongea sur l'édredon, la recouvrant de son corps gigantesque et glissa une main entre ses cuisses.

— Ne me dis pas que tu as de nouveau envie de moi ! lança-t-elle.

Deux doigts indiscrets la fouillèrent.

— Non. Je veux que ce soit toi qui me désires. Je veux que tu me désires, pour apaiser ta faim et l'attiser de nouveau, murmura-t-il, en caressant son oreille du bout de la langue. Et d'ici la fin de l'après-midi, tu auras admis que tu m'appartiens.

— Non, jamais... s'écria-t-elle désespérée. Je ne veux pas.

— Si, Catriona, je t'assure que si.

Il fit glisser sa bouche le long de son cou et lui prit le bout d'un sein entre les lèvres...

— Je ne le pensais pas vraiment, murmura Catriona.

Par la fenêtre, elle contemplait le soleil qui déclinait à l'horizon. Gaël lui recouvrit les seins avec la couverture avant de nicher sa tête au creux de son épaule.

— Si, c'était vrai. Et tu t'es montrée des plus convaincantes.

Le feu aux joues, elle insista :

— C'est toi qui m'as entraînée à ces excès, Gaël.

— N'en as-tu pas éprouvé beaucoup de plaisir ?

— Si, mais tu... ce n'est pas vrai, ce que je t'ai dit.

Il lui caressa les seins sous la couverture.

— Je n'ai pas envie de te contredire.

Maintenant, il se considérait comme vainqueur. Catriona regrettait atrocement d'avoir avoué sa passion. Pendant ces heures de folle volupté, elle avait été vulnérable, ressentant encore cette complémentarité surnaturelle qu'il y avait entre eux. Mais il est dangereux de se sentir trop proche de quelqu'un quand on est condamnée à rester à l'écart du monde.

— Qui est Selbar ? attaqua-t-il en la prenant au dépourvu. Tu as affirmé qu'il était le seul en qui tu aies confiance. Je veux en savoir davantage sur lui. (Son silence arracha un juron à Gaël mais il ne se découragea pas.) Est-ce ton père qui t'a donnée en mariage à Delmas ?

— Non. Mon père nous a abandonnées, ma mère et moi, quand j'étais enfant.

— Pour quelle raison ?

— Ma mère avait les mêmes dons que moi. Il ne supportait pas d'avoir épousé une guérisseuse.

— Je comprends fort bien les tourments de ton père. Car si ta mère dormait comme toi avec tous ses patients... C'est elle qui a accordé ta main à Delmas ?

— Non.

— Tu l'as choisi toi-même ?

— Sûrement pas ! Je n'avais pas le choix. J'ai été obligée de me marier avec lui.

— Obligée par qui ? Je veux savoir.

Elle ne pourrait pas tout lui dire, mais peut-être serait-il satisfait si elle lui révélait un fragment de son passé.

— Delmas était esclave dans la maison de lord Kells. J'ai fait sa connaissance à Kythe, quand son maître est venu rendre visite à son frère, lord Giles. Un... drame s'est produit à ce moment-là... Je me suis enfuie et après deux jours de recherches, Delmas m'a retrouvée dans la forêt de Kythe.

— De quel « drame » s'agit-il ?

— On a brûlé ma mère sur le bûcher.

Gaël resta un instant sans voix.

— Sur ordre de lord Giles ?

— Non, des villageois. Lord Giles, lui, n'avait pas la moindre animosité contre ma mère, puisqu'elle avait soigné de nombreuses personnes dans sa maison. C'étaient les villageois qui avaient peur d'elle. Ils la traitaient de sorcière et l'accusaient de tous les maux qui s'abattaient sur Kythe. Ce n'était pas une sorcière. Au contraire, elle était la bonté même ; c'était une femme qui craignait Dieu... Elle ne demandait qu'à faire le bien, car c'était son devoir.

— Et ils l'ont brûlée. As-tu assisté au supplice ?

— Oui. Ils m'ont forcée à regarder. Et le lendemain, je devais moi aussi monter sur le bûcher.

Catriona se souvint des flammes, des hurlements, et de la lente agonie.

— Elle a mis très longtemps à mourir... Ensuite ils m'ont enfermée dans notre chaumière, et ils ont chargé le cordonnier de monter la garde devant la porte. Durant la nuit, quelqu'un a réussi à éloigner le garde et à déverrouiller la porte. J'ai pensé que c'était l'œuvre de lord Giles mais Delmas m'a assuré que c'était lui. Je me suis échappée et je me suis cachée pendant trois jours dans la forêt. Je voulais rejoindre la côte pour prendre le bateau jusqu'à Gwynthal. Mais Delmas m'a rattrapée. Il avait entendu des rumeurs concernant le trésor et voulait se l'approprier grâce à moi. (Elle s'interrompit.) Etant esclave, Delmas ne pouvait me garder que s'il m'épousait. Il m'a alors enchaînée pour me conduire devant le père Jérôme, chapelain du château. Il lui a raconté qu'il voulait m'emmener chez lord Kells pour me sauver du bûcher et des villageois. Le chapelain connaissait ma mère et il savait que ce n'était pas une sorcière. Il a donc décrété que Delmas serait un excellent protecteur et, refusant d'écouter mes protestations, il nous a mariés.

— L'imbécile.

— Ses intentions étaient bienveillantes.

— Epargne-moi un discours sur les bonnes intentions des imbéciles. Tu ne lui as jamais révélé la cachette du trésor ?

— Non et, au bout d'un moment, Delmas a renoncé à me tourmenter. Mes talents de guérisseuse faisaient merveille dans la maison de lord Kells, et il comptait dessus pour gagner sa liberté.

— Comment te tourmentait-il ?

— Comme le font généralement tous les hommes pour imposer leurs volontés. Mais rassure-toi, je suis libérée de Delmas. Il ne peut plus me nuire.

— Tu n'es pas libérée de lui, non. Pas encore.

Catriona fut parcourue d'un frisson en entendant ces paroles menaçantes. Elle préféra changer de sujet.

— Lady Adwen a besoin de soins intensifs ; cependant, elle est mieux que je ne l'espérais. Malik semble ravi d'avoir une compagne.

— De quelle manière te tourmentait-il ?

Gaël s'acharnait, et son agressivité finit par la mettre en colère.

— Je ne répondrai plus à tes questions. C'est du passé. Et d'ailleurs, quelle différence cela fait-il ?

Il garda un instant le silence et contempla à son tour le coucher du soleil. Puis, en marmonnant quelques mots, il se leva et marcha jusqu'à la fenêtre. Son corps nu à la puissante musculature s'auréola de pourpre et ses cheveux prirent soudain des reflets roux.

Cette vision remémora à Catriona le rêve d'Adwen. « Ses cheveux étaient éclairés par les flammes... le guerrier à la comète... il approche. » Mais il n'était pas minuit et Gaël n'avait apparemment pas l'intention d'incendier Redfern. Catriona avait été témoin de bien des événements insolites, voire miraculeux. Le rêve d'Adwen pouvait donc être aussi une réelle vision. Cependant Gaël ne pouvait pas en être le héros. Malgré son caractère parfois violent, jamais cet homme n'irait jusqu'à détruire par plaisir.

— Pourquoi me regardes-tu avec ces yeux-là ? lui demanda-t-il en revenant vers elle.

— J'étais en train de me dire que tu n'as rien d'un destructeur, lâcha Catriona, sans réfléchir.

— Tu trouves ? Le devoir du soldat c'est pourtant de détruire.

— Malik m'a garanti que tu étais beaucoup plus qu'un soldat.

— Malik idéalise toujours les gens, dit-il, la dominant de toute sa taille. Il m'arrive parfois de ressembler à mon père. Et il n'y avait pas plus assoiffé de sang qu'Hardraada.

— Dans ce cas, tu devrais lutter contre ces penchants héréditaires.

— Oh, je lutte ! J'ai appris très tôt à réfléchir avant de me battre. Et depuis le temps où, enfant, je suivais mon père dans ses razzias, il ne m'est plus jamais arrivé de tuer sous l'effet de la colère, dit-il en lui caressant les cheveux. Ça me chiffonne de penser que j'aurais pu massacrer ton mari. Ça prouve que je ne suis pas encore complètement maître de moi.

— Si ça te contrarie, c'est que tu sais que c'est mal. De toute façon, tu disais que la présence de Delmas ne changeait rien à l'affaire et que tu coucherais quand même avec moi.

— Ce n'est pas tout à fait vrai. Car tant que ton mari est en vie, je ne peux pas... Bon, ne parlons plus de lui. Arrange-toi pour que je ne le voie plus.

Elle ne demandait pas mieux que d'éviter toute allusion à Delmas, car elle était terrifiée par les réactions violentes de Gaël. Elle se leva et déclara avec désinvolture :

— J'éviterai toute allusion, promis. Mais comme il appartient à lord Richard, tu devrais lui spécifier que ça t'horripile de voir Delmas traîner dans la salle commune. Je pense qu'il fera tout son possible pour satisfaire tes exigences...

— Où vas-tu ? grogna-t-il en la voyant enfiler sa robe.

— Vérifier que Malik et Adwen ne manquent de rien et me trouver ensuite un endroit où dormir.

— Tu dormiras ici. Le lit de Richard... tu ne t'y sens pas dépaysée, quand même !

— Jamais je ne m'étais trouvée dans cette chambre, auparavant, et jamais je n'ai couché avec ce serpent.

Elle se pencha pour lacer ses chaussures et sentit Gaël soudain en alerte.

— Ah non ? Richard prétendait pourtant...

— Dans ce cas, c'est un menteur en plus d'un serpent. Et tu es ridicule de croire ses fanfaronnades.

— Mais tu savais que je le croyais. Pourquoi ne m'as-tu pas dit la vérité ?

— Parce qu'il fallait absolument que je regagne Redfern. Au cas où le trésor n'aurait pas suffi, j'ai préféré manipuler le conquérant jaloux qui dort en toi pour te pousser à entreprendre le voyage.

— Ainsi tu m'as utilisé !

— Tout comme tu m'as utilisée.

— Je serais curieux de savoir pourquoi tu tenais tant à rentrer.

— A cause d'Adwen. Elle avait besoin de moi.

— Tu aurais pu me le dire, fit-il d'un ton bourru. Je ne suis pas ignoble au point de laisser une femme mourir.

— Je ne pouvais pas prendre de risque.

Le visage de Gaël fut traversé par une émotion indéchiffrable.

— Non, évidemment. Si tu songes à la cruauté avec laquelle je t'ai traitée, je suppose que tu avais raison de ne pas chercher à faire appel à ma bienveillance.

— Tu n'as pas manqué de bonté à mon égard, simplement la bienveillance ne vient pas naturellement à certains hommes.

— Dois-je en déduire que le trésor n'existe pas ?

— Bien sûr qu'il existe ! Je ne suis pas une menteuse !

— Où se trouve la preuve de son existence ?

— C'est Delmas qui la détient. Il me l'a prise la veille du mariage. (Elle ouvrit la porte et regarda vers lui.) Mais je ne sais pas comment tu la lui reprendras si tu ne veux pas le voir.

— J'attendrai que ma mauvaise humeur s'apaise, ricana-t-il.

— Mais tu sais, tu n'as pas besoin de Delmas. Si tu acceptes de me rendre la liberté, je te conduirai moi-même au trésor dès qu'Adwen sera en état d'entreprendre le voyage. Je refuse de l'abandonner à un mari qui ne désire que sa mort.

— Si jamais je décide d'entreprendre le voyage, je m'assurerai qu'Adwen soit protégée. Tu peux aller t'occuper de tes malades, mais promets-moi de revenir et de t'installer ce soir à côté de moi, pour le dîner.

— Impossible ! protesta-t-elle. Une esclave ne s'assied pas à la table du maître.

— Une esclave obéit aux désirs de son maître, insista-t-il en la regardant de la tête aux pieds. Et emprunte une robe à lady Adwen parce que j'en ai assez de te voir avec ces haillons. Si tu ne me rejoins pas, j'irai te chercher moi-même.

— Ça n'a aucun sens. Pourquoi veux-tu que je dîne à la table des maîtres ?

— Tu devrais être satisfaite que j'en exprime le souhait, grommela-t-il en lui tournant le dos. A ce soir, dans la grande salle du château !

7

— Où se trouve Alice ? Je vous l'avais envoyée en lui ordonnant d'être à vos petits soins.

— C'est moi qui l'ai expédiée à la salle commune chercher du bouillon pour lady Adwen, s'excusa Malik. J'avais trop peur que tu ne lui administres une de tes concoctions.

— Comment va-t-elle ? s'inquiéta Catriona.

Elle s'approcha du lit et se pencha vers la malade. Adwen semblait déjà beaucoup mieux maintenant que ses cheveux et son visage avaient été lavés.

— S'est-elle réveillée ?

— Oui, à deux reprises. Une fois peu après ton départ, et puis une autre quand Alice l'a baignée. Elle a même demandé à sa servante de suspendre un rideau entre nous deux pour échapper à mon regard.

— Et où est-il ?

Malik retrouva son beau sourire.

— Je n'ai eu qu'à tirer dessus quand elle s'est rendormie. C'est tellement triste d'être cloué au lit ; alors je m'accorde une faveur...

— Mais tu ne dois pas la prendre sans son consentement. Elle a déjà été bien trop malheureuse.

Le sourire de Malik s'évanouit.

— Pauvre damoiselle ! Faut-il que le monde soit cruel pour s'en prendre à une personne aussi désarmée.

Catriona repensa au sursaut d'énergie qu'avait eu Adwen, dans le réduit de l'écurie.

— Elle est peut-être beaucoup moins désarmée qu'on ne le croit. C'est son mari qui est cruel.

— Il mériterait d'aller griller en enfer et je l'y pousserai avec plaisir, si l'occasion se présente. A moins que Gaël ne me prive de ce plaisir.

Catriona traversa la chambre et alla soulever le couvercle de la malle déposée devant la fenêtre.

— Je suis obligée d'assister au dîner, dans la grande salle, mais je reviendrai dès que possible.

— Ça m'étonnerait. Gaël te voudra dans son lit.

— Eh bien, il se passera de moi. Le devoir me réclame.

— Méfie-toi. Si tu tiens à garder ton mari en vie, je te conseille de ne pas le contrarier davantage.

— Le crois-tu vraiment capable de tuer un homme pour si peu ?

— Si tu avais vu son visage, quand tu as suivi Delmas dans l'écurie...

— Je ne comprends pas pourquoi les hommes règlent leurs problèmes en tuant, bougonna-t-elle en fouillant le coffre pour dénicher une robe à sa taille.

— Pour le moment, Gaël ne se comprend pas lui-même ; ce qui accroît le danger. Dès son plus jeune âge, Hardraada lui a appris la violence et le sang, et l'a entraîné à prendre ce qu'il convoitait sans s'embarrasser des obstacles. Par la suite, il a appris à se dominer. Mais ne le pousse pas à bout... Ne passe pas la nuit dans notre chambre, Catriona. Apaise-le. Donne-lui ce dont il a besoin. Et je pense que ce n'est pas trop désagréable, acheva-t-il avec un sourire complice.

Désagréable, non, mais dangereux. Car chaque fois qu'elle faisait l'amour avec Gaël, les liens affectifs se renforçaient. La perspective d'une séparation deviendrait bientôt intolérable.

Enfin, Catriona dénicha une robe carmin foncé. Elle alla ensuite vers le coin-toilette pour se préparer.

— Envoie Alice me chercher dans la salle, si Adwen ne va pas bien.

— Ne t'inquiète pas, je prendrai bien soin d'elle.

Alertée par la tendresse de sa voix, Catriona tourna la tête ; Malik couvait Adwen d'un regard protecteur. Elle en ressentit une douloureuse nostalgie. C'eût été si bon de pouvoir poser son fardeau et de céder au plaisir de s'abandonner... au moins pour un temps.

Dans le foyer installé au centre de l'immense salle commune, le feu crépitait, dorant le sanglier qui tournait sur sa broche. Un garçonnet jouait de la vielle tandis que des rires montaient de la table du maître de céans.

Mal à l'aise, Catriona arrêta sa course au seuil du passage voûté. Elle n'avait pas sa place dans l'assemblée. Lord Richard avait convié tous ses vassaux ainsi que leurs épouses. Elle reconnut seulement Edmund de Danworth et sa femme Joan, ainsi que Cyril Montbor et son fils Herbert de Kenmal.

— Approche ! lui lança lord Richard.

Il occupait la place d'honneur au centre de la table principale et se leva pour lui tendre la main avec un sourire étincelant.

— Jamais je ne t'avais vue aussi séduisante. Viens t'asseoir auprès de moi, Catriona.

Subitement il y eut un silence de mort, et tous les regards se posèrent sur elle. Les hommes semblaient curieux, les femmes plutôt hostiles et dédaigneuses.

— C'est près de moi qu'elle s'installera, intervint Gaël.

Elle se retourna pour le regarder, et il la prit par le coude. Ils traversèrent la salle et il la conduisit vers l'estrade, où se trouvait la table principale. Le contact de sa main la réconforta et atténua un peu son malaise.

— Je veux m'en aller. Je n'ai pas ma place ici.

— Bien sûr que si, murmura-t-il, bourru. Tu as plus de sagesse en toi que la plupart des invités et tu es beaucoup plus belle que toutes les femmes ici présentes. Surtout dans cette robe. Je... merci de la porter avec autant d'élégance.

Elle fut surprise par ces compliments un peu maladroits. Gaël ne lui avait encore jamais fait de remarques sur son apparence.

— Elle ne me va pas, dit-elle en tirant sur le corsage étroit. Adwen est bien plus menue que moi.

— Au contraire, elle est tout à fait à ta taille, fit-il en admirant les rondeurs du buste. Si tu veux des toilettes neuves, je pourrai envoyer un messager à mon navire ancré au large d'Hastings. Il pourra te rapporter de la soie de Byzance ou de la dentelle de Damas. Je ne pars jamais en voyage sans marchandises à utiliser comme monnaie d'échange.

— Je n'ai pas besoin de soieries. Ma robe de laine me suffit et si tu ne me l'avais pas demandé, je n'aurais pas emprunté cette robe à Adwen.

— Je sais bien, puisque tu es la damoiselle la plus

entêtée du monde, dit-il en l'aidant à monter les deux marches de l'estrade.

Lord Richard vint au-devant d'eux et désigna d'une main gracieuse les deux chaises vides à côté de la sienne :

— Je vous ai fait préparer un festin qui vous fera oublier la gastronomie normande. Voyez avec quelle diligence je m'efforce de vous satisfaire.

Gaël promena son regard sur l'assistance.

— Je constate que vous vous êtes en tout cas arrangé pour me plaire sur un point. Où l'avez-vous relégué ?

— Aucune importance. Soyez seulement assuré que durant votre séjour ici, on vous épargnera sa compagnie. J'aurais renvoyé Delmas avant votre arrivée si j'avais su à quel point les Normands sont sentimentaux. Je crains que nous autres, Saxons, ne soyons un peuple beaucoup plus insensible. Delmas était toujours très serviable quand...

— Il a disparu, inutile de parler de lui, le coupa Gaël en installant Catriona à sa gauche avant de s'asseoir à droite de Richard. Vous pourrez le faire revenir d'ici quelques jours, après notre départ.

— Vous ne restez que quelques jours ? Et moi qui espérais vous avoir plus longtemps ! fit Richard en signifiant aux serviteurs de commencer le service. Oh, vous avez le temps de changer d'avis. Redfern présente une foule d'agréments. Catriona vous fera visiter le domaine et la campagne environnante. Vous verrez que la propriété est fort belle.

— Je n'en aurai pas le temps, objecta-t-elle en soutenant le regard de Richard. L'état de santé d'Adwen réclame des soins constants.

— Oui, Delmas m'a appris que tu l'avais réinstallée dans sa chambre. Mais elle est contagieuse, tu sais, c'est ce qui m'a contraint à la loger dans l'écurie.

— Elle ne souffre que de la fièvre qu'elle avait auparavant ! protesta Catriona.

— Vraiment ? Mais comment voulais-tu que nous le sachions puisque tu n'étais pas là pour nous le confirmer ?

Catriona serrait son gobelet ; elle aurait voulu le lui jeter à la figure !

— Catriona s'est prise d'affection pour ma pauvre

épouse. Elle n'admet pas qu'Adwen ne soit pas faite pour la vie ici-bas. Mais moi j'ai bien peur que les anges ne nous la reprennent d'un moment à l'autre, ajouta-t-il en poussant un soupir.

— En aucun cas ! fit Catriona, révoltée. Je me rends bien compte qu'Adwen vous cause du désagrément, mais sachez qu'elle ne mourra pas !

— En quoi ma douce Adwen pourrait-elle être une cause de désagrément ? ironisa Richard en levant son verre à Catriona. J'admets toutefois mon attirance pour les femmes dotées de plus d'entrain. N'est-ce pas naturel, pour un homme, de vouloir une épouse capable de prendre place à son côté, et capable aussi de l'épauler par sa force ?

Richard mentait. Il ne désirait qu'une femme soumise. D'abord une subtile menace, ensuite quelques flatteries. A quoi jouait-il ?

— Mange, lui conseilla Gaël.

Il se pencha en avant pour qu'elle ne puisse plus voir Richard. Il partagea ensuite le morceau de viande servi dans son écuelle et en donna à Catriona.

— Je partage l'avis de lord Richard quand il affirme qu'il faut alimenter ses forces. Tu ne tarderas pas à en avoir besoin, ajouta-t-il, un ton plus bas.

Ses joues s'empourprèrent quand elle croisa son regard incroyablement sensuel. Devant tous les convives, Gaël venait d'établir son droit de cuissage. Tous les hommes lui jetèrent des regards salaces. Richard, lui, leva à nouveau son gobelet.

— Bien dit. Comme je vous envie. Je regrette d'avoir été forcé de renoncer à un tel trophée. Ce n'est pas tous les jours qu'une esclave telle que Catriona vous tombe dans le bec.

Elle était leur esclave, leur propriété... Tous ces mots et ces regards la dégoûtaient. Elle crut étouffer.

— Je n'ai plus faim, tout à coup. Et puis le devoir me réclame au chevet d'Adwen.

Elle se leva et, sans écouter Gaël qui la retenait, elle s'enfuit de la salle. Il la rattrapa au pied de l'escalier et l'immobilisa.

— Je refuse de retourner à table ! Tu ne peux pas m'y

contraindre. Et si tu cherches un bouc émissaire à humilier, trouve quelqu'un d'autre, cracha-t-elle en se débattant. Mais tu n'as pas réussi à m'humilier totalement. C'est vous qui devriez avoir honte de faire plier des êtres humains sous le joug.

— Bon Dieu, tu vas te taire et m'écouter? Je n'avais pas l'intention de t'exposer à une humiliation publique. Seulement Richard te lorgnait comme si... Ça m'a mis hors de moi.

— Et tu trouves ça bien? Tu me traites d'esclave et cependant tu me pousses à m'attabler à côté de toi, pour m'exhiber devant tes soldats et les vassaux de Richard... Tu vois, je m'étonne que tu ne m'aies pas fait mettre toute nue devant eux.

— Je ne t'exhibais pas, tu n'as rien compris, dit-il avec hargne, en la secouant par les épaules. Je ne voulais que t'honorer, et leur montrer qu'ils devaient te traiter avec respect, parce que tu es bien davantage qu'une esclave.

— Je ne suis rien de plus que ton esclave. Tu l'as prouvé à tout Redfern. Et tu le prouveras encore en me ramenant dans ton lit. Ils ricaneront en se racontant ce que tu es en train de me faire, au lit. Tu le sais et tu t'en moques.

— Je ne suis pas parfait, bon sang! Parfois, je me laisse emporter par la colère et je ne contrôle plus mes propos. Mais sache que si je m'en moquais vraiment, à l'heure qu'il est, je t'aurais déjà étranglée.

Il tourna les talons et repartit à grands pas vers le banquet.

— Voulez-vous que je vous attende dans votre chambre, milord? lui cria-t-elle, railleuse.

— Pas si tu tiens à rester en vie. Va rejoindre Malik et cette femme. Ils n'ont rien à craindre de ton venin, eux.

Jamais Catriona n'aurait cru qu'il l'autoriserait à rejoindre ses malades. Regrettait-il son emportement? Avait-il vraiment tenté de la hisser à une place plus honorable, de la mettre à l'abri des calomnies? A mesure que sa colère s'apaisait, Catriona en vint à considérer cette possibilité. Gaël n'était pas un menteur. Oui, elle en était certaine à présent, il avait vraiment voulu la protéger...

Une seule chandelle éclairait la chambre d'Adwen. En voyant Catriona entrer, Alice se dressa en toute hâte. Catriona posa un doigt sur ses lèvres avant de jeter un coup d'œil à Malik et à Adwen, endormis au creux du lit.

— Tout va bien ? chuchota-t-elle.

— Lui, il souffrait beaucoup. Alors je lui ai donné de ce breuvage pour dormir que vous m'avez appris à préparer pour lady Adwen. Quant à elle, elle dort depuis votre départ.

— Très bien. Tu peux regagner ton lit, c'est moi qui prends la relève.

— Vrai ? J'aurais pourtant cru...

— Va te reposer, je veille sur eux, l'interrompit Catriona.

Alice hésitait, visiblement peu désireuse de partir.

— Qu'y a-t-il ? s'impatienta Catriona.

— Est-ce que je peux rester ici ? Je ne vous dérangerai pas, je me blottirai au coin du feu et je me ferai toute petite.

— Tu crains que lord Richard ne te punisse pour avoir soigné lady Adwen ?

— Oui, admit Alice. Il me fait mal quand il est en colère. Il me brutalise toujours mais dans ces cas-là, c'est pire, avoua-t-elle en tremblant. Si je sors de la chambre, il me cherchera et me traînera jusqu'à son lit.

— Si tu ne supportes pas ce traitement, pourquoi ne pas avoir pris la fuite ?

— Et pour m'enfuir où ? gémit-elle. J'attends un enfant.

Catriona fut à la fois choquée et révoltée par cette nouvelle.

— Le sait-il ?

— Oui. J'en suis à mon troisième mois.

— Et il a quand même osé t'offrir à lord Gaël ?

— Je commence à peine à m'arrondir et lord Richard m'a dit que j'étais encore la plus jolie femme de Redfern. Il voulait contenter lord Gaël. Comme il ne savait pas si tu plaisais toujours autant au Normand...

Catriona était écœurée d'entendre ces propos. Elle désigna à Alice le grabat qu'elle avait fait installer au fond de la pièce pour y dormir elle-même.

— Non, je peux dormir par terre près du feu.

— Dors sur ma couche, tu seras mieux. Je suis en bonne santé, moi, je ne suis pas enceinte. Je ferai monter un autre lit dès demain. Allez ! s'emporta-t-elle, va te coucher.

Alice fila vers le grabat avec une servilité qui fit regretter à Catriona son agressivité. La chambre d'Adwen, pourtant vaste, ne tarderait pas à être trop étroite si elle continuait à prendre en charge toutes les victimes de lord Richard. Catriona se demanda comment elle trouverait le courage de regagner Gwynthal, s'il lui fallait s'inquiéter du sort de tant de malheureux.

Soudain, un bruit attira son attention. Regardant vers le lit, elle n'y surprit pas le moindre mouvement. Malik dormait profondément. Le bruit devait donc provenir d'Adwen. Elle était pourtant d'une immobilité parfaite, mais ses yeux, grands ouverts, brillaient de larmes.

— Catriona...

— Vous avez entendu la conversation, murmura la jeune femme s'approchant pour lui prendre les mains. Ne pleurez pas. Tout finira par s'arranger.

— De toutes mes forces j'ai essayé de concevoir cet enfant qu'il voulait tant...

— Je sais. Simplement, le destin en a décidé autrement.

— Les rapports me faisaient particulièrement mal... Est-ce toujours douloureux, Catriona ?

Catriona pensa alors aux caresses de Gaël, et à sa façon de lui faire l'amour.

— Non, pas toujours...

— Comment ? Le Normand ne te blesse pas, quand il couche avec toi ?

— Qui vous a parlé du Normand ?

— Richard. A son retour de Hastings, il m'a appris que tu n'étais pas là-bas seulement pour soigner. Alors j'ai prié pour toi. Et puis quand la maladie m'a reprise, j'ai prié pour moi. Richard me voudrait morte. Avant, je refusais de l'admettre parce que je ne pensais pas qu'on puisse atteindre un tel degré de cruauté. Moi, je voulais accomplir mon devoir d'épouse. Mais ce n'est pas ma faute si je ne peux pas avoir d'enfant. Malgré ce qu'il peut dire, ce n'est pas ma faute. (Elle observa Alice, allongée sur le lit de camp, et soupira :) La pauvre. Bien que ce soit un bonheur d'avoir un bébé, je n'envie pas son sort.

— Maintenant, je préférerais mourir, plutôt que d'avoir un enfant de Richard. Quand je pense qu'à mon arrivée à Redfern, j'étais éblouie par la beauté de mon mari. J'aimais son sourire, sa grâce, sa politesse exquise...

— Vous n'étiez qu'une enfant.

— C'est pire que cela. J'ai pour la beauté une faiblesse qui me perdra. Les années n'ont pas réussi à me convaincre qu'un homme aussi beau puisse cacher un cœur aussi noir. Tu te souviens combien j'étais heureuse d'avoir échappé à un mari tel que Delmas ? Ce que tu as dû me trouver stupide !

— Jamais je ne vous ai mal jugée, la réconforta Catriona.

— Parce que tu es encore plus stupide que moi ! Mais on ne m'y reprendra pas. Car j'ai la volonté de vivre. Je serais morte, dans l'écurie, si je ne m'étais pas déterminée à rester en vie. Je tiens à retrouver la santé, m'aideras-tu ?

Elles échangèrent un sourire complice.

— C'est pour cette raison que je suis revenue, répondit Catriona.

— Je sais que je t'en demande trop, parce que tu as bien assez de tracas... Comment cela se passe-t-il avec Delmas ?

— Lord Richard l'a renvoyé parce que lord Gaël ne veut pas de lui à Redfern.

— Alice prétend que le Normand s'est épris de toi.

— Il s'est épris de mon corps.

— Tu disais pourtant qu'il te traitait avec douceur. Et à ton expression, on dirait que tu l'aimes, et que tu aimes partager son lit, ajouta-t-elle. Moi qui croyais qu'il t'y avait obligée !

— Il ne m'a pas laissé le choix, en effet.

Adwen fronça les sourcils avec inquiétude.

— Mais tu aimes ça. C'est mal. Tu as un mari. C'est même un péché.

— N'est-ce pas pécher de contraindre une femme au

mariage, comme l'a fait Delmas? Je n'ai pas prononcé les vœux de mariage.

— On ne demande pas aux femmes de les prononcer.

— A Gwynthal, si. On exige le consentement mutuel.

— Les lois doivent y être bien étranges, dans ce cas.

— Ce sont des lois, rien de plus. Mais ne vous faites aucun souci, ajouta-t-elle en tapotant la main d'Adwen. Je couche avec le Normand parce qu'il l'exige. Ça ne durera guère et je suis certaine que Dieu pardonnera à mon corps d'aimer le sien.

— Il est vrai qu'ils sont beaux, ces étrangers. Regarde celui-ci, dit-elle en désignant Malik. Plus beau encore que mon mari. Richard me racontait que les Normands n'étaient que des brutes poilues aux dents mal soignées.

— Malik est sarrasin, pas normand. Il a le cœur aussi pur que la beauté de son visage.

— Je pensais la même chose de Richard. Difficile de discerner ce que cache un joli minois.

— Pour le moment, vous n'avez pas à redouter de succomber au charme de Malik, plaisanta Catriona en gagnant le coffre à linge pour en sortir une couverture. Oubliez vos soucis.

— Quand même, la pauvre Alice, soupira Adwen. La vie des femmes est injuste.

— Bonjour! lança Gaël en faisant irruption dans la chambre d'Adwen. Comment vas-tu, Malik?

— Ma santé s'améliore à chaque instant. Puis-je te présenter lady Adwen? Milady, voici mon ami Gaël Dumont.

Adwen étudia un instant le Normand avant de lui tendre la main.

— Je vous remercie d'être venu à Redfern, milord.

Gaël s'approcha, lui prit la main et courba le buste avec beaucoup de distinction.

— Si j'avais su que ce pays dissimulait une dame d'une beauté aussi éclatante, j'aurais pressé Guillaume d'envahir l'Angleterre bien plus tôt.

Catriona resta stupéfaite devant cet aspect jusqu'alors inconnu de la personnalité de Gaël. Il était extrêmement poli, et arborait un sourire presque tendre. Le regard entendu de Malik lui rappela le portrait nuancé qu'il lui avait brossé de son ami. C'était un négociant, un poète et un guerrier. Et c'était Adwen qui avait su dévoiler les autres facettes de sa personnalité...

— C'est bien bon à vous mais je n'ai ni beauté ni plus d'éclat qu'une bougie éteinte, soupira la malade en désignant ses yeux creusés de cernes.

— Dans ce cas, remettez-vous-en à Catriona pour vous rendre la lumière.

— Je m'en remets entièrement à elle, acquiesça Adwen en tendant la main vers la jeune femme. Et pour toujours. La seule chose que je regrette, c'est qu'elle ait dû m'installer dans le lit d'un homme. Ne pourriez-vous pas faire quelque chose ?

— Je me doutais bien que ça ne durerait pas, soupira Malik. Vous souhaitez vraiment me voir rechuter et mourir de mélancolie ?

— Il faut à tout prix me changer de lit ! dit Adwen avec fermeté. On pourrait en monter un autre et l'installer à côté de celui d'Alice.

— Ne vous inquiétez pas, vu son état, Malik vous traitera avec la plus extrême des galanteries. Ce n'est que d'ici quelques semaines que vos appréhensions s'avéreront justifiées.

Adwen se crispa.

— Il faut absolument qu'on me change de lit. S'il vous plaît.

Elle tendit alors les bras vers Gaël.

— Comme vous voulez.

Il la souleva et traversa la pièce pour aller la déposer avec délicatesse sur le lit de camp.

— C'est moi qu'on devrait déménager, protesta Malik. Milady a le droit de rester dans son lit. C'est sa chambre.

— Détrompez-vous, je n'ai aucun droit, objecta Adwen avec une moue amère. Mon seigneur et mari a été parfaitement clair sur ce point. Ici au moins je suis à l'abri du vent et du froid, ce qui n'était pas le cas dans l'écurie.

— Je vais coucher sur ce grabat, Gaël, protesta Malik, confus. Rapporte-la ici.

— J'y suis, j'y reste ! C'est moi qui ai choisi de changer et de plus, je ne suis pas grièvement blessée.

Gaël suivait leurs chamailleries avec amusement.

— Ne comptez pas sur moi pour jouer les déménageurs en attendant que vous vous soyez mis d'accord. Si lady Adwen est légère comme une plume, par contre, ton poids à toi n'est pas négligeable, Malik. Et maintenant, Catriona, prends ton manteau, nous partons faire le tour de la propriété à cheval, conformément aux instructions de lord Richard.

— Je n'obéis pas aux ordres de lord Richard.

— Eh bien, accompagne-moi parce que c'est moi qui te le demande, rectifia-t-il.

— Et si je refuse ?

— Dans ce cas, j'irai seul.

Elle fut touchée par sa courtoisie, mais elle ne pouvait l'accompagner.

— Je suis obligée de rester.

Brusquement, elle repensa aux menaces de Delmas, et elle prit peur.

— Errer tout seul dans la forêt serait de la folie. Emmenez plutôt le capitaine Lefont avec vous.

— Non, ce n'est jamais une bonne idée de laisser croire à un ennemi vaincu qu'on le redoute. Eh bien, puisque tu refuses de m'accorder le plaisir de ta compagnie, je tenterai de nouveau ma chance demain.

Une flèche pouvait jaillir des fourrés, ou les serviteurs de Richard passer à l'attaque...

— Non !

Elle virevolta et attrapa son manteau.

— Je viens avec vous. Rendez-vous dans la cour intérieure, je vais chercher Alice aux cuisines pour qu'elle me remplace.

— Contrairement à ma première impression, la propriété n'a pas l'air mal, constata Gaël. Quant aux champs, ils sont fertiles et bien cultivés. Y a-t-il du gibier dans la forêt ?

— Lord Richard et ses vassaux y trouvent de quoi chasser en abondance.

Elle se retourna vers le laboureur qui s'était interrompu pour suivre leur chevauchée, mais elle ne vit aucune menace dans son regard.

— T'attendrais-tu qu'on nous poursuive ? lui demanda Gaël.

— Pourquoi le devrais-je ? (Elle se força à sourire et changea rapidement de sujet.) Le sanglier qui rôtissait hier soir dans la salle commune a été abattu dans cette forêt. Lord Richard y trouve souvent du gros gibier.

— Il est bon chasseur, sans doute.

— Oui, excellent chasseur, dit-elle en regardant de nouveau vers le paysan. Il adore ce genre de tuerie. Et maintenant, on regagne le manoir ?

— Non, je préfère m'enfoncer dans la forêt pour vérifier si la chasse est aussi bonne que tu le prétends.

— Non !

— Pourquoi pas ? Tu aimes les bois. En quoi celui-ci te déplaît-il ?

— Je connais une clairière près d'ici, bredouilla-t-elle. J'y ai planté des herbes médicinales.

— Que redoutes-tu de trouver, au fond de cette forêt ? insista Gaël. Parle !

— C'est lord Richard, bredouilla-t-elle. On ne peut pas se fier à lui. Il pourrait essayer de te faire du mal.

— Comment le sais-tu ?

— Par Delmas. (Il sursauta et elle s'empressa d'ajouter :) Je ne comprends pas. Tu gardes ton calme en apprenant que lord Richard risque de te tuer mais il suffit que je mentionne Delmas pour que tu enrages.

— Je suppose que Delmas ne t'a pas révélé les intentions de lord Richard pour que tu m'avertisses ? (Elle garda le silence.) Je m'étonne que lord Richard ait confié ses plans d'action à un esclave. A ton avis, dans quel but a-t-il agi ?

Elle avoua à contrecœur :

— Delmas tenait absolument à ce que je revienne à Redfern, et pour obtenir l'aide de Richard, il lui a parlé du trésor. Ils sont complices.

— Ainsi, ton mari tenait absolument à ce que tu lui reviennes...

— Oui, toujours à cause du trésor. Il se moque éperdument de moi. Mais tu sais, Delmas n'est pas pire que lord Richard. Pourquoi le détestes-tu autant ?

— Mettons que la partialité soit un de mes gros défauts, admit-il en suivant Catriona jusqu'à un ruisseau. En fait, je suis heureux que ton mari complote pour essayer de me tuer. Ça me sera encore plus facile de l'éliminer.

— Accuse lord Richard, mais pas Delmas ; lui, il est simplement là pour exécuter ses ordres. Je regrette de t'en avoir parlé. Maintenant tu ne vas penser qu'à te venger.

— Et toi, pourquoi m'as-tu averti du complot alors que si on me tuait, tu aurais un ennemi de moins ? Avoue, Catriona, suis-je vraiment ton ennemi ?

— Tu retardes mon retour à Gwynthal et tu me traites comme ton esclave ; comment pourrais-tu être autre chose que mon ennemi ?

— Si tu n'étais pas mon esclave, me quitterais-tu ?

— Oui.

— Dans ce cas, tu le resteras.

Tout en parlant, ils avaient atteint la clairière. Lui tournant le dos, Gaël s'assit au bord de la rive et entreprit de retirer ses bottes.

— Si cela peut te tranquilliser, je n'ai rien du benêt pour lequel tu me prends. Il faudrait avoir perdu la raison pour croire que Richard de Redfern est prêt à m'offrir son fief. Hier, dès notre arrivée, j'ai envoyé Lefont et un détachement battre la forêt ainsi que la campagne environnante. Actuellement, les recherches se poursuivent.

— Pourquoi ne pas m'avoir prévenue ? fit-elle, scandalisée par ce manque de confiance.

Il prit le temps d'ôter sa cotte de mailles, ainsi que sa tunique, et s'allongea, nu, sur la mousse en fermant les yeux.

— Je suis méfiant mais maintenant que je sais que tu prends mes intérêts à cœur, je n'hésiterai pas à m'en remettre à ta seule garde.

Il n'avait absolument pas l'air d'avoir besoin de protection. Il ferma les yeux. Il ressemblait à un fauve redoutable se dorant au soleil après la chasse.

— Que fais-tu ? s'affola-t-elle.

Il ne prit même pas la peine de rouvrir les yeux.

— N'est-ce pas clair ? Après une nuit agitée, je ressens le besoin d'une petite sieste. Réveille-moi avant la tombée de la nuit.

— Et moi, que suis-je censée faire pendant ce temps ?

— Ce que tu ferais si je n'étais pas là, fit-il en bâillant. Tu as tes habitudes, dans le coin, pas moi.

Et pourtant, il avait le don de s'approprier les lieux où il s'aventurait. Catriona sut que chaque fois qu'elle reviendrait là, au bord du ruisseau, dans son jardin de plantes médicinales, elle aurait la vision du grand corps de Gaël allongé nu dans la mousse.

Catriona n'avait pas bien dormi non plus, mais elle préféra se mettre à désherber son carré de plantes. Elle se laissa griser par l'odeur d'humus, le gazouillis des oiseaux, la chaleur du soleil, et bientôt la paix qui régnait dans ce lieu la submergea.

Ce n'est que beaucoup plus tard, alors que les rayons du soleil glissaient à l'oblique entre les troncs, qu'elle se rendit compte que Gaël l'observait. Lui jetant un coup d'œil par-dessus son épaule, elle lui sourit.

— Il va bientôt falloir rentrer.

— Oui, bientôt. A quoi t'occupais-tu ?

— Je désherbais mon jardin. Les mauvaises herbes menacent d'étouffer mes plantes. Partout où la vie s'implante, la mort apparaît pour tenter de la détruire.

Gaël la rejoignit et, à quatre pattes, lui donna un coup de main pour désherber.

— Est-ce ta mère qui t'a enseigné à identifier les plantes médicinales ?

— Oui. Dès que j'ai su marcher, mon apprentissage de guérisseuse a commencé. Je suis née pour combattre les dragons de la maladie. Il y a plusieurs sortes de guerriers ; les plus nobles sont ceux qui donnent la vie, et non ceux qui la prennent.

— Malheureusement, je ne connais que ceux-là. Et j'en suis un moi-même. Je ne changerai que si le monde change. Regarde-toi. Tu es esclave ; quelle récompense obtiens-tu de ton combat contre les dragons de la maladie ?

— Le combat en lui-même est gratifiant.

Il leva vers elle un regard distrait et soudain s'immobilisa, une poignée d'herbes entre les doigts.

— « Radieuse... »

— Pardon ?

— Rien. Juste une réflexion de Malik à ton propos... Il pensait que ce serait très présomptueux de ma part de tomber amoureux de toi.

— Quel étrange conseiller tu t'es trouvé ! s'esclaffa-t-elle. Où as-tu fait sa connaissance ?

— A Byzance. Il m'a planté son épée dans le bras. Si, si ! Je traversais le désert avec une caravane chargée de marchandises que je comptais ramener en Normandie quand nous avons été attaqués par des bandits sarrasins. Malik était leur chef.

— Malik, un voleur ?

— C'était un excellent voleur. Ses hommes et lui nous ont dérobé tous nos biens, ainsi que nos chevaux, nos chariots, et jusqu'au moindre petit morceau de tissu. Deux jours plus tard, Malik est revenu avec les chevaux et de l'eau. Tout en me pansant le bras, il me vantait les mérites des guerriers d'élite.

— Incroyable !

— Les gens de son village le traitaient en héros. Car avant que Malik ne prenne la situation en main, ils mouraient de faim et de soif à cause de la sécheresse ! Dis-moi, choisirais-tu l'honnêteté ou bien la vie, si tu te trouvais dans la même situation qu'eux ?

— La vie, répondit Catriona sans hésiter.

— Je m'en doutais. C'est ce qu'a fait Malik. Nul n'aime la vie autant que lui, excepté toi, peut-être. Ton jardin des plantes lui plairait, dit-il en promenant le regard sur les différentes touffes.

— Oui. (Instinctivement, elle prit les mains de Gaël pour les placer sur son cœur.) Il y a beaucoup de vie ici. Partout autour de nous. Ressens-tu quelque chose ?

— Oui. Jamais je ne me suis senti aussi vivant.

Il détacha ses mains et la serra dans ses bras.

— J'ai envie de toi, dit-il, la voix rauque. Je voudrais être en toi, et sentir à quel point ton corps frémit de vie. Ici. Maintenant.

Catriona fut légèrement déçue.

— Comme tu voudras.

Gaël marmonna un juron et retira ses mains.

— Je t'ai dit que j'en avais envie, mais je n'ai pas dit que je te forcerais. Tu ne comprends donc pas ?

Il s'éloigna pour regagner le bord du ruisseau. Après s'être rhabillé, il se dirigea vers les chevaux.

— Allez, il est temps de rentrer.

— Si tu consentais à m'expliquer, peut-être que je...

— Pourquoi t'expliquerais-je une chose que je ne comprends pas moi-même ?

Il la souleva pour la jucher sur le dos de sa jument et enfourcha son propre cheval.

Il était plein de rage et de frustration mais pourtant, tout en le suivant au galop sur la route de Redfern, Catriona ne pouvait se retenir de sourire aux anges.

Lord Richard traversa la cour pour venir à leur rencontre.

— J'espère que vous avez succombé au charme de ma propriété, milord. Il fallait m'avertir que vous partiez en promenade, je vous aurais accompagné. Mais je suis certain que Catriona vous a été d'une charmante compagnie, dit-il en se plantant devant la jument de la jeune femme pour la soulever de selle.

Catriona s'arrangea pour lui échapper en vitesse.

— Il me faut regagner la chambre des malades. Je pense, lord Gaël, que ma présence n'est pas requise ce soir, au dîner ?

— Non, fit Gaël en grimaçant. Nous ferons sans toi. J'ai besoin de tranquillité pour bien digérer.

— Attends-moi ! fit lord Richard en se lançant à sa poursuite. Je n'ai pas rendu visite à ma pauvre épouse de la journée.

— Les visites l'épuisent, objecta Catriona, se demandant quel méfait Richard avait encore en tête.

— Pas celles de son mari, quand même !

— Catriona ?

C'était Gaël qui lui demandait si elle souhaitait qu'il intervienne. Etant donné son humeur du moment, la jeune femme jugea plus prudent d'éviter une confrontation entre les deux hommes.

— Montez avec moi, dans ce cas. Mais il ne faudra pas prolonger la visite.

— Je n'ai nullement l'intention de rendre visite à ma pauvre chiffe de femme, la détrompa-t-il, une fois dans l'escalier. Je cherchais simplement une occasion d'évincer ce Normand qui est toujours derrière tes talons ! Et quand il n'est pas derrière toi, il est sur toi ; les serviteurs m'ont raconté que tu avais chassé Alice de sa chambre et qu'ils t'ont entendue crier dans son lit, comme la paysanne que tu es.

— Dites-moi ce que vous avez à me dire.

— Le trésor. C'est à moi qu'il revient. A nous. Pas au Normand, fit-il d'une voix haletante.

— Comment pouvez-vous savoir si Delmas ne vous a pas menti, au sujet de ce trésor ?

— Delmas n'oserait pas me mentir ; il est trop peureux et pas assez malin pour ça. Il croit que je partagerai avec lui, l'imbécile ! Mais maintenant que je t'ai sous la main, je n'ai plus besoin de lui.

— Je ne vous appartiens pas !

— Pas encore, mais j'ai l'art de me débarrasser des obstacles qui entravent ma route. Ce Normand finira par se débarrasser de toi, alors que moi, je pourrais aller jusqu'à t'épouser.

— Et votre femme ?

— Sa vie ne tient qu'à un fil et si tu donnais un peu moins dans la sensiblerie, tu le sectionnerais sans hésiter. Mais j'ai toujours su que c'était à moi de régler ce problème.

Catriona était écœurée.

— Vous êtes un véritable démon.

— Pas du tout ! Simplement, je n'ai pas l'intention de me laisser dépouiller par les envahisseurs. Je veux me débarrasser de mon épouse et le Normand veut liquider ton mari. Entre lui et moi, il n'y a guère de différence. Tu dois être une sacrée affaire, au lit, pour avoir réussi à l'attirer droit dans la souricière !

— Gaël Dumont n'est pas comme vous. Jamais il ne commettra un tel crime.

— Tu sais bien que si. Quant à moi, j'attends avec impatience le moment de profiter à mon tour de tes talents de courtisane. Je suis las des malingres et des miauleuses qui s'allongent et écartent les jambes sans se débattre... J'irais même jusqu'à te proposer le mariage. Réfléchis bien, Catriona, et fais alliance avec moi, sinon tu cours à ta perte.

8

— Pas cette herbe-là, c'est du romarin! s'écria Catriona en arrêtant de justesse la main de Gaël.

— Désolé. Pour moi ces plantes se ressemblent toutes. Avoue cependant que je fais des progrès. A quoi sert le romarin?

— Il soigne les maux de tête et les problèmes nerveux. On en fait aussi des onguents pour les douleurs articulaires et les bleus. Le thym, que tu vois ici, sert à soulager les douleurs spécifiques aux femmes; avec l'huile de thym, on nettoie aussi les blessures... et l'enflure des testicules.

Captant son regard, Gaël plaisanta:

— Assure-toi d'en avoir toujours une grande fiole à portée.

Elle éclata de rire.

— Les premières gelées vont arriver. Quand je reviendrai ici, je récolterai les plantes qui auront résisté. A cause de Malik et d'Adwen, mes réserves sont épuisées.

— Je ne pense pas qu'ils auront encore longtemps besoin de tes remèdes, dit Gaël en arrachant une mauvaise herbe. La dernière fois que je suis passé dans leur chambre, ils m'ont paru bien ragaillardis.

Catriona eut un sourire de satisfaction. De jour en jour, Adwen et Malik regagnaient des forces. Le partage forcé du même lit avait créé une proximité apparemment bénéfique. Malik avait oublié son malheur en se faisant du souci pour Adwen qui, de son côté, le taquinait amoureusement.

— Je ne leur donne plus qu'une potion soporifique de temps en temps. Mais une fois ces deux-là guéris, d'autres auront besoin de mes plantes.

— Si bien que tu ne te déplaces jamais sans ta sacoche.

— Et toi, oublies-tu ton épée, durant tes vagabondages ?

— Non, dit-il en riant. Surtout quand je pars batailler contre les dragons ! Sais-tu que je commence à aimer le jardinage ? Je me demande si je ne devrais pas renoncer au commerce pour me lancer dans l'agriculture.

— Je ne t'imagine pas en train de cultiver la terre. Tu es bien trop impatient.

— C'est totalement faux ! tonna-t-il. Il me semble pourtant avoir été très patient, ces derniers temps, avec toi.

Elle fut surprise par cette brutalité soudaine. C'était la première fois, en quinze jours, que Gaël s'emportait.

— Tu sais, je n'ai rien d'un moine, Catriona.

— Je l'avais remarqué. Tu souhaites que je réintègre ton lit pour te servir de catin ?

Un juron fusa entre ses dents.

— Pas ma catin, non. Je te traiterai avec honneur, respect et je m'assurerai que personne ne t'injurie.

— En ma présence peut-être mais que se passera-t-il derrière mon dos ? Et les enfants, si j'en ai ? Tiens-tu à ce qu'ils soient bâtards, eux aussi ?

— Non ! Au contraire d'Hardraada, je m'arrangerai pour qu'on s'en occupe avec loyauté, afin qu'ils n'aient pas honte d'eux-mêmes.

— Jusqu'à ce que, fatigué de moi, tu prennes une autre femme ?

— Je t'assure que non.

— Qu'est-ce qui me le prouve ? Les femmes ont toujours servi de monnaie d'échange, et il n'y a pas meilleur marchand que toi. Malik lui-même dit que tu es quelqu'un d'inconstant.

— Que veux-tu de moi, bon sang ? Jamais je n'ai ressenti pour une femme ce que j'éprouve pour toi.

Jamais non plus Catriona n'avait ressenti ce mélange étrange d'intimité, de souffrance et de joie, qu'elle éprouvait en sa présence. Ce ne devait pourtant pas être de l'amour. C'était trop violent, et trop terre à terre. De plus, durant ces jours ensoleillés, elle avait également senti en lui une tension, des conflits intérieurs totalement opposés à la paix à laquelle elle aspirait.

— Je voudrais que tu me laisses partir. Je ne veux rien de ton univers. Je veux seulement retourner à Gwynthal.

— Je n'ai pas remarqué que le séjour à Redfern te contrariait.

— Eh bien maintenant, ça me contrarie de rester.

Les mains soudain fébriles, elle se mit à arracher les mauvaises herbes avec rage. Elle aurait aimé faire de même avec le désir voluptueux qui la bouleversait en présence de Gaël. Pouvoir se l'arracher du corps...

— Je voudrais rentrer chez moi puisque Adwen a repris des forces et que Malik peut se lever. Nous n'avons aucune raison de nous attarder ici. Le trésor de Gwynthal...

— Je n'y croirai que quand tu me le montreras. Tu devais d'ailleurs me fournir une preuve de son existence...

— C'est Delmas qui la détient. Lui disparu...

— Ah, Catriona de Falkhaar... laisse-moi prendre soin de toi. Je te promets que je t'épouserai dès que ton vermisseau de mari sera mort.

Elle le regarda, terrifiée.

— Non, je ne m'apprête pas à l'assassiner, rectifia-t-il. Je sais désormais que ce serait le meilleur moyen de te perdre. Mais mes actes n'obéissent pas toujours à la raison, aussi serait-il plus sage que tu consentes à vivre avec moi.

— Je ne peux pas.

Le visage de Gaël fut marqué par la déception. Catriona aurait voulu le toucher pour le soulager et lui rendre son sourire.

— Parle au lieu de me regarder ainsi! Pourquoi?

— Parce que je dois aller retrouver mon Gwynthal et que tu ne saurais pas t'y intégrer.

— Me jugerais-tu indigne de m'adapter à ton précieux pays?

— Ce n'est pas une question de mérite. Simplement,

tu es trop différent. Tu ne pourrais t'installer à Gwynthal sans le transformer à ton image.

— Si je comprends bien, ce n'est pas contre ton mari mais contre ton lieu d'origine que je dois me battre. Soit.

— Tu ne vois pas que c'est impossible ?

— Au contraire, c'est parfaitement possible et cela se réalisera. Sans tarder, ajouta-t-il en se levant et en l'entraînant vers les chevaux. Je suis du genre impatient, Catriona. Tu me veux. Prends-moi. Je ne veux pas d'une esclave. Je veux que tu viennes à moi de ton plein gré.

Un coffre en teck sculpté fut livré dans la chambre d'Adwen par le capitaine Lefont avant la tombée de la nuit. Souriant aimablement à Catriona, il posa le coffre par terre.

— De la part de mon maître. Ce cadeau vient de ses navires de Hastings, et lord Gaël espère que le contenu vous plaira. Figurez-vous qu'il a envoyé mes hommes écumer la contrée pour trouver une couturière capable de coudre une robe digne de vous. Il vous serait fort obligé de consentir à la passer pour le rejoindre au dîner, ce soir.

Fronçant les sourcils, Catriona lorgna le coffre d'un air mauvais. Il lui fallait une fois de plus affronter le mépris des autres, dans la grande salle.

— Ouvre, j'aimerais bien savoir ce que c'est, la pressa Adwen avec un enthousiasme juvénile.

La soierie irisée de la robe était d'un bleu à l'éclat céleste. Elle ondulait sous la caresse des doigts, fraîche et douce comme une aile de papillon.

— Jamais je n'ai rien vu d'aussi somptueux, s'extasia Adwen, éblouie par la toilette féerique à la traîne interminable.

— La soie vient tout droit de Byzance, expliqua Malik. Gaël a échangé quatre chevaux contre le contenu de ce coffre.

— Pourquoi restes-tu plantée devant ? s'impatienta Adwen. Essaie-la donc !

Catriona n'en avait pas envie. Cette robe appartenait à

l'univers de Gaël, et l'enfiler, ce serait intégrer son monde à lui.

— Elle t'irait beaucoup mieux à toi, Adwen.

— Lord Gaël tient à ce que ce soit vous qui la revêtiez, damoiselle, insista Lefont. Et ensuite, je suis censé vous escorter jusqu'à la salle. Puis-je aller lui dire que son cadeau vous satisfait ? demanda-t-il en inclinant gracieusement le buste.

— Bien sûr qu'elle est satisfaite. Vous ne le seriez pas, vous, si on vous offrait une somptuosité pareille ? Cette robe contenterait une reine, intervint Adwen.

— C'est une belle robe, lâcha Catriona en haussant les épaules.

Lefont s'éclipsa sur une nouvelle courbette.

— Qu'as-tu ? s'inquiéta Adwen. Elle ne te plaît pas ?

— Si. Comme tu le disais, c'est une robe de reine.

Ce n'était pas la peine de perturber la malade en lui avouant le sens caché de ce cadeau. Elle ne comprendrait pas qu'il pouvait dissimuler autre chose que de la bonté, elle qui n'avait probablement rien reçu depuis son mariage.

— Cette soie céleste te donnera l'air royal, confirma Malik.

Elle se tourna vers lui. Durant la semaine, Gaël avait passé de nombreuses heures au chevet de son compagnon. Lui avait-il fait part de ses projets la concernant ? Malik les aurait-il devinés ?

— Je ne suis pas reine, bougonna-t-elle en se dirigeant vers l'antichambre. Et ces plumes de paon ne changeront rien à ma personne.

— Splendide ! s'extasia Lefont en prenant la main de Catriona pour longer le corridor. Lord Gaël sera ravi.

Loin de se trouver superbe, Catriona était atrocement tendue et son impuissance la rendait furieuse. Que cherchait-il à prouver par ce stratagème ? Catriona savait ce qui allait se passer. Les convives dissimuleraient leur mépris afin de ne pas froisser Gaël, mais ce n'est pas ce déploiement de richesses et de soieries qui gagnerait leur estime.

Soudain, du coin de l'œil, elle capta un mouvement furtif. Elle s'arrêta net. Une ombre se faufila à l'angle du couloir et disparut dans la cour. Elle frissonna d'effroi. Elle connaissait cette ombre.

— Que se passe-t-il? s'alarma Lefont en portant la main à son épée. Voulez-vous que je...

— Non, ce n'est rien. Attendez ici.

Elle dévala le corridor à toute allure.

— Damoiselle! protesta Lefont en se lançant à sa poursuite.

En franchissant le seuil du manoir, elle fut saisie par l'air froid du dehors. A l'autre extrémité de la cour, la porte de l'écurie était ouverte. Reprenant sa course, elle s'y engouffra.

— Delmas!

Il se retourna brusquement pour lui faire face, et la lampe à huile fit briller dans ses yeux égarés une lueur de folie.

— Qu'est-ce que tu me veux, petite saleté?

Elle jeta un coup d'œil en arrière et s'aperçut que Lefont cherchait toujours à la localiser. Elle claqua la porte sur ses talons et ordonna à Delmas de la suivre. Elle l'entraîna le long des stalles jusqu'au réduit, où elle s'enferma avec lui.

— Pourquoi es-tu revenu ici? Il faut absolument que tu disparaisses.

— Ça te ferait plaisir, pas vrai? ricana-t-il. Toi dans ta belle robe et ton bâtard de protecteur! Tu voudrais que je détale, que j'oublie ce que m'ont coûté toutes ces années d'efforts? Lord Richard m'a jeté dehors et m'a forcé à aller vivre dans ce terrier, à l'autre bout de la lande. Mais depuis deux semaines, je t'espionne. Je t'ai vue te promener à cheval avec ce chien de Normand pour qui tu n'as que des sourires. Eh bien, c'est terminé. Maintenant, je récupère mon bien et je dirai au Normand...

— Non!

— Tu ne me parles pas sur ce ton! rugit-il. Vous êtes tous contre moi! Lord Richard aussi me laisse tomber, mais je ne me laisserai pas faire. Je vais aller trouver ton amant pour exiger...

— Tu n'y penses pas, Delmas! protesta-t-elle. Garde-toi de l'approcher.

La main de Delmas s'écrasa violemment sur sa joue, la projetant contre le mur.

— Catin! Traîtresse!

Il bondit sur elle, la giflant, jusqu'à lui fendre la lèvre d'un coup de poing.

Catriona comprit que la frustration et la fureur lui avaient ôté tout bon sens. Delmas n'avait plus peur de rien.

— Ecoute-moi, Delmas. Ecarte-toi du chemin du Normand, sinon il te tuera.

— Que c'est gentil à toi de t'inquiéter de mon sort! la nargua-t-il.

— Je ne veux pas ta mort.

— Menteuse.

Ce n'était pourtant pas un mensonge. Jamais Catriona ne supporterait de causer la mort de quelqu'un.

— Va-t'en. Nous ne resterons plus longtemps ici. Il ne t'arrivera rien si tu...

Elle reçut le poing de Delmas en plein dans l'estomac, et elle s'affala sur le sol. Le souffle coupé, elle enfonçait ses ongles dans le plancher, luttant pour retrouver sa respiration.

— C'est ta faute! accusa Delmas. (Il l'attrapa brutalement par les cheveux pour lui relever le visage.) J'étais à deux doigts de devenir un personnage important et il a fallu que ton Normand et toi...

Catriona eut envie de crier, et d'appeler au secours. Lefont ne devait pas être loin. Mais s'il venait la défendre, il irait ensuite tout raconter à Gaël. Elle préféra alors se taire et tenter de calmer Delmas.

Elle savait que si Delmas épuisait sa rage sur elle, il en oublierait d'aller provoquer Gaël.

— C'est nouveau de te voir douce comme un agneau, railla-t-il. Il t'a bien calmée ce fils de chien!

Catriona réprima son envie de le frapper. Il fallait qu'elle soit forte. Delmas ne devait pas se faire assassiner par Gaël.

Elle vit alors du sang sur le plancher. Du sang qui gouttait de sa coupure à la lèvre. Gaël ne devrait pas voir cette blessure. Ecartant pour le moment ce problème, elle entreprit de provoquer froidement Delmas.

— De toute façon, tu ne seras jamais qu'un esclave condamné à lécher les bottes de ceux qui sont plus forts que toi.

Elle prit un coup de pied en plein dans l'épaule et se mordit la lèvre inférieure pour ne pas pousser un hurlement de douleur. Elle devait contenir sa colère, rabaisser Delmas, et accepter la violence. Il fallait qu'il se défoule sur elle ; c'était le seul moyen de les protéger tous.

— Les coups ne me feront pas taire. Jamais tu n'auras le trésor de Gwynthal. Tu n'es pas assez viril pour...

— Sorcière ! Traînée ! Voleuse ! éructa-t-il, ponctuant chaque injure d'un coup de botte.

La souffrance était atroce... mais elle pouvait encore la supporter. Elle avait enduré bien pis, pendant les quelques jours qui avaient suivi son mariage.

— Voleuse ? Alors que c'est toi qui cherches à me voler ?

Soudain, tout devint noir.

Catriona réalisa alors qu'il avait tenté de lui fracasser le crâne contre le plancher. Jusqu'où faudrait-il aller pour épuiser sa colère ? Elle ne devait quand même pas se laisser tuer. Non, elle aurait la force de résister. Il faudrait plus que quelques coups pour lui ôter la vie.

— Halte, monsieur ! Faute de quoi je prendrais un malin plaisir à vous trancher la tête !

C'était la voix glacée de Lefont. Catriona réussit enfin à soulever les paupières et distingua le capitaine sur le seuil de la remise, l'épée au poing. Son expression était aussi sinistre que sa voix.

— Catriona est ma femme. Nos histoires ne vous regardent pas.

— Pardonnez-moi de vous contredire, mais cette femme appartient à mon maître ; voilà pourquoi cela me regarde. Ecartez-vous d'elle, ordonna-t-il en repoussant Delmas de l'épée.

— Non, murmura Catriona.

Delmas n'avait pas déversé toute sa brutalité sur elle,

et, malgré sa peur, sa fureur demeurait toujours dangereuse.

— Laissez-nous, capitaine.

— Je ne le puis, damoiselle.

Il agita alors son épée et Delmas dut s'écarter de Catriona.

— Je laisse partir votre mari indemne... pour le moment du moins, car vous êtes blessée et je ne puis m'occuper de deux personnes à la fois. Sans compter que mon maître tiendra probablement à régler lui-même cette affaire.

Le visage de Delmas se figea. Catriona ne put déterminer s'il exprimait ainsi de la colère, ou bien de la peur. Il poussa un cri, bouscula Lefont, et détala hors de l'écurie.

Catriona soupira :

— Vous êtes arrivé trop tôt.

— Au contraire, un peu plus tard et je vous retrouvais morte. Pourquoi ne pas avoir appelé au secours ?

— Trop tôt...

— Lord Gaël ne partagera pas votre avis, dit-il, en la soulevant de terre pour la porter. Il m'avait ordonné de veiller à ce que vous gagniez la grande salle en toute sécurité. Que vous m'ayez incité à lui désobéir ne me plaît pas. Vous n'auriez pas dû m'échapper.

— Vous ne me portez pas au banquet, j'espère ! Je refuse d'y aller !

— Non, je vous emmène dans la chambre de lord Gaël. Vous n'êtes guère présentable, vous saignez trop. Je vais aller le chercher.

— Non, il ne faut pas qu'il me voie ainsi ! protesta-t-elle. Posez-moi, capitaine, je refuse...

— Qu'est-ce que c'est que ce vacarme ?

Gaël se tenait en bas de l'escalier et levait vers le couple un regard interloqué. Lord Richard qui se trouvait juste derrière lui eut un haut-le-corps en la voyant dans un tel état.

— Mère de Dieu ! Que lui est-il arrivé ?

— Rien du tout !

— Je m'en veux de n'avoir pu intervenir plus vite, s'accusa Lefont. C'est le mari de la damoiselle, milord.

— Ce Delmas ? rugit Gaël.

Catriona ferma les yeux pour ne pas voir son visage.
— C'est moi qui vais la porter, dit-il. Lefont, allez chercher de l'eau chaude et des pansements, et passez dans la chambre de lady Adwen prendre la sacoche de plantes. Elle en aura bien besoin.
— Pour vous venir en aide, j'irai chercher moi-même les remèdes dans la chambre de mon épouse, proposa lord Richard. Je ne saurais vous dire à quel point la réapparition de Delmas me contrarie. Je lui avais pourtant ordonné de ne plus remettre les pieds ici.
— Vous allez les chercher, ces plantes ?
Catriona ouvrit les yeux juste au moment où lord Richard montait l'escalier. Il ne semblait absolument pas contrarié, bien au contraire.
— Je n'ai pas besoin de mes onguents, dit Catriona en se laissant porter en haut des marches. Mes blessures ne sont pas si terribles.
— Silence !
— Non, je ne me tairai pas. Que vas-tu faire ? Me donner une correction ?
— Non, dit-il, abaissant vers elle des yeux où perlaient des larmes. Mon Dieu, non.
— Tu ne peux pas reprocher à Delmas de s'être laissé déborder par ses pulsions, parce que tu es comme lui.
— Si, je lui en veux. Je lui en veux même terriblement, et tes discours moralistes n'aboutiront à rien.
Inutile d'insister pour le moment. Elle essayerait de le convaincre un peu plus tard, quand elle se sentirait moins fatiguée.

Quand Catriona se réveilla, elle se rendit compte progressivement qu'elle était nue sous la couverture. Autour du lit flottait l'odeur mentholée de son onguent. Perché sur un tabouret, à son chevet, Gaël fixait le plancher, les doigts crispés par la tension qui l'habitait. La lueur de la chandelle faisait chatoyer ses cheveux noirs, des reflets rouge sang.
— Gaël...
Il releva brutalement la tête, tel un loup soudain aux aguets.

— Ça ne se reproduira plus jamais, pas tant que je serai en vie. On ne te fera plus jamais de mal. Regarde ton index, on dirait qu'on te l'a écrasé d'un coup de talon. Tu as la lèvre fendue et des bleus partout sur le visage et le corps. T'a-t-il brutalisée à coups de pied ?

Elle ne répondit pas.

— Il t'a corrigée comme il l'aurait fait avec un chien, pas vrai ? Lefont le soupçonne même d'avoir cherché à te tuer.

— Il se trompe.

— Pourquoi lui as-tu reproché d'être intervenu si tôt ? Et pourquoi lui as-tu ordonné de vous laisser ? Pourquoi, Catriona ?

— Parce que l'intervention du capitaine n'était ni souhaitable ni indispensable.

— Pas indispensable ? Mais regarde-toi donc !

Il traversa la chambre, prit le miroir qui était posé sur un coffre et revint le lui présenter.

Elle jeta un coup d'œil vers son visage enflé et repoussa le miroir.

— D'ici quelques jours, il n'y paraîtra plus.

— Moi je m'en souviendrai. Je me souviendrai du moindre bleu, du moindre coup que tu as reçu, je te le garantis.

Affolée, elle vit qu'il se levait.

— Où pars-tu ?

— A ton avis ? lança-t-il sans se retourner.

Catriona sauta du lit.

— Non ! Tu n'as pas le droit de te lancer à sa poursuite.

— Remets-toi au lit et reprends des forces, lui ordonna-t-il, en tentant de l'écarter de la porte contre laquelle elle s'était adossée pour lui barrer le passage.

— Non, je ne te céderai pas le passage, Gaël ! Ta férocité n'a d'égale que la sienne. Tu es obsédé par une vengeance sanglante. Si je ne me suis pas débattue, c'était pour qu'il défoule sa colère sur moi, faute de quoi il aurait commis un acte terrible.

— Et tu t'es posée en bouc émissaire ? Incroyable ! Tu t'es laissé martyriser pour l'empêcher de faire du mal à d'autres ?

— Je n'avais pas peur de lui mais pour lui. Delmas menaçait de venir te provoquer et je savais que tu aurais sauté sur l'occasion.

— Pour le tuer? Oh, oui! jubila-t-il en la repoussant pour sortir dans le corridor. Il m'en aurait fourni l'excuse idéale.

— Tu n'as pas le droit de le tuer. Il ne faut pas. Mes bleus, ce n'est rien. Je suis guérisseuse et pour un guérisseur, provoquer la mort de quelqu'un est impensable. Je te supplie de ne pas le tuer, Gaël.

Il passa à côté d'elle.

— Non! hurla-t-elle.

Elle devait briser cette solide carapace qui contenait la colère de Gaël. Elle leva le bras et le gifla de toutes ses forces. Le coup lui renversa la tête en arrière et sur sa peau mate apparut bientôt une marque rouge.

Catriona tremblait d'avoir été aussi violente. Inquiète, elle guettait la réaction de Gaël. Les traits contractés, il ne réagissait pas. Elle serra les dents, le gifla encore une fois.

Il se redressa de toute sa taille, braquant sur elle son regard d'un bleu glacé.

— Je ne suis pas ton mari, moi. Je ne me défoule pas sur une faible femme. Sache qu'il n'en aura plus jamais l'occasion.

Il lui claqua la porte au nez. La panique l'envahit quand elle entendit la clé tourner dans la serrure. Il se lançait à la poursuite de Delmas, et il ne lui laissait aucune chance d'intervenir.

La robe... Où était donc passée sa robe?

Elle aperçut un morceau de soie irisée sous le lit. Elle le ramassa, et découvrit qu'il ne restait de sa robe qu'un haillon déchiré et recouvert de sang.

Alors qu'elle essayait de se vêtir de ces lambeaux, ses jambes se mirent à trembler. Elle dut attendre quelques instants que les vertiges se dissipent pour pouvoir se chausser. Le temps pressait. Elle gagna la fenêtre et poussa énergiquement le volet. Si elle voulait s'échapper, il lui faudrait se confectionner une corde avec les draps...

La clé grinça dans la serrure! Se retournant comme

une furie, elle découvrit Richard planté dans l'embrasure de la porte.

— Viens, presse-toi.

— Que faites-vous ici ?

— Tu préfères discuter ou bien sauver Delmas des griffes du Normand ? Il ne te reste plus beaucoup de temps. Je l'ai vu rôder aux abords de l'écurie.

Catriona se faufila dans le corridor.

Richard la suivit.

— Je t'avais bien prévenue ! Et toi qui croyais pouvoir apprivoiser ce barbare ! Il paraît qu'il est comme son père, un fou sanguinaire.

— Taisez-vous ! lui ordonna-t-elle.

Elle traversa la cour comme un éclair.

Elle poussa violemment la porte de l'écurie.

— Non !

Du sang. Partout. Sur le mur. Sur la paille jonchant le sol. Sur Gaël.

Planté au milieu de l'écurie, il soulevait une fourche à bout de bras. Au bout du manche, Delmas était empalé sur le trident. Gaël lâcha la fourche et Delmas s'écroula sur le sol. Il était mort.

Catriona recula et se plaqua contre le mur, la respiration haletante. Il était trop tard. Delmas était mort. Et c'est Gaël qui l'avait tué. Par sa faute à elle.

— Catriona ! cria Gaël, tendant vers elle ses mains ensanglantées.

Du sang sur les mains de Gaël. Du sang sur ses mains à elle...

— Non... supplia-t-elle en reculant.

Elle pivota et sortit de l'étable en courant. Elle atteignit un coin de la cour juste à temps pour vomir.

— Ma pauvre Catriona, fit la voix de Richard. Je t'avais pourtant prévenue. Désormais, la présence de Gaël ne t'évoquera que des souvenirs amers... Il vaudrait peut-être mieux que tu me choisisses maintenant, non ? suggéra-t-il en lui caressant la joue.

— Bas les pattes ! fit Gaël, d'une voix contenue.

Catriona se redressa et le vit debout derrière eux, implacable. Elle sut qu'en cet instant, Richard était aussi en danger de mort. La mort, encore et toujours... Elle n'avait plus la force de le supporter.

S'arrachant aux mains de Richard, elle courut chercher refuge dans le manoir. Elle devait fuir, se terrer, essayer de guérir.

Elle fit irruption dans la chambre d'Adwen, qui la regarda avec des yeux agrandis de surprise.

— Dieu du ciel, souffla-t-elle en voyant le visage de Catriona couvert de bleus. Richard nous a raconté que tu avais besoin de tes onguents, mais de là à imaginer que Delmas t'ait pareillement brutalisée... Cet homme est le mal incarné, il mérite un châtiment.

— Je crois bien qu'il a reçu ce qu'il méritait, intervint Malik qui scrutait les traits de sa guérisseuse. Gaël n'est pas du genre à laisser passer ce genre de brutalités. Jusqu'où est-il allé, Catriona ?

— Jusqu'à la mort, dit-elle, la gorge nouée par l'angoisse. A coups de fourche. Il faut que je m'en aille. Impossible de rester, gémit-elle en empoignant le panier qui contenait ses affaires.

Elle sortit un pot en glaise de sa sacoche à remèdes et le posa sur le foyer.

— Tu n'as plus besoin de mes soins, Malik. D'ici une semaine, tu pourras remonter à cheval, à condition de te ménager, les premiers jours. Je te confie Adwen ; veille sur elle et si la fièvre la reprend, demande à Alice de lui préparer une potion avec la poudre contenue dans ce pot. Je ne pense pas qu'elle rechute. Elle se porte mieux que jamais et sincèrement, je la crois...

— Où pars-tu ? Et dans cet état ! l'interrompit Adwen. Je ne peux pas te laisser errer à l'aventure toute seule. La forêt est trop dangereuse.

— Ne vous inquiétez pas, je m'en sortirai.

Elle n'avait pas beaucoup de temps pour réconforter Adwen, et elle s'étonna même que Gaël ne fût pas déjà là. Pour éviter de le croiser dans les corridors, elle s'enfuirait par la porte de derrière. Saisissant sa sacoche et son panier, elle sortit en regardant une dernière fois derrière elle.

— Dieu vous protège l'un et l'autre.

— Justement, Catriona, je me doutais bien que tu chercherais à nous filer entre les doigts, après un drame aussi horrible.

Les mains de la jeune femme se crispèrent sur la barrière fermée. Richard sortit de sa cachette.

— Je te guettais pour te convaincre de rester.

— Pas question.

— Je pourrais appeler la garde, tu sais. J'ai remarqué que les soldats du Normand ne demandent qu'à le satisfaire, et ils savent à quel point il est attaché à son esclave.

— Eh bien, appelez-les ! dit-elle en se plantant devant lui.

— Je disais cela pour te taquiner. Je n'ai aucun intérêt à te trahir parce que je ne veux pas que tu retournes dans le lit du Normand. Au contraire, je te veux pour moi seul.

— C'est le trésor que vous voulez.

— Justement. Es-tu prête à t'allier à moi et à me conduire à la cachette ?

— Non et vous n'avez aucun moyen de me suivre.

— Comment comptes-tu m'en empêcher ? En recourant à tes pouvoirs magiques ? Non, non, ça c'était bon pour Delmas...

— Je n'ai pas de pouvoirs magiques, se défendit-elle, choquée que Delmas en ait parlé à Richard. Simplement, je connais bien les forêts.

— Et moi aussi, je les connais. Je suis même un excellent chasseur, ne l'oublie pas ! Et tu ferais une proie bien intéressante, ajouta-t-il en hochant la tête d'un air gourmand. Et d'après les révélations de Delmas, tu sais ce que c'est que d'être traquée, non ?

Le ventre noué, Catriona repensa aux jours passés à courir les bois pour échapper à la furie sanguinaire des villageois qui avaient immolé sa mère. Richard s'amuserait certainement avec autant de cruauté à la traquer.

— Je connais la route bien mieux que vous, mais si vous avez l'intention de m'empêcher de partir seule, n'en parlons plus.

Il prit le temps de peser les paroles de Catriona, puis il retrouva le sourire.

— Jamais je ne te forcerai à rester contre ton gré. Va-t'en, ma douce Catriona ! Peut-être nous retrouverons-nous un jour.

Elle remonta les pans de sa cape sur son sein et regarda partir Richard. Il avait capitulé bien trop facilement et de plus, avec le sourire. La pourchasserait-il ? Elle n'avait pas le temps de s'inquiéter de lui, car elle craignait davantage que Gaël ne la retrouve.

Elle franchit alors l'enceinte de Redfern et disparut dans les ténèbres.

9

— Où se trouve Catriona ? demanda Gaël en surgissant dans la chambre d'Adwen. Est-elle passée vous voir ?

— Oui, et à cette heure, je parie qu'elle est déjà loin du manoir. Qu'est-ce que tu attends pour la rattraper ? s'étonna Malik.

— Maudit soit ce menteur de Richard ! Il m'a raconté qu'elle était aux cuisines, en train d'expliquer à Alice les soins à vous dispenser après son départ.

— Ne me raconte pas que tu l'as cru ?

— L'explication tenait debout pour quelqu'un qui, comme moi, n'avait pas les idées très claires.

— Catriona fait route à pied. Ton cheval ne devrait pas avoir de mal à la rattraper.

— A-t-elle emporté sa sacoche ?

— Evidemment. Tu devines qu'elle ne s'en séparerait pour rien au monde.

Catriona ne pouvait partir que pour Gwynthal, et au cours de ce très long voyage, il lui faudrait des plantes. Elle ferait donc un détour par sa clairière.

— A ta place, avant de la poursuivre, je me laverais les mains. Tu ne crois pas qu'elle a déjà vu assez de sang comme ça ?

Gaël versa de l'eau d'une jarre dans la cuvette de bois. Tête basse, le regard perdu dans l'eau qui rosissait, il bougonna :

— Bon Dieu! Jamais je n'oublierai son expression quand elle a découvert...

A quoi bon ressasser ce que l'on ne pouvait changer? Il sortit les mains de l'eau, saisit un linge et s'essuya.

— Je n'en ai pas pour longtemps. Lefont reste à Redfern pour assurer votre protection et veiller à ce que vous ne manquiez de rien.

— Elle tient à retourner chez elle, intervint alors Adwen. Laissez-la repartir pour Gwynthal.

Gaël pivota lentement vers elle.

— Delmas ne songeait qu'à nuire, aussi je ne condamne pas votre acte. En revanche, en le commettant, vous avez lacéré le cœur de Catriona. Elle a besoin de retourner chez elle panser ses blessures.

— Je ne lui permettrai pas de me quitter, dit-il avec âpreté.

— Dans ce cas, escortez-la jusque là-bas. Catriona nous a tant donné, à nous tous... A votre tour maintenant de lui rendre service.

— Je ne brille pas par la générosité, grommela Gaël amèrement. Je suis beaucoup plus fort quand il s'agit de prendre que de donner, et Catriona vous le confirmerait.

Il avait retrouvé sa piste.

Catriona se crispa en voyant Gaël traverser la clairière d'un pas énergique. Elle s'en voulait d'être repassée par son jardin. Il n'avait pas oublié qu'elle avait besoin de se réapprovisionner en herbes. Elle fourra rapidement une dernière poignée de romarin dans sa sacoche et se releva d'un bond.

— Tu n'aurais pas dû me suivre. Va-t'en.

— Non, je resterai. Et quand bien même tu gagnerais les confins de la terre, jamais tu ne réussirais à te débarrasser de moi.

— Je ne peux plus te regarder sans que réapparaisse...

Elle s'arrêta, poignardée par la souffrance.

— ... Delmas, embroché comme une grenouille? acheva-t-il sans mâcher ses mots. Efforce-toi de l'oublier. Tout comme il me faudra oublier ce que Delmas t'a infligé. Ça ne devrait pas t'être très difficile. Tu n'avais rien fait de mal et il méritait de mourir.

— C'est ma faute, dit-elle avec abattement.

— Tu n'y étais pour rien. Et moi, me croirais-tu si je t'affirmais que je n'ai pas tué ce cafard ?

Il l'avait empoignée aux épaules, abaissant vers elle son visage tendu, que la lueur du soir rendait menaçant. Un fol espoir monta en elle, mais le souvenir de cette boucherie immonde lui revint en mémoire.

— Non, je ne te croirais pas.

— Je m'en doutais. Tu ne m'accordes qu'une confiance très limitée. Dans ce cas, je ne te dirai rien. Tu seras obligée d'accepter ce qui s'est passé. Allez, rentrons à Redfern.

— Je refuse de retourner là-bas. Je pars pour Gwynthal.

— D'accord, mais pas toute seule dans la nuit. Nous allons regagner le manoir pour préparer notre voyage.

Elle n'était pas sûre d'avoir bien compris. Au cours du massacre dans l'écurie, elle avait eu l'impression que le monde entier basculait et qu'elle se retrouvait de nouveau seule sur terre. C'était difficile d'imaginer un avenir avec Gaël.

— Tu sembles surprise que je t'accompagne. Tu m'as promis un immense trésor, pourquoi refuserais-je cette offre-là... puisque tu me prives de tout le reste ?

— Tu ne croyais pas en l'existence du trésor.

— Je suis un sceptique de nature. Il m'arrive même parfois de douter de mes propres actes, dit-il en remontant à cheval. Méfiante comme tu l'es, tu devrais comprendre.

Il lui tendit la main afin de la hisser sur son étalon.

— Monte ! J'en ai assez que tu me dévisages comme si tu avais devant toi un de tes dragons. Je te raccompagne au manoir où tu auras la permission de m'éviter en te cachant chez Adwen.

Elle aspirait de tout son corps à prendre la main qu'il lui tendait, à accepter le réconfort et la passion qu'il lui offrait. Elle' ne comprenait pas son désir pour cet homme qui avait eu les mains couvertes du sang de Delmas. Pour échapper à la tentation, elle recula.

— Ne t'occupe pas de moi, je rentre à pied.

Contrarié, il sauta à terre et l'empoigna à la taille pour la percher sur l'étalon.

— C'est moi qui vais marcher à pied puisque mon contact te hérisse, bougonna-t-il en tirant l'étalon par la bride. Je te donne encore un peu de temps mais sache que nous ne tarderons pas à coucher de nouveau ensemble. Souhaitons seulement que j'aie la patience d'attendre ton bon vouloir.

— Jamais. Je n'oublierai jamais.

— Ce serait dans ton intérêt d'accepter la situation, Catriona, parce que tu ne me quitteras jamais.

Bien avant d'avoir franchi la crête, ils virent des flammes dans le ciel. Catriona crut que c'était la comète mais l'incendie venait d'en bas.

— Il y a le feu ! pesta Gaël, tirant le cheval sur les quelques mètres qui les séparaient du sommet de la côte.

— Tu en es certain ?

— Le barbare que je suis a incendié un nombre suffisant de villes et de villages, au cours des razzias d'Hardraada pour reconnaître ce rougeoiement.

Le toit du donjon avait pris feu, ainsi que plusieurs des dépendances. Les murs d'enceinte et les portes ne tarderaient guère à s'embraser.

— Adwen et Malik... Il faut absolument les arracher au brasier.

D'un seul bond, Gaël se retrouva à cheval et, plaqué contre Catriona, il élança sa monture.

Dans la cour, les habitants du manoir, paniqués, hurlaient et couraient dans tous les sens.

Ils aperçurent Lefont qui avec l'aide de ses soldats tentait d'étouffer les flammes.

— L'incendie s'est propagé si vite que nous n'avons pas pu le maîtriser à temps, cria Lefont.

— Et Malik ?

Le capitaine secoua tristement la tête.

— Le feu a commencé dans la grande salle, et on n'a pas pu traverser le barrage de flammes.

— C'est bien le diable si on n'y arrive pas ! pesta Gaël en tirant sur les rênes.

Il sauta de cheval et Catriona se laissa glisser de la selle pour le suivre vers la grande salle. L'entrée n'était plus qu'une gueule embrasée.

— Reste ici, lui hurla Gaël.

Elle ne l'écouta pas. Il fallait sauver Malik et Adwen, trouver un moyen de les atteindre. Faisant le tour par la gauche, elle évita de justesse une poutre qui s'écrasa sur le sol.

— La porte de derrière !

Gaël l'avait déjà doublée et, contournant les décombres du donjon embrasé, il s'engouffra dans le passage séparant la bâtisse de la chapelle. Soudain, elle le vit faire un écart.

— Occupe-toi d'elle !

S'occuper de qui ? C'est alors que Catriona remarqua à son tour la silhouette qui gisait au pied du mur. Alice !

Tombant à genoux, elle constata avec soulagement que la servante vivait toujours. Elle avait la tempe profondément entaillée. Revenant à toute allure sur ses pas, elle appela Lefont pour qu'il vienne s'occuper d'Alice. Elle repartit alors immédiatement sur les traces de Gaël. De gigantesques volutes de fumée noire sortaient par la porte restée ouverte. Elle fonça à l'intérieur.

Kythe, le bûcher, et les hurlements lui revinrent à l'esprit. Mais non, c'était du passé. Si elle n'avait pu sauver sa mère, elle avait maintenant la possibilité de sauver Malik et Adwen. Retenant sa respiration, la main devant la bouche, Catriona longea le corridor jusqu'à l'escalier qui montait aux chambres à coucher.

— Sors d'ici en vitesse ! lui cria Gaël en émergeant d'un nuage de fumée épaisse. Le toit ne va pas tarder à s'écrouler.

Il transportait Adwen qui se cachait le visage contre son torse.

— Et Malik ? demanda-t-elle.

Elle l'aperçut alors, titubant derrière Gaël. Elle se précipita au-devant de lui, et lui passa le bras autour des épaules.

— Appuie-toi sur moi.

— Dehors, Catriona, et tout de suite ! rugit Gaël.

— Je fais ce que je peux ! protesta-t-elle.

Comme elle supportait une bonne partie du poids de Malik, elle ne pouvait pas aller très vite. Gaël eut le temps de sortir Adwen et de revenir vers elle. Lui enlevant son fardeau, il la tira à l'air libre, et ils s'éloignèrent au plus vite des bâtiments.

Il y eut alors un immense fracas, des étincelles, et un souffle brûlant qui s'abattit derrière eux. La charpente venait de s'effondrer.

Catriona retrouva Adwen allongée à l'écart. Elle braquait sur les ruines embrasées un regard empli d'horreur.

— Comment vous sentez-vous ? lui demanda Catriona.

— On n'a pas réussi à ouvrir la porte pour sortir de la chambre, gémit-elle entre deux quintes de toux. Malik a bien essayé...

Il venait justement de les rejoindre.

— Repose-toi, douce Adwen, ne parle pas. Gaël est allé chercher les chevaux. On te sortira d'ici très bientôt.

— Tu te sens la force de marcher encore un peu, Malik ? demanda Gaël en revenant à leur côté. Lefont retient les chevaux à la poterne. On ne peut pas les amener jusqu'ici, les flammes les rendraient fous.

— Oui, ça ira, dit-il en se remettant péniblement en mouvement. Ce feu follet n'est pas de taille à impressionner un héros tel que moi.

Adwen partit d'un rire dédaigneux qui offusqua Malik.

— Je ne demandais qu'à te sauver la vie, ma douce, simplement Gaël ne m'en a pas laissé le temps.

— Comment voulais-tu t'enfuir ? La porte était fermée à clé.

— J'aurais fini par trouver un moyen de sortir, s'entêta Malik, vexé.

— Eh bien, c'est le moment de te servir de ta jugeote pour atteindre le mur d'enceinte avant que Redfern s'embrase entièrement, lui lança Gaël en soulevant Adwen dans ses bras. Et toi, Catriona, je sais que tu n'es pas bien en forme non plus, mais te sens-tu capable de soutenir Malik ?

L'incendie de Redfern lui avait sorti de l'esprit les meurtrissures infligées par Delmas. Cela lui semblait déjà très loin... Se relevant d'un bond, elle se glissa sous l'épaule de Malik et l'encouragea :

— Allons, un pas après l'autre et on s'en sortira.

— Quelle humiliation ! grommela-t-il.

— Silence, lui ordonna Adwen. Tu préférerais te faire carboniser la barbe qui ourle ton ravissant visage ?

— Tu me trouves ravissant ? fit Malik, soudain rayonnant de plaisir.

Adwen poussa un soupir d'exaspération et ferma les yeux, s'abandonnant aux bras de Gaël. Le boitillement de Malik se mua peu à peu en une sorte de pavane.

— Elle me trouve joli, figurez-vous !

— Ne te réjouis pas trop vite, fit Catriona. Adwen redoute comme le diable les beaux garçons.

Déçu, il se remit à traîner la jambe, suivant Adwen d'un regard meurtri. Lefont la hissait sur un des chevaux.

— Quel dommage que tu dises vrai, Catriona. A ce propos, où se trouve lord Richard ?

Catriona fouilla du regard la cohue régnant dans la cour puis elle s'arrêta au donjon dévoré par les flammes.

— Se pourrait-il qu'il ait péri dans la fournaise ?

— Non, il n'est pas à l'intérieur. Je parierais au contraire qu'il a filé se mettre à l'abri bien avant que le donjon soit totalement embrasé.

— Que dois-je comprendre ?

— En selle ! Galope jusqu'à la côte et fais installer le camp au sommet, lui dit Gaël.

Il s'approchait, tenant deux chevaux par la bride. Il jucha Malik sur l'un d'eux et lui fit franchir les portes au triple galop. Quand il voulut en faire autant avec Catriona, elle recula, et désigna les gens qui tourbillonnaient dans la cour.

— Non, je n'ai pas le droit d'abandonner les habitants du manoir. Ils ont probablement besoin de soins.

— Tu ne les soigneras pas ici. Les soldats ont ordre de rassembler tout le monde. Ils seront ensuite installés là-haut, dans le camp de plein air. Nous resterons jusqu'à ce que Redfern soit vide. On ne peut rien faire de plus. D'ici quelques heures, Redfern aura été rasé de la carte, dit-il en la soulevant par la taille.

Du haut de sa monture, elle fixait d'un air hébété le

manoir rougeoyant dans lequel elle avait vécu plusieurs années et dont il ne resterait bientôt plus que des cendres.

— En avant ! cria Gaël en assenant une claque sur la croupe de la jument.

« Pourrais-tu t'enfuir si la porte était fermée à clé ? »

Les paroles prophétiques d'Adwen revinrent hanter la jeune femme. Une porte fermée à clé ? Il lui faudrait réfléchir sur la signification de ces mots...

Deux heures durant, il y eut un défilé ininterrompu des habitants de Redfern qui arrivaient au camp. Catriona fut si occupée qu'elle ne put interroger Adwen. Les uns s'étaient brûlés en luttant contre l'incendie, d'autres étaient assommés et se lamentaient d'avoir perdu leurs maigres possessions. Tous souffraient et il fallait les réconforter. Malik insista pour faire la tournée des blessés avec elle ; il débarbouilla les visages noirs de suie, il lui passa les linges pour les pansements, et parfois il se contentait seulement de rester un moment avec certains pour les réconforter.

Catriona vint plusieurs fois vérifier l'état d'Alice mais la servante gisait sur son grabat sans sortir du coma. Elle lui baigna une fois encore le front puis alla retrouver Adwen. Enroulée dans les couvertures, la châtelaine était assise contre l'énorme rocher qui surmontait le haut de la colline.

— Alice m'inquiète. Si seulement je pouvais la tirer de son profond sommeil ! Et vous ? Avez-vous froid ? demanda Catriona.

— Non... Disparu, murmura-t-elle en observant avec la même hébétude que les autres le brasier qui se consumait en contrebas. Je me sens dans un drôle d'état, comme si je voyais disparaître la femme que j'ai été jusqu'à présent.

Catriona avait elle aussi le sentiment qu'une partie de son existence venait de s'achever. Elle n'avait jamais été heureuse ici, cependant, elle n'aurait pas voulu quitter Redfern de cette façon abominable. Le feu et la mort. Elle frissonna en pensant que le corps de Delmas devait être en train de carboniser.

Mais elle n'avait pas le temps de penser à ça maintenant. Trop de gens avaient besoin d'elle. Elle soupira.

— Je regrette que nous n'ayons pas eu le temps de sauver les meubles.

— Pas moi. La seule chose que j'aurais regretté de perdre, je l'ai sauvée de l'incendie.

La main d'Adwen s'ouvrit sur un très joli chapelet en argent. C'était sa mère qui le lui avait donné sur son lit de mort. Persuadée qu'il s'agissait d'une amulette, Adwen l'avait gardé contre elle durant sa longue maladie.

— Le reste m'importe peu. Etre dépossédée de tout me donne un sentiment de libération. Les cadeaux de mariage offerts par Richard, la dot que je lui ai apportée, les souvenirs de toutes ces années où je suis restée cloîtrée dans ma chambre, les doutes, la culpabilité... envolé tout ça ! lâcha-t-elle avec un soupir de soulagement.

— Je l'espère. Mais les souvenirs ne se consument jamais tout à fait. Ils disparaissent seulement un peu, pour mieux revenir à la charge. A ce propos, n'aviez-vous pas dit que la porte de votre chambre était fermée à clé ?

— Bien sûr ! Nous avons même entendu la clé tourner dans la serrure. J'ai cru que c'était Alice mais pourquoi nous aurait-elle enfermés sans se donner la peine d'entrer dans la chambre ? Ce ne pouvait être que Richard. Qui d'autre que lui aurait souhaité ma mort ? Une fois que la porte a été fermée à clé, j'ai commencé à sentir la fumée.

— Il aurait brûlé son propre patrimoine ? Uniquement pour vous tuer ?

— Redfern ne lui appartenait plus vraiment. Les Normands l'en auraient vite dépossédé et Redfern n'a jamais été qu'une étape dans son ascension vers le pouvoir. C'était également à cela que je lui servais. Nous brûler en même temps, Redfern et moi, lui permettait de repartir de zéro, avec une riche veuve de Normandie, par exemple.

— Sans dot, il ne trouvera pas de Normand qui lui donne sa fille en mariage.

— Un aussi joli garçon, capable de se montrer d'une courtoisie et d'une politesse incomparables ? Richard trouvera une ruse. Le drame, c'est que lui vivant, je ne suis toujours pas en sécurité.

— Je ne le laisserai plus vous nuire, Adwen.

— Je ne le laisserai pas non plus me faire du mal, affirma-t-elle d'un ton soudain farouche. Il ne faut plus que je dépende de personne. Je tâcherai de me montrer aussi forte, aussi maligne que lui. Je n'ai plus le temps d'être malade. Crois-tu que cet échec l'arrêtera ? Non, il s'acharnera à m'anéantir. Voilà pourquoi il faut que je sois prête quand il reviendra à la charge.

Catriona sourit, heureuse de voir son amie si combative.

— J'en veux à Richard d'avoir tenté de m'assassiner. Il ne pense qu'à lui, il n'y a que lui au monde. Comme moi, tous ces malheureux n'ont plus de toit pour s'abriter de l'hiver qui approche... Toi aussi tu en veux à Gaël d'avoir ôté la vie à Delmas. Certaines vies semblent pourtant plus précieuses que d'autres... Delmas te traitait avec cruauté, s'il avait vécu davantage, il aurait continué à te faire souffrir.

— Peut-être...

— Dans ce cas, pourquoi ne pas...

— Parce que, en ma qualité de guérisseuse, je n'ai pas le droit de juger qui a le droit de vivre ou de mourir.

— Je suis contente que Delmas ne puisse plus te nuire.

La dureté de la douce Adwen troubla profondément Catriona.

— Si Dieu l'a mis sur terre, c'est qu'il ne devait pas le considérer comme inutile.

— Delmas est né nuisible, il aurait dû rester avec les serpents de son espèce. Mais qui sait... tu as peut-être raison ; il faut que j'y réfléchisse. J'ai du mal à me faire une opinion, parce que toute ma vie je me suis contentée d'accepter les vérités des autres. Maintenant j'en viens à douter de... Regarde ! Ils arrivent.

Catriona suivit le regard d'Adwen. Avec un immense soulagement, elle vit Lefont et le détachement de soldats remonter la côte au grand galop. Il n'y avait manifestement plus rien à faire pour sauver Redfern.

Tel un démon remonté des enfers, Gaël surgit à leur tête, le visage noirci par la poussière. Le rougeoiement de l'incendie éclairait de reflets roux ses cheveux poudrés de suie.

— C'est lui, murmura Adwen en fixant Gaël. L'homme de mon rêve... le feu... l'incendie, c'était lui.

— Ça ne signifie peut-être rien. Un concours de circonstances...

— Si, si, je reconnais mon rêve point par point! Toi qui crois aux miracles, pourquoi les renies-tu, quand ils viennent à toi?

— Lord Gaël n'a rien d'un miracle.

— Il m'a sauvé la vie, ainsi qu'à Malik et aux gens de Redfern. Pour moi, Gaël Dumont représente un miracle.

En fait, Catriona avait elle aussi commencé à voir Gaël sous cet angle. Ce miracle s'était peu à peu révélé à elle, mais elle n'avait pas complètement réalisé ce qu'elle tenait entre les mains. Maintenant, elle l'avait perdu.

— Gaël n'est pas un miracle, insista-t-elle. Mais je m'attarde ici alors qu'Alice a besoin de soins.

— J'y vais! s'écria Adwen. (Elle sortit de son cocon de couvertures pour se hisser tant bien que mal sur ses pieds.) Tu as bien trop à faire.

— Asseyez-vous, Adwen. Vous tenez à peine debout.

— Pour soigner Alice, je n'aurai pas besoin de rester longtemps debout. Je ne me suis que trop laissé dorloter. Regarde Malik, lui non plus il n'est pas très bien, et pourtant il t'aide, dit-elle en se dirigeant à petits pas vers le grabat d'Alice. Rassure-toi, la grossesse, ça me connaît. Au moindre frémissement de sa part, je t'appelle.

Catriona suivit d'un œil inquiet Adwen qui s'éloignait. Bien que dotée d'une volonté de fer, elle était encore fragile, et elle ne supporterait guère le surmenage.

— Comment ça va?

Gaël l'observait du haut de son étalon, à quelques pas. Le noir de fumée ne parvenait pas à maquiller les rides de fatigue qui lui creusaient le visage. Catriona en fut tout attendrie.

— Mieux que toi. J'ai eu au moins la chance de me laver...

— Je regrette que mon apparence te déplaise.

— Tu ne me déplais en rien. Adwen considère que tu es un miracle vivant. Comment pourrait-on s'offenser devant un miracle ?

— Tu lui as bien fait comprendre qu'elle se trompait je suppose, fit-il avec un rire sec.

— Oui, mais en vain. Veux-tu des nouvelles des blessés ? Quatre des hommes sont assez grièvement brûlés mais c'est surtout Alice qui m'inquiète. Elle a le crâne fendu et la fumée a dû l'intoxiquer. Elle attend un enfant.

— De lord Richard ?

— Oui.

— Charmant jeune homme ! C'est lui qui l'a assommée et qui l'a abandonnée sur place pour qu'elle grille.

— Comment le sais-tu ?

— Un des hommes de Lefont a vu Alice suivre Richard en le suppliant. Il s'est retourné pour la frapper et elle s'est écroulée au pied d'un mur.

— Adwen le soupçonne d'avoir mis le feu à Redfern.

— Ce qui est vrai. Il a commencé par le donjon et le feu s'est propagé à l'écurie juste après son départ. Quelqu'un l'a vu franchir l'enceinte du manoir à cheval. Il n'y a aucun doute à avoir, Richard voulait raser Redfern. Je laisse un détachement de soldats pour vous protéger mais surtout, ne va pas errer hors du camp.

— Où t'en vas-tu ?

— A la chasse du cher époux de lady Adwen. Il ne peut pas être bien loin.

— Tu ne le trouveras pas. Il connaît trop bien la contrée, fit Catriona, inquiète que Gaël reparte affronter le danger.

— L'un des hommes de Lefont est un excellent pisteur. On a de fortes chances de le débusquer.

— Non ! se révolta-t-elle. Imagine que l'incendie n'ait été qu'un stratagème pour te forcer à sortir en terrain découvert ? Et s'il était en train de rassembler ses vassaux pour te surprendre et te tuer ?

— Quand bien même ce serait le cas, aurais-tu vraiment du chagrin ? Les assassins ne méritent que de se faire tuer, pas vrai, Catriona ?

— Mais ouvre les yeux. La violence se perpétue, encore et encore. Ça ne s'arrêtera jamais...

— Et si je tue lord Richard, te sentiras-tu encore coupable ?

— Oui.

Il étouffa un juron entre ses dents.

— Il faut absolument que tu discutes avec Dieu, un de ces jours, puisque tu penses porter conjointement avec Lui la responsabilité de l'humanité tout entière. En admettant que j'aie tué ton mari, sache que c'est moi, et moi seul, qui suis responsable de ce crime. Et si je tue lord Richard, ce sera la même chose. Tu n'as rien à voir là-dedans. Ah, Lefont. En avant ! fit-il, en levant le bras.

Et il redescendit la côte au triple galop avec ses soldats.

10

— Vous êtes encore en vie, milady... fit Alice doucement. J'ai eu si peur que vous n'ayez péri dans les flammes.

— Catriona sera tellement soulagée que tu sois sortie du coma ! Je vais vite l'appeler.

Alice retint Adwen par la manche.

— J'ai bien essayé de l'en empêcher... Il brandissait une torche et je savais... Je l'ai vu fermer la chambre à clé, et je lui ai couru après. J'ai péché contre vous, milady, mais jamais je n'ai voulu...

— Chut, murmura Adwen en lui posant le doigt sur la bouche. Ce n'est pas contre moi que tu as péché.

— J'ai couché avec votre mari et je porte son enfant.

— Je t'ai entendue l'avouer à Catriona. Mais c'est à toi, au contraire, que Richard a causé du tort.

— Quand je me suis confessée, le prêtre m'a dit que c'était moi la pécheresse. Que j'avais aguiché lord Richard.

Adwen pinça les lèvres. Cette fois, elle était vraiment contrariée.

— Moi aussi, le prêtre m'a accusée de pécher. Il disait que je n'étais pas une épouse obéissante et soumise, alors pour me punir, Dieu me refusait un enfant. A les écouter, les femmes sont à elles seules cause de toutes les injustices, en ce bas monde, alors que les hommes ont l'innocence de l'agneau !

— Le prêtre vous a accusée, vous aussi ? Il se trompe. Il n'y a pas d'épouse plus douce, plus docile que vous, milady.

— Docile... Ce mot me déplaît profondément, dit-elle en pressant la main d'Alice. Je crois d'ailleurs que nous avons été bien trop dociles, toutes les deux.

— C'est le destin des femmes.

— Ça arrange les hommes, alors ils font croire aux femmes que c'est leur devoir de se soumettre. Catriona, en revanche, n'a rien de docile, et on a beaucoup à apprendre d'elle. Quant à toi, Alice, ne t'inquiète pas, dit-elle en lui écartant les cheveux d'une main caressante. Pourquoi t'accuses-tu de me vouloir du mal, alors que tu m'as toujours traitée avec bonté ?

— L'enfant... Je ne sais vraiment pas pourquoi Dieu me l'a donné à moi. Il ne me sera qu'un fardeau. Alors que vous, vous en désirez un depuis si longtemps...

— Oui, j'avais très envie d'un enfant. C'est un merveilleux don du ciel !

— Si on est l'épouse d'un puissant seigneur, sans doute. Mais quand on est une servante, et qu'on n'a ni mari ni argent, avoir un enfant est un malheur.

Adwen fut prise de remords. Elle n'avait jusqu'alors pensé qu'à sa détresse, qu'à ses difficultés, alors qu'Alice était condamnée à une existence bien plus ingrate. Il ne restait guère d'espoir aux femmes qui désobéissaient aux lois de l'Eglise et des hommes, même si on les y avait obligées.

— Ce n'est pas toi qui devrais avoir honte, mais Richard. C'est vrai, un enfant est toujours un fardeau.

Pourtant, à la différence d'Alice, Adwen aurait accueilli avec joie un enfant naturel. Elle soupira, contemplant les décombres embrasés du manoir.

— Comme toi, je n'ai plus ni mari, ni père, ni foyer. On m'a enseigné à diriger une maison mais je ne saurais même pas comment gagner mon pain. Tu vois, tu as un avantage sur moi.

Alice ne semblait pas convaincue.

— Si, si, c'est vrai. Accepterais-tu de m'enseigner ton savoir-faire, même si je n'ai rien à t'offrir en retour ? Je risque de t'encombrer plus encore qu'un bébé.

— Oh, mais non ! protesta Alice. Je ne demande qu'à vous rendre service, milady.

— Dans ce cas, appelle-moi Adwen. Et je tâcherai de trouver un moyen de te rendre ce que tu m'offres.

— Adwen ? fit Alice, effrayée par tant de familiarité.

— Je ne suis plus la châtelaine, Alice, mais une femme comme toi. Nous devons maintenant prendre soin l'une de l'autre. Allez, ferme les yeux, repose-toi. Je vais voir Catriona. Elle tient à avoir de tes nouvelles.

Obéissante, Alice ferma les yeux. Adwen fut choquée par cette docilité. La douceur d'Alice et son caractère effacé ne lui avaient valu que de se faire exploiter avec cruauté.

Malik la rejoignit tandis qu'elle se frayait péniblement un chemin à travers le camp.

— Tu me sembles bien perturbée, chère Adwen. Il ne fallait pas te proposer pour soigner Alice. C'est à moi de le faire.

— Me crois-tu le cœur trop fragile, ou l'âme trop sensible pour soigner la concubine de mon mari ? Ah, Malik, il n'y a que les hommes pour nous prendre pour de faibles créatures sans défense. Alors qu'au contraire, ce sont les hommes qui nous affaiblissent et nous volent notre énergie. Vous abusez de nous physiquement, vous trouvez légitime de nous battre, de nous forcer à vous servir, à vous faire des enfants... et puis vous finissez par nous abandonner.

— Bon, bon, j'admets. Je ne suis qu'un méchant mâle, dit-il avec solennité. Et en plus, je perds la mémoire... puisque j'avais oublié t'avoir fait un enfant. Comment l'avons-nous appelé, déjà ?

Elle braqua sur le plaisantin un regard venimeux.

— Tu sais bien que ce n'est pas cela...

Son air narquois finit quand même par lui arracher une ébauche de sourire.

— Il s'appelle Satanas.

— C'est un garçon ?

— Un démon, évidemment. Tu vois, toi aussi tu ne fais aucun cas de mes propos, tu n'écoutes même pas !

— Ce n'était pas à moi que tu t'adressais mais à ton mari. Tu vois bien que j'ai entendu ! Je vais maintenant tâcher d'oublier le venin que tu déversais sur moi par erreur, et je vais tenter de te rendre le sourire. Car tu en as besoin, Adwen. Le rire est le meilleur des remèdes.

Il n'y avait pas plus bel homme que Malik quand il souriait. Son visage s'éclairait d'une chaleureuse lumière. Adwen contempla sa beauté pendant un instant, puis elle se contraignit à tourner la tête.

— Rire, c'est bon pour les bouffons qui distraient la salle durant les repas.

— Voudrais-tu que je devienne ton bouffon, Adwen. Me prendrais-tu à ton service pour te distraire ? Je peux, si tu veux.

Jamais elle n'aurait dû le regarder de nouveau. Il était magnifique. Elle s'affola et, le cœur battant, elle avança droit vers Malik.

— Je ne veux rien de toi ni d'aucun homme.

— Un garçon... Cette idée me plaît. Quoique Satanas ne soit pas un prénom convenable. On l'appellera Malik, comme moi.

Un garçon qui aurait la beauté de cet homme ? Non, ce n'était pas pour elle. Ce ne serait jamais pour elle, se dit Adwen, soudain bouleversée.

— Qu'est-ce qui t'arrive ? T'ai-je blessée ?

— Je suis stérile, avoua-t-elle en hésitant. Je ne peux pas avoir d'enfant.

— Pas avec ton mari. Mais le problème vient peut-être de lui.

Puis il bomba le torse.

— Par contre moi, comme je n'ai aucune déficience...

— Que me racontes-tu là ? Les déficiences viennent toujours de la femme.

— Dans mon pays, on considère que les problèmes peuvent aussi venir de l'homme.

— Ah, tu ne peux pas comprendre... s'écria-t-elle en se lamentant d'une voix que la souffrance rendait rauque.

Ils meurent tous. Ils vivent en moi pendant quelques semaines, et puis ils meurent.

— Bien sûr que je comprends, Adwen, dit-il en lui tendant tendrement la main. Viens, accepte mon amitié, permets-moi de partager ta peine.

Sa main à lui, oui, elle était prête à la prendre. Malik ne ressemblait pas à Richard qui l'accusait et qui lui faisait honte de son corps. Il n'avait jamais compati à sa douleur quand elle perdait leurs enfants, et il ne venait jamais la voir avant qu'elle ne retrouve les forces d'enfanter à nouveau. Cependant, en s'attachant à Malik, elle risquait de perdre la liberté qu'elle venait juste d'acquérir. Elle ne voulait pas payer aussi cher pour un instant de réconfort.

Pour couper court à son tourment, elle pressa l'allure et rejoignit Catriona.

— Alice s'est réveillée. Quand tu auras terminé de la soigner, appelle-moi, j'irai dormir auprès d'elle. Et toi aussi, tu devrais dormir, Catriona. Alice n'est pas la seule à souffrir de ses blessures. Et ce n'est pas en scrutant à chaque instant le chemin que tu feras revenir Gaël plus vite. Il est parti à la poursuite de Richard ?

— Oui. Allons retrouver Alice ! décréta Catriona.

Malik les avait précédées au chevet de la servante. Il avait même trouvé le moyen de la faire éclater de rire. Adwen ne fut pas surprise, ce polisson de Sarrasin aurait été capable de faire rire un mort.

Il dut sentir peser sur lui le regard d'Adwen car il releva aussitôt la tête. Son sourire éclatant illuminait son visage. Il y avait en lui à la fois une grande compassion et une mélancolie irrésistible. Elle sentit qu'il cherchait à l'attirer.

Cependant, elle tentait désespérément de lui résister, car elle savait que cette intimité lui coûterait bien trop cher.

Gaël rentra au camp juste avant l'aube.

« Sain et sauf ! » songea Catriona, bouleversée de joie en distinguant la silhouette caractéristique de ce cher colosse. Elle gagna la périphérie du camp pour accueillir la troupe qui arrivait en haut de la côte.

L'étalon de Gaël se cabra en la voyant sortir des fourrés. Gaël reprit en main la bête éreintée et regarda vers la jeune femme. Il devait être fatigué, et peut-être même de mauvaise humeur, car il s'adressa à elle avec une certaine brutalité.

— Tu ne dors pas ? Es-tu certaine de ne pas abuser un peu trop de tes forces ?

— Aussi certaine que toi, répliqua-t-elle, en se gardant de poser la question fatidique.

— On ne l'a pas retrouvé, avoua-t-il de lui-même. Par conséquent nous n'avons pas fait couler ce sang qui te souillerait et tu peux aller dormir la conscience en paix. Quant à vous, Lefont, donnez quelques heures de repos aux hommes, puis redescendez à Redfern. Vous rapporterez tout ce que vous pourrez dénicher dans les décombres. Certainement pas grand-chose. Mais peut-être quelques couvertures et quelques provisions.

— Et ces gens, que voulez-vous qu'on en fasse ?

— On s'efforcera de leur assurer un minimum de confort pendant que vous leur reconstruirez leurs maisons.

— Je suis soldat, milord, pas maçon, moi ! s'affola Lefont.

— Cela vous incitera à trouver des artisans qui feront le travail à votre place, fit Gaël. Vite et bien. Je veux qu'ils puissent s'installer ici avant les premières neiges. Des maisons en pierre, et le château aussi, je le veux en pierre. Une forteresse aussi solide que Bellerive.

— Pourquoi te soucier de le rebâtir, s'étonna Catriona. Aurais-tu l'intention de réclamer Redfern à Guillaume ?

— Peut-être. Redfern est bien situé à proximité de la mer et le sol semble fertile.

— Mais tu n'en es pas certain ? Tu envisagerais de dépenser autant d'argent et d'énergie sans en retirer de bénéfice ?

— Bah, les coffres vidés ne demandent qu'à être de nouveau remplis, pas vrai ? Lefont, si vous trouvez des artisans et des manœuvres d'ici la fin de la semaine, je m'en remettrai à Guillaume pour prendre la direction des travaux. Ainsi vous serez libre pour nous escorter durant le voyage.

Lefont ne lui demanda pas où il partait, tant il était soulagé de ne pas avoir à abandonner son épée.

— Je vous trouverai de la main-d'œuvre, quitte à la faire venir du fond de la Normandie ! Vous les aurez, vos maçons, milord !

Il mit pied à terre et rassembla les soldats.

Catriona interrogea Gaël qui sautait lui aussi de cheval.

— En voilà un comportement étrange...

— Je déteste que l'on détruise sans raison. Cela me choque profondément. Les guerres sont destructrices, certes, mais elles ont un objectif.

— Va dire cela aux pauvres innocents qui ont le malheur de se trouver sur votre chemin.

Il se massa la nuque d'un geste chargé de lassitude tout en parcourant du regard les gens qui dormaient çà et là.

— Il ne reste guère d'innocents, en ce monde. Et je ne tenterai pas de me donner des excuses. Je me contente de faire ce qu'il faut pour vivre et prospérer ici-bas... Où se cache Malik ?

— Là, dit-elle en désignant une paillasse placée sous un arbre. Il est épuisé. Adwen et lui ont tenu à m'aider.

— Lui au moins, il a eu assez de jugeote pour se coucher afin de reprendre des forces. Va donc dormir, bon sang ! Je sais que tu voulais vérifier si je rapporterais la tête de Richard...

— Pas du tout. Je tenais... à savoir si tu étais rentré sain et sauf, avoua-t-elle.

Elle n'avait même pas eu envie d'inventer un mensonge. Surpris par cette déclaration, Gaël se figea.

— Vraiment ?

— Bien sûr que oui. Me crois-tu assez cruelle pour souhaiter que ce monstre reste en vie et que ce soit toi qui meures ?

— Franchement, je ne sais que penser de toi, Catriona. Je ne comprends pas pourquoi une femme repousse l'homme qui lui a sauvé la vie...

— Je n'étais pas en danger de mort.

— Delmas a failli te tuer. Nous partons pour Gwynthal dans deux semaines. D'ici là, tu auras fait le deuil de ton porc de mari et tu seras prête à regagner mon lit.

— Quelle générosité de votre part, milord !

— Exactement ! cracha-t-il en s'éloignant à grands pas.

Non, elle n'irait pas le rejoindre dans son lit ! Elle lui résisterait, car si elle succombait de nouveau à la passion, jamais elle n'aurait la force de le quitter quand ils seraient arrivés à Gwynthal. Gaël connaissait si bien le secret de son corps, et il savait lui donner tant de plaisir, que le seul souvenir de ses caresses éveillait son désir.

Elle gagna la couche qu'elle s'était installée à côté d'Alice. La pauvre... obligée de porter l'enfant de Richard de Redfern !

Catriona pensa qu'elle pouvait elle aussi avoir un enfant. Il lui suffisait de retourner dans le lit de Gaël. Faute d'avoir Gaël, elle pourrait s'approprier une partie de lui... Mais ensuite ? Comment le quitter après la naissance de leur enfant ? Non, il ne fallait pas rêver !

— Et maintenant, nous avons à parler, toi et moi !

Gaël se laissa tomber auprès de Catriona qui se réchauffait devant le feu. Depuis dix jours, ils s'étaient à peine adressé la parole. Tandis qu'elle prenait soin des sans-abri et qu'elle aidait à ériger des refuges de fortune sur la colline, lui avait supervisé la reconstruction de Redfern, dans le vallon.

— Dis-moi ce qu'il y a à savoir de Gwynthal. Je n'ai pas l'intention de partir pour une contrée dont je ne sais rien et qui risque de regorger d'ennemis. Je me demande toujours pour quelle raison tu désires tant retourner chez toi.

— Tu crois toujours que je t'ai menti ?

— Non, mais j'ai besoin que tu me le confirmes. N'oublie pas que tu m'avais caché ta véritable raison de regagner Redfern... Tu n'as pas eu la vie facile, poursuivit-il en fixant le feu. Puisque tu tiens si désespérément à retrouver ton cher Gwynthal, je t'y conduirai. Trésor ou pas.

En le contemplant, une douce chaleur monta en elle. Elle fut attendrie. Elle aurait préféré se montrer dure, sans scrupule, mais cela lui était impossible devant la générosité de Gaël.

— Je ne t'ai pas menti, le trésor existe bel et bien.

— D'où provient-il ?

— De pillages, de butins ramenés de la guerre. D'où viennent la plupart des trésors ? Je ne le pleurerai pas quand Gwynthal en sera débarrassé.

— Qui a ramené ce butin ?

— Hevald. C'était un grand guerrier qui vivait il y a plusieurs centaines d'années. Originaire du pays de Galles, il a remporté plusieurs victoires sur les Saxons, ici, en Angleterre. Il est d'ailleurs devenu un héros de légende. Un beau jour, il a voulu arrêter de batailler et de faire couler du sang. Il a pris sa jeune épouse, ses officiers, a rempli ses chariots d'or et de pierres précieuses et il est reparti vers son lieu de naissance.

— Gwynthal ?

— Non. Kythe, au pays de Galles. Mais là-bas, aussi, régnaient la guerre et les zizanies, alors il en est reparti pour s'enfoncer plus à l'ouest, vers la côte. Il a passé quatre mois au village de Selkirk, le temps de construire un navire. Puis, avec ses hommes, il a pris la mer pour chercher un endroit où fonder une colonie pacifique. Il a découvert Gwynthal. La paix régnait sur cette île encore inhabitée.

— Est-ce loin ?

— A deux jours de voile de Selkirk.

— Si près de la côte ! Comment un tel trésor a-t-il pu demeurer caché pendant des siècles ?

— Parce que Gwynthal est protégée par des falaises abruptes qui paraissent infranchissables. Moi, je sais comment y accéder puisque j'y suis née.

— Pourquoi ne pas y être restée ?

— Parce que mon père s'ennuyait à Gwynthal. Comme à toi, il lui fallait des conflits pour ajouter du piquant à son existence.

Gaël se garda de répondre à la provocation.

— Il me semblait qu'il vous avait quittées, ta mère et toi.

— Elle l'a d'abord suivi à Kythe... (Catriona se perdit un instant dans ses pensées. Puis, revenant à elle, elle se livra d'une traite.) Il savait avant de l'épouser qu'elle n'était pas comme les autres, qu'elle était guérisseuse. A Gwynthal, on acceptait sa particularité mais à Kythe...

— Ils l'ont traitée de sorcière.

— Ils ont commencé par lui trouver une drôle d'allure, peu féminine. Et au fil des années, ça s'est accentué. Ma mère avait une trop forte personnalité, au goût des villageois, et pour mon père aussi d'ailleurs. Je crois que c'est quand ils ont constaté que mon père l'avait quittée qu'ils ont commencé à avoir vraiment peur d'elle... Voilà, tu en sais suffisamment ?

Elle ferma doucement les yeux pour repousser ses souvenirs.

— Oui.

Elle eut l'impression qu'il tendait la main vers elle mais elle ne sentit rien.

— Juste une dernière question. Qui me faudra-t-il affronter avant de pouvoir m'approprier le trésor de Gwynthal ?

— Personne, dit-elle en ouvrant les yeux. Seule ma mère et moi connaissons l'endroit où il se trouve. Ma mère descendait de Bentar, le conseiller d'Hevald. A sa mort, Hevald lui a légué le secret de la cachette, et depuis on se le transmet d'aîné en aîné. Ma mère me l'a dévoilé en me passant au cou son rubis-talisman. C'est ce rubis qui devait te prouver l'existence du trésor. Je le portais lorsque Delmas m'a trouvée dans la forêt, il me l'a dérobé.

— Et je parierais que Richard l'a pris à Delmas.

— Probablement. Aucune trace de lui ?

— Aucune.

— Il va certainement nous suivre. Il attend, tapi non loin pour mieux nous guetter... Je sens sa présence.

— J'espère bien qu'il va nous suivre !

Pour le tuer. Catriona en eut un frisson et resserra les pans de sa cape sur son buste.

— Pas moi. Je ne veux pas qu'il s'approche de nous.

— De peur qu'il n'apporte le mal sur ton île ?

Gaël pouvait bien croire ce qu'il voulait. Elle n'allait

tout de même pas lui dire qu'elle était davantage obsédée par lui, que préoccupée par Gwynthal.

— Richard n'a pas sa place là-bas.

Les lèvres de Gaël s'étirèrent en un sourire amer.

— Encore un gêneur à chasser de ton paradis ? Rassure-toi, je pense moi aussi que sa place est en enfer et je te garantis que je m'efforcerai de l'y expédier. Quant à nous, nous prenons la route de Gwynthal après-demain à l'aube. Espérons que tu te souviennes du trajet ; je pourrais peut-être trouver un guide pour nous accompagner jusqu'au pays de Galles, mais après...

— Tu n'as pas besoin de guide. Je me souviens de chaque arbre, et du moindre tournant.

— C'était il y a bien longtemps, objecta-t-il.

— Comment oublierais-je le chemin qui me ramène chez moi ?

— Tu sais, je suppose, que je n'ai nullement l'intention de te rendre la liberté, une fois là-bas ? Vorace comme je suis, je veux le trésor et je te veux aussi, Catriona.

— Le trésor t'appartiendra. Quant à moi, je reprendrai ma liberté sans que tu puisses m'en empêcher.

Il se leva et l'écrasa d'un regard impérieux.

— Nous verrons. Quoi que tu fasses, je m'en tiendrai à mes positions. Je ne te quitterai jamais, au contraire, je me battrai pour défendre ta cause, et personne ne te fera le moindre mal. J'anéantirai tous tes dragons, Catriona de Falkhaar.

— Je suis obligée de m'allonger dans le chariot et cela vous force à ralentir la marche. Pardonne-moi, Catriona, j'espérais avoir davantage de force, s'excusa Adwen en se nichant plus profondément dans les couvertures.

Après de longues négociations, Gaël avait finalement accepté Adwen et Alice.

— Votre santé ne cesse de s'améliorer ! l'encouragea Catriona. Au début, vous ne pouviez pas rester à cheval plus de quelques heures. Hier, vous avez chevauché avec nous jusqu'à midi et aujourd'hui, vous avez tenu trois heures de plus en selle. Bientôt vous n'aurez plus besoin de vous allonger.

Elle lui glissa un tapis de fourrure autour des épaules afin de la protéger de la morsure du froid.

— Lord Gaël sera enchanté de ne plus être retardé.

— Pourquoi ? Vous a-t-il reproché quoi que ce soit ?

— Non, il m'a traitée avec beaucoup de gentillesse, mais je sens bien que ce retard l'impatiente.

— Gaël est impatient de nature. Ne faites pas attention à lui.

— Je lui trouve l'air de plus en plus féroce, ajouta Adwen. Ça ne te coûterait pas grand-chose de te montrer plus gentille... Il a bien eu la bonté de songer à reloger les gens de Redfern. Tu en connais beaucoup qui auraient pris la peine de reconstruire un château détruit par d'autres ? Il a agi avec compassion.

— Je vous garantis qu'il n'en a guère, de la compassion.

— Je te trouve bien injuste à son égard, fit Adwen, assez perplexe.

— Et moi je trouve que vous devriez économiser vos forces au lieu de vous inquiéter pour Gaël. Restez bien couverte, dit-elle en lui tapotant la main avant de descendre du chariot.

Elle rejoignit Malik qui lui tenait son cheval. Il l'aida aussitôt à remonter en selle.

— Comment va-t-elle ?

— Juste un peu fatiguée. Mais elle s'en sort beaucoup mieux que je n'aurais pu le penser.

— Adwen est dotée d'une grande force morale. Sans quoi elle aurait été brisée depuis plusieurs années. Elle fait encore le deuil, tu sais...

— De lord Richard ? Sûrement pas !

— Mais non, pas de cette crapule, des enfants qu'elle a perdus.

Catriona fronça les sourcils.

— Elle n'en parle guère. Ils sont tous morts avant terme et elle ne les a jamais vus.

— Elle en porte encore le deuil parce qu'on ne lui a pas permis de les pleurer. Bien qu'elle s'efforce de ne pas penser à eux, l'âme de ses petits demeure toujours auprès d'elle. Si seulement je pouvais la réconforter! Mais figure-toi qu'elle se défie de moi, ajouta-t-il avec un sourire forcé. Je n'arrive pas à croire qu'une femme ne puisse pas comprendre l'homme merveilleux que je suis.

— Incroyable, en effet!

— Catriona! cria Gaël qui chevauchait en tête de la procession.

— Il piaffe d'impatience. Va le rejoindre. Moi je chevaucherai à côté du chariot, pour distraire Adwen. Tu sais, il m'arrive parfois de lui arracher un sourire.

Gaël, la mine grave, venait à la rencontre de Catriona.

— Adwen est confortablement installée. Nous pouvons repartir, annonça-t-elle.

— A partir de maintenant, c'est moi qui déciderai de l'heure des haltes.

— Adwen s'est montrée très courageuse. Elle avait grand besoin de cette pause.

— Nous aurions pu attendre d'être en terrain découvert, plutôt que de s'arrêter au beau milieu de la forêt.

Catriona comprit alors l'inquiétude de Gaël. Jetant des coups d'œil aux alentours, elle baissa la voix.

— Lord Richard? L'a-t-on repéré?

— Non, mais une cible mouvante est bien plus difficile à attaquer. De plus, nous ne savons s'il se déplace seul ou bien avec des hommes de main. En tout cas, ils s'empresseront d'attaquer dès qu'ils nous jugeront suffisamment vulnérables.

— A l'avenir, je te demanderai ton avis.

— Et si mon avis ne te convient pas?

— Eh bien, je ferai ce qui me semble le plus approprié! s'énerva-t-elle. Et cette méchanceté à l'égard d'Adwen ne se justifie pas car elle montre la meilleure volonté du monde. Nous devrions atteindre Kythe la semaine prochaine et le littoral un jour après.

— Je la trouve moi aussi très courageuse. Je l'ai d'ailleurs surprise en train d'osciller sur sa selle avant de consentir à demander une pause. Je ne lui en veux pas du tout, c'est toi qui m'énerves.

— Je n'ai rien fait pour t'agacer.

— Du diable si tu n'as rien fait! J'en ai assez que tu m'évites et que tu me répondes toujours de manière laconique. Il est temps d'en finir... Cette nuit, tu viendras me rejoindre sous les couvertures, comme à Hastings.

— Jamais de la vie !

— Préfères-tu que je t'y contraigne ? Sache que je suis prêt à tout pour enfoncer les barrières derrière lesquelles tu te protèges. Hardraada m'a appris l'art de briser les murailles et celui de raser les citadelles. Si tu tiens à prouver ta force, cherche un terrain où tu sois capable de gagner, lui lança-t-il en remontant la colonne de cavaliers.

Ils atteignirent la lisière de la forêt à la nuit tombante et installèrent le camp près des bois, afin de pouvoir s'y réfugier en cas d'attaque. Si les nuages noirs s'amoncelaient à l'horizon, la neige tardait à tomber. Cependant, il faisait très froid, et les voyageurs bénirent la chaleur des feux de bivouac. C'est sans un seul regard pour Catriona que Gaël pansa son cheval et organisa les tours de garde. Il s'installa enfin devant le feu en compagnie de Malik. Ignorant leur entourage, ils parlèrent longuement à voix basse.

Pourtant, Catriona crut sentir qu'il épiait ses moindres mouvements. Mais peut-être était-ce seulement dans son imagination. Gaël avait sûrement déjà changé d'avis...

— Que tu es silencieuse, Catriona. Es-tu fatiguée ? demanda Adwen.

— Non.

— Moi je suis épuisée, mais c'est une fatigue saine car je n'arrive pas à me sentir rassasiée. Regarde, je me suis encore resservi du lièvre. Quand je pense que je n'avais jamais d'appétit, durant ma maladie !

Le rose de ses joues et l'éclat de son regard firent plaisir à Catriona. Elle avait retrouvé une santé qu'on lui croyait perdue à jamais.

— Et je dors d'un sommeil de plomb, ajouta Adwen en bâillant. J'ai d'ailleurs hâte de retrouver mes couvertures. Que c'est étrange de voyager, tu ne trouves pas ? C'est une sorte d'intermède entre le sommeil et la vie éveillée. On n'a ni à organiser l'avenir, ni à subir les conséquences du passé. On n'a juste qu'à se laisser glisser d'un lieu à un autre.

— Avec le train d'enfer que nous impose Gaël, je ne me sens pas « glisser » du tout ! Mais tant mieux si pour toi les choses te semblent plus simples. Tu es restée bien assez longtemps enlisée dans des eaux bourbeuses.

— Tu devrais te reposer un peu, Catriona. Tu es toujours sur la brèche, en train de soigner tout le monde, Alice, moi, et jusqu'à Lefont dont tu as bandé la main, hier.

— Une branche l'a entaillée. Les coupures, il faut les soigner immédiatement sinon elles s'infectent.

— Et personne ne pouvait s'en occuper ?

— C'est moi la guérisseuse.

— Je sais que tu as les épaules solides mais à force d'aider les autres, tu finiras par y laisser la peau... Je me demande ce que tu ferais si nous n'avions pas besoin de toi. T'envolerais-tu à tire-d'aile, comme un papillon ? Bon, au lieu de te provoquer, je ferais mieux d'aller me coucher.

Elle se leva et avança vers le chariot sous lequel on avait installé trois couches pour Alice, Adwen et Catriona.

— Tu viens ? demanda-t-elle en regardant Catriona.

— Non, elle ne couche pas là, intervint Gaël.

Surprise, Adwen s'arrêta net. Catriona retint sa respiration. Gaël se dirigea vers sa paillasse, installée un peu à l'écart. Il s'y allongea et souleva le coin de la couverture pour inviter la jeune femme à le rejoindre.

Catriona était incapable de bouger. Malik et Adwen la surveillaient, médusés. Soudain, Adwen fit un pas vers elle et en les regardant l'un après l'autre, elle s'insurgea pour protéger son amie.

— Et si elle n'en avait pas envie ?

Catriona ne voulait pas qu'Adwen intervienne dans ce conflit. Elle était encore trop faible. Elle quitta donc sa place et, encourageant Adwen à aller se coucher, elle gagna le lit de Gaël. Elle s'enroula dans la couverture et ferma les yeux. Immédiatement, l'odeur de cuir et de musc qui caractérisait son amant lui grisa les sens. Elle entendit Adwen s'éloigner avec lenteur.

— Va installer ta paillasse près du chariot, Malik,

ordonna Gaël. Adwen aura besoin de protection au cas où Richard déciderait de nous attaquer.

Catriona se retrouva bientôt seule en compagnie de Gaël.

— Détends-toi, sinon j'aurai l'impression de dormir contre une bûche, lui susurra-t-il.

— Je ne veux pas dormir ici.

Il glissa le bras sous la couverture pour l'enlacer.

— Tu en meurs d'envie, au contraire, et si ta conscience ne te tourmentait pas autant, tu l'admettrais. Ta place est ici.

— Non, ce n'est pas vrai.

— Pourquoi as-tu peur de rester? Tu crains que je n'abuse de toi?

— Oui.

Il lui prit le sein au creux de la paume.

— Regarde... Ressens-tu seulement de la peur?

Malgré elle, elle sentit le bout de son sein se durcir, cherchant la caresse.

— Tu sais bien que non. La chair est faible. C'est mon cœur que je ne veux pas te donner.

— Ton cœur ne demande que cela, et d'ici Gwynthal, tu m'auras avoué que tu m'aimes, murmura-t-il en lui caressant le creux de l'oreille du bout de la langue.

Son corps se détendit, envahi par une douce chaleur.

— Tu me prendrais ici, devant tout le monde?

— Ils dorment déjà, la rassura-t-il en caressant sa poitrine. Du moins ils ne vont pas tarder.

— Et s'ils se réveillent?

— A ce moment-là, ça m'étonnerait que tu y attaches de l'importance, affirma-t-il, en lui pinçant le téton. Ta robe me gêne. Il va falloir t'en débarrasser.

— Je risque... commença-t-elle, soudain envahie par une nouvelle vague de chaleur, d'attraper... froid.

— La couverture te protège et devant le feu, il fait bon. Mais si tu préfères, nous attendrons encore un peu avant de la retirer.

Il remonta le bas de sa robe et enfouit une main entre ses cuisses.

— Ça ne te plairait pas de me chevaucher, comme la première fois, au bord de l'eau? Mumm... je sens que oui. Voyons à quel point... Ton petit corps me dit que tu en as très envie, soupira-t-il en poursuivant ses caresses au cœur de son intimité. Ce serait si facile de fermer les yeux et de t'abandonner à mes caprices... ainsi, demain, tu pourrais te dire que c'est moi qui t'ai forcée.

Catriona s'arqua sous lui, appelant de tout son être l'assouvissement de ses sens exacerbés.

— Pourquoi... me fais-tu ces choses? Tu... n'en retires... aucune satisfaction, dit-elle en haletant sous les saccades de plaisir.

— La satisfaction risquerait de m'être fatale... Non, je veux te caresser jusqu'à ce que tu me supplies. Je te donnerai à la fois le plaisir et la douleur. En pleine nuit, je te réveillerai avec ma langue, avec mes doigts, et je te raconterai les mille façons dont je te posséderai... Alors tu me prieras de le faire.

— S'il te plaît... Jamais je n'oserai te le demander.

— Espérons que tu changeras d'avis, sans quoi nous en perdrons tous deux la raison.

Scandaleux...

« C'est pécher... se dit-elle, encore endormie. Je rêve, ce n'est pas vrai. »

— Juste un peu plus, Catriona, fit Gaël.

Ses cuisses s'ouvrirent docilement. Elle sentit sa langue... de plus en plus précise, de plus en plus audacieuse. Affolée, elle se tordit de tout son corps, engloutie par la folie du désir. Puis elle s'abandonna corps et âme au feu qui la ravageait. Gaël lui passa un bras protecteur autour des épaules.

— Ce n'est pas bien, dit-elle d'une voix hachée. Un homme, faire des choses pareilles à une femme...

— Ces caresses byzantines sont très agréables et sans l'impatience que j'avais d'être en toi, je te les aurais montrées bien avant. Maintenant, rendors-toi, ajouta-t-il en la nichant contre lui.

— Pour que tu puisses me réveiller encore de la même façon?

— Tu étais prévenue. Et ton corps m'a donné une réponse qui dépasse mes espérances. J'ai hâte de t'ouvrir aux mille autres chemins du plaisir, chuchota-t-il en lui caressant le bout des seins à travers la robe. Enlève-la...

— Je refuse de la quitter, s'obstina Catriona. Ce n'est plus la peine de me le demander.

— Mais je te le demanderai encore...

— Réveille-toi, Catriona.

Encore ? La brûlure se raviva entre ses cuisses. Il l'avait déjà tirée du sommeil à plusieurs reprises durant la nuit, sa bouche se promenant sur son ventre, sur sa gorge, au cœur de sa féminité... Elle ouvrit les bras et les jambes.

Gaël se mit à rire doucement.

— Pas maintenant. L'aube approche. Mumm... tes seins se tendent encore. Ils sont aussi gonflés qu'un fruit mûr. J'aimerais m'y pendre quand tu seras enceinte.

Son ventre arrondi, le corps de Gaël nu, allongé sur elle, les lèvres sur son sein... L'érotisme de la scène la fit frémir.

Mais déjà Gaël lui tendait la robe qu'elle ne se souvenait même pas d'avoir quittée. Elle enfila le vêtement et la fraîcheur de l'étoffe la tira immédiatement de sa béatitude. Gaël la couvait du regard.

— Cela se produira encore cette nuit, tu sais. Et les nuits suivantes. Ton corps s'y habituera si bien que tu ne pourras plus te passer de moi.

Une peur atroce s'empara d'elle. Et si cette prédiction se réalisait ? Elle se sentait déjà habitée par une heureuse plénitude, une sensualité inconnue. Evitant son regard, elle dit brusquement :

— Il faut que j'aille réveiller Adwen pour la préparer au départ.

11

— Enlève-moi cette robe.

Catriona passa le vêtement par-dessus sa tête avant de s'allonger confortablement, le dos collé à Gaël. Au bout de quatre jours, elle avait pris le pli, à tel point qu'elle n'aurait pas pu dormir sans le sentir contre son corps nu.

Ses paumes larges épousèrent aussitôt les rondeurs de ses seins tandis qu'il s'ajustait à ses hanches.

— J'ai envie d'être en toi, lui souffla-t-il au creux de l'oreille. Tu veux bien me prendre ?

C'était la formule rituelle qui précédait chaque soir des caresses d'une sensualité effrénée.

— Non, je ne veux pas.

Les mains de Gaël se crispèrent instinctivement sur ses seins.

— Dieu que tu es têtue ! Pourquoi refuses-tu alors que tu as furieusement envie de moi ? Ah, ça ne peut plus durer !

— Bien sûr que si, ça peut durer. C'est toi qui refuses de céder à ton propre désir. Ce n'est pas sain, pour un homme, de se retenir. Tu te fais du mal. Pourquoi ?

Lui libérant les seins, Gaël roula sur le dos et regarda le ciel étoilé.

— Parce qu'une fois que tu te seras donnée totalement à moi, tu n'auras plus le droit de me quitter.

— Tu sais fort bien que ça ne se passera jamais ainsi.

— A cause de la mort d'un homme que tu détestais ? s'insurgea-t-il, en se relevant sur un coude. Et si je t'assurais que je n'ai pas tué Delmas ?

— Je t'ai vu, assena-t-elle.

— Tu ne m'as pas vu le tuer, non, puisque je ne l'ai pas fait. M'as-tu jamais pris en flagrant délit de mensonge ?

L'espoir l'envahit un instant puis la scène sanglante de l'écurie lui réapparut.

— Non, je ne t'ai encore jamais surpris à mentir. Mais comme toi, je ne crois que ce que je vois, et je t'ai vu de mes yeux, la fourche au poing !

— Tu prétendais croire aux miracles. Où est passée ta foi ? Ah, tu pleures... Bah, tu as peut-être raison de te méfier. Car c'est le destin qui m'a empêché de massacrer ton porc de mari. Sur le moment, j'étais même furieux qu'on m'ait frustré de ce plaisir.

L'amertume de Gaël rendait ses paroles tellement

vraies... Mais Catriona devait se méfier, Gaël était un habile marchand capable d'acheter ou de vendre n'importe quoi.

— Tu as raison, je ne peux pas me fier à tes paroles.

— Je le savais, c'est pourquoi je me suis bien gardé de clamer mon innocence, dans l'écurie ! D'ailleurs, si on inversait les rôles, le cynique que je suis ne te croirait sans doute pas non plus. La seule différence c'est que même si tu avais commis un crime, je ne t'aurais jamais laissé tomber, moi. J'en aurais même assumé la responsabilité.

— Nous ne fonctionnons pas de la même manière.

— Au contraire, nous nous ressemblons bien plus que tu ne veux le croire. Nous avons en commun la loyauté, l'honnêteté et la détermination. Et pour atteindre notre but, nous savons nous montrer sans merci.

— Je ne suis pas sans pitié, objecta-t-elle, froissée.

— Tu foulerais aux pieds la moitié de l'univers pour arriver à sauver la vie de quelqu'un.

— Faux !

— Evidemment, tu veillerais à ce que ce ne soit pas toi qui portes le coup fatal, mais tu piétinerais n'importe quoi pour protéger le malade que tu soignes.

— Tu te trompes. Il y a d'autres moyens.

— Non, je ne me trompe pas ! Au contraire, tu te méprends sur toi-même. Tu affirmes te sentir coupable, or tu es bien trop lucide pour te reprocher la mort de Delmas. Et en admettant que tu aies des raisons de me croire coupable, tu me refuses une confiance que tu accorderais sans mal à Adwen ou à Malik. Pourquoi ?

— J'ai vu... la fourche... et le sang.

— Crois-moi, Catriona.

— Je ne peux... pas, dit-elle, et les larmes roulèrent sur ses joues.

— Tu te sers seulement de Delmas pour ériger entre nous une barrière infranchissable. Pourquoi ? Tu sais que je suis disposé à t'épouser et à te traiter avec respect. Nous ne formons plus qu'un. Pourquoi me repousses-tu ?

— Pour te prouver justement que nous ne sommes pas une seule et même personne.

— Crois-tu que je continuerais à lutter si je n'en étais

pas certain ? Je n'ai pas vraiment envie qu'une femme régente ma vie mais le seul moyen de le supporter, c'est si, moi aussi, je régente la tienne. Nous ne faisons qu'un, Catriona.

— Je ne régente pas ta vie ! Au contraire, tu me fais faire ce que tu veux, comme avec ton entourage.

— Crois-tu que je te manipule vraiment en te conduisant vers cette île inaccessible sur laquelle se trouve un trésor dont personne n'a jamais entendu parler !

— Tu affirmais me croire !

— Je ne demande qu'à te croire, en effet, et j'irai à Gwynthal. Rien ne pourrait me faire rebrousser chemin.

— Pourquoi ?

— Parce que la réponse à ton mystère se trouve là-bas.

Elle secoua négativement la tête.

— Je t'ai déjà prévenu. Tu n'y trouveras rien d'autre que le trésor.

— On verra bien !

A son grand soulagement, Gaël se rallongea. Elle espérait que ce fût la fin de cette dispute qui venait d'éveiller en elle des interrogations et des doutes. Pourquoi s'obstinait-elle à repousser Gaël alors qu'elle l'aimait ?

— Je ne t'ennuierai plus avec ces histoires de confiance et de loyauté, dit-il alors. Sache pourtant que je ne t'ai dit que la pure vérité.

Comme Catriona ne répondait pas, il s'énerva de nouveau.

— Et tu prétends ne pas être dure ! Sais-tu à quel point un homme souffre quand il ne peut apaiser son désir ?

Bien sûr, Catriona ne le savait pas vraiment. Mais une fois elle avait surpris Gaël, le visage défiguré par la douleur. Il s'était écarté d'elle, les muscles noués, le dos raidi par la souffrance, et par ce désir frustré.

— Rien ne t'oblige à t'infliger ce supplice.

— En refusant de m'accorder ta foi, tu me blesses. Ça ne choque pas la guérisseuse, en toi ?

— Non, mentit-elle. C'est ta faute. Et je refuse d'en entendre davantage.

— Mais tu n'oublieras pas mes paroles, pas vrai, Catriona ? murmura-t-il en l'attirant dans ses bras.

Bien sûr que non. Elle sentait même dans son corps une tension semblable à la sienne. Elle ferma les yeux pour essayer de s'endormir.

Après un interminable silence, Gaël posa encore une question :

— Catriona ? Quand atteindrons-nous Kythe ?

— Demain ou après-demain. Je ne me souviens plus exactement du temps qu'il nous avait fallu pour aller de Kythe à la frontière du pays de Galles.

— Bizarre, si l'on songe que jusqu'à présent, tu t'es souvenue des moindres détails de la route.

Un subit accès de rage la fit frémir.

— Eh bien, je ne suis pas parfaite, voilà ! Comment veux-tu que je me souvienne de tout ?

Il garda le silence avant de suggérer :

— Pourquoi passer par Kythe ? Nous pourrions gagner directement le littoral.

— Parce qu'on a besoin de s'approvisionner et que Kythe est la seule bourgade à la ronde. Pourquoi l'éviterions-nous ?

— Ta mère...

Subitement, son cœur se serra et ses mains se glacèrent.

— Il y a si longtemps...

— Les villageois t'avaient toi aussi condamnée au bûcher, lui rappela-t-il.

— Crains-tu que les gens de Kythe ne nous attaquent ?

— Dans ce cas, nous n'aurions aucun mal à repousser une attaque venant de fermiers et d'artisans.

— Eh bien, nous passerons par Kythe. Je te répète que le drame s'est déroulé il y a fort longtemps. Et maintenant, au lieu de ressasser le passé, j'aimerais bien dormir.

Ils atteignirent Kythe le lendemain en fin d'après-midi. C'était une petite bourgade dont les cottages au toit de chaume se blottissaient à l'ombre d'un château. Un bourg ordinaire et paisible.

Pourtant, Catriona entendit les hurlements, le crépitement des flammes du bûcher… et l'odeur… Seigneur, cette odeur insoutenable de chair brûlée !

— Qu'est-ce que tu as ? murmura Adwen en voyant le visage de la jeune femme se décomposer.

— Je ne peux pas rester ici, murmura Catriona qui se sentait étouffer. Que Gaël fasse seul le tour des échoppes pour le ravitaillement, moi je n'en ai pas la force.

Elle tira sur la bride de sa jument et repartit immédiatement. Elle entendit Gaël pousser un cri mais elle ne s'arrêta cependant qu'à plusieurs kilomètres de Kythe. Enfin elle glissa le long de sa monture et, après quelques pas chancelants, elle fut saisie par de violents vomissements.

La fumée… les hurlements…

Soudain, le bras de Gaël lui enlaça la taille pour la soutenir. Au bout d'un moment, elle eut enfin la force de relever la tête.

— Je n'y retournerai jamais. Je ne peux pas.

— Mais personne ne te le demande. Je n'aurais pas dû t'écouter. J'avais l'impression que cela t'était égal de repasser par ce village.

— Je n'en étais pas certaine. Je m'étais interdit d'y penser, de repenser à cette nuit d'horreur, bafouilla-t-elle.

— Tu sais bien que je ne tolérerais pas que ces villageois te fassent du mal.

— Je le sais. Ils ont d'ailleurs pratiquement tout oublié du drame. Je le sens intuitivement. De temps à autre, bien sûr, la colère remonte en eux… et puis la satisfaction… et le plaisir. Tu te rends compte, du plaisir !

Elle se blottit dans les bras qu'il lui tendait.

— Puisqu'ils l'ont brûlée, souhaites-tu que je brûle le village jusqu'à ce qu'il n'en reste plus une pierre ?

— Tu n'irais quand même pas…

— Tu n'as qu'à me regarder ! Penses-tu que je n'en sois pas capable ?

Le guerrier reparaissait, dans sa dureté impitoyable.

— Si.

— La vengeance est douce quand on vous a meurtri, dit-il. Veux-tu que je te laisse allumer la torche ?

Réprimant un frisson de répulsion, elle hocha la tête.

— Tu en es certaine ?

— En admettant que j'en aie la force, ma mère n'aurait pas voulu. Elle ne souhaitait que leur bien.

L'horreur, si proche encore, la paralysait. Difficile de respecter les enseignements de sa mère quand elle ne pouvait penser qu'au bûcher sur lequel elle avait brûlé.

— Pouvons-nous repartir rapidement ?

— Oui. Dès que Malik nous aura rejoints avec le ravitaillement. Je leur ai ordonné de faire vite, si bien que d'ici la nuit tombée, nous devrions nous trouver à des kilomètres d'ici.

— Tu peux le rejoindre.

— Non, je reste, dit-il en s'écartant de quelques pas. Ne bouge pas, je vais mouiller un linge au ruisseau pour te débarbouiller.

Elle se sentait tellement faible qu'elle ne bougea pas. Gaël reparut un instant plus tard et il lui nettoya la figure comme à un enfant. Puis il lui donna de l'eau pour qu'elle se rince la bouche.

— Ça va mieux ?

— Oui, dit-elle, encore un peu tremblante. J'ai simplement hâte de quitter cet endroit. Je ne peux pas supporter… Elle les a traités avec une telle bonté et ils ont oublié…

Il s'accroupit à côté d'elle et l'attira dans ses bras pour la bercer contre lui.

— Parle-moi de ta mère.

— Du supplice ? Je ne peux pas.

— Parle-moi d'elle, pas du drame.

— Pourquoi ?

— Parce que moi, je n'oublierai jamais. Dis-moi ce dont il faut se souvenir. Comment s'appelait-elle ?

— Marlie.

— Décris-la-moi. Etait-elle blonde, comme toi ?

— Non, brune aux yeux bleus… plus foncés que les tiens, et elle souriait constamment, de son sourire ravissant… du moins avant que mon père nous abandonne.

— T'élevait-elle avec tendresse ?

— Oh, oui ! Elle disait que nous étions comme deux sœurs. Le don de guérir nous plaçait sur un pied d'égalité. Nous nous trouvions à l'intérieur d'un cercle dans lequel personne ne pouvait entrer mais dont nous avions, nous, la possibilité de sortir, avoua Catriona en froissant la tunique de Gaël entre ses doigts. Malheureusement, quand elle est sortie du cercle pour leur porter secours, ils l'ont tuée. Jamais elle n'aurait dû faire cela. Je l'avais pourtant mise en garde. Et j'ai bien vu la peur les gagner quand elle s'est allongée contre Roark...

— Qui est Roark ?

— Le fils du meunier. Il n'avait que neuf ans. Il est tombé d'un arbre et, à mon avis, il s'était brisé les reins. Les plantes médicinales restaient sans effet sur lui et il se mourait. Ma mère a compris qu'elle serait obligée de le toucher...

— Ce que tu as fait avec Malik ?

— Oui.

Elle s'interrompit. Elle fut subitement effarée d'avoir fait cet aveu. Elle s'était déjà beaucoup trahie en soignant Malik, et elle n'avait pas à révéler la nature véritable de ses pouvoirs. Le supplice de sa mère ne lui avait-il rien appris ?

— Non, ce sont les plantes qui ont guéri Malik. Les mains ne font que soulager un peu. Ce n'est pas...

— Dis-moi... la pressa-t-il. Tu as besoin de te libérer de tout ce qui te ronge depuis tant d'années. Aie confiance en moi. N'as-tu pas compris, à présent, que je ne te causerai jamais de tort ?

Gaël avait deviné juste. Les souvenirs qu'elle enfouissait sécrétaient en elle poison et terreur. Cependant, elle n'arrivait pas à parler...

— N'aie pas peur, Catriona, car ça me fait mal quand tu as peur.

Il soutint son regard, et elle sut qu'il était sincère. Elle n'avait pas la moindre raison de le craindre. Pourtant, elle cacha son visage contre le torse de Gaël.

— Les plantes médicinales sont efficaces mais pour guérir, rien ne vaut l'imposition des mains. Je pense que cela vient de Dieu. Il choisit certains élus, il leur donne le don, et ensuite ces gens doivent l'utiliser. Ce n'est pas plus malsain que d'avoir une voix merveilleuse ou une grâce incroyable... Simplement, ce don-là dérange.

— Et les gens ne comprennent pas.
— Non.
— Quand t'es-tu rendu compte que tu avais le don de guérisseuse ?
— Un an avant notre départ de Gwynthal. Ça ne m'a pas effrayée puisque ma mère m'avait prévenue que le don se transmettait, et qu'il se manifesterait probablement durant mon enfance. Elle, elle l'a reçu à sept ans. Moi, il m'est venu quand j'ai dû soigner Selbar.
Gaël se crispa.
— Vas-tu enfin me dire qui est ce Selbar ?
— Un loup. Une bête magnifique. Je l'ai trouvé blessé, dans la forêt. Un cerf l'avait déchiré de l'épaule au poitrail.
— Un loup ? s'esclaffa-t-il.
— Selbar serait mort si le don ne m'était pas venu à ce moment-là.
— Et toi tu aurais pu mourir en le soignant, dit-il en riant. Je pense que ta mère t'aurait pardonné de ne pas soigner un malade aussi dangereux.
— C'est moi qui ne me le serais pas pardonné. Je me souviens de son apparition... Mes paumes se sont mises à picoter, me brûlant presque. Je les ai alors posées sur la plaie de Selbar et j'ai senti la chair se réchauffer. J'ai passé toute la nuit à le soigner et, au matin, j'ai compris qu'il était sauvé. Mais le don n'opère pas chaque fois. C'est plus facile avec les enfants ou bien avec les gens comme Malik, qui sont plus réceptifs que les autres.
— Le fils du meunier, lui, est-il mort ?
— Non, il a si bien guéri que, quatre mois plus tard, il grimpait de nouveau aux arbres. Au début, les villageois ont crié au miracle... et puis... ils ont qualifié cette guérison d'un tout autre nom.
— Sorcellerie ?
Le mot la fit frémir.
— Ce n'était pas une sorcière. Pas plus que moi. Il s'agit d'un don.
Il la tenait contre lui, silencieux, lui dispensant un bien-être merveilleux.
— Tu ne me crois toujours pas ? demanda-t-elle.
— Je ne demande pas mieux. Si j'en avais le pouvoir,

je te donnerais tout ce que tu veux de moi, murmura-t-il en lui caressant les cheveux. Mais je sais que loin d'être sorcière, tu es une jeune fille aussi belle que bonne qui ne désire que le bien. Et je m'engage à te protéger, toi et ton don, jusqu'à mon dernier souffle. Cela te suffit-il ?

Non, cela ne suffisait pas. Catriona se sentait toujours aussi seule. Pourtant, Gaël venait de lui faire un cadeau inestimable. Il l'avait écoutée parler d'elle, sans manifester ni répulsion ni effroi. Le seul fait d'être soudain acceptée la soulagea. Elle se détendit doucement, comme si on lui avait enlevé le lourd fardeau qui l'écrasait.

— Et maintenant, n'en parle plus. Contente-toi de te reposer, et de te libérer l'esprit de tout souci en attendant l'heure du départ. Ce village de pêcheurs est-il loin ?

— Selkirk ? Une bonne journée de marche. Nous devrions passer la nuit ici.

— C'est toi qui commandes mes troupes, maintenant ? Je préfère repartir dès que les vivres seront arrivés. Je tiens à décamper dare-dare. Nous voyagerons toute la nuit et quand nous atteindrons Selkirk, je pense qu'il fera encore jour. Je pourrais ainsi trouver un bateau à louer.

Gaël, qui évitait généralement de voyager de nuit, ne consentait à prendre autant de risques que pour l'éloigner de Kythe. Réconfortée, Catriona ferma les yeux et se laissa envahir par sa chaleur. Elle savait que les conflits reviendraient bientôt entre eux, mais pour le moment, elle acceptait sa force et sa vitalité.

Ils arrivèrent à Selkirk dès l'aube. Le froid était glacial avec, en plus, une bise mordante. Catriona ne se souvenait pas de ce tout petit village perché sur la côte. Elle avait en mémoire un village plutôt bruyant, et très agité. Il était encore très tôt, pourtant déjà, des hommes mettaient des barques à la mer.

— Que se passe-t-il ? Nous serions-nous trompés ?

— Non. Simplement, je ne me rappelais pas que c'était aussi petit.

— Pour les enfants, tout paraît toujours plus grand,

commenta Gaël avant de s'adresser à Malik. J'ignore combien de temps il nous faudra rester dans ce village. Tâche de nous trouver un toit, il fait vraiment froid le long de cette côte.

— Comment comptes-tu manœuvrer ?

— Je vais rattraper ces pêcheurs avant qu'ils partent vers le large.

Il brocha les flancs de son étalon et descendit vers la plage.

— Venez, damoiselles, que nous vous mettions à l'abri de ce vent mordant.

Malik agita le bras et, précédée par Lefont, la troupe prit le chemin du village.

Les habitants les reçurent avec une extrême méfiance. Il fallut alors plus d'une heure à Malik pour trouver des logements.

— Gaël ne sera pas content si les pêcheurs sont aussi avares que leurs femmes. Elles ne m'ont cédé que cinq maisons, et encore, à un prix exorbitant. Cette maisonnette, face à la plage, ce sera vos quartiers, à Gaël et à toi, Catriona. Quant à toi, Adwen, tu occuperas la maison voisine avec Alice. Lefont et ses hommes se tasseront dans les trois dernières.

— Et toi, où coucheras-tu ? demanda Adwen.

— Devant ta porte.

— Pardon ?

— C'est le seul moyen de te prouver que je ne suis pas une poule mouillée, expliqua-t-il, en prenant une pose digne d'un héros. Je me roulerai en boule sur ton perron, affrontant le froid pour mieux te protéger de toute agression...

— Je parie que tu ne tiendras pas plus de deux heures, pouffa Adwen.

— C'est ce qu'on verra ! Et maintenant, va te réchauffer dans la maison pendant que j'installe confortablement nos compagnons, fit Malik en rattrapant Lefont. Tout le monde sera bien au chaud, sauf moi !

— C'est qu'il serait bien capable de le faire, ce fanfaron ! s'affola Adwen. Catriona, il est à peine guéri, retiens-le !

— Pourquoi ne pas l'en dissuader vous-même, Adwen ?

— Parce qu'il veut que je lui dise qu'il est fort comme un bœuf... Il veut que je m'incline et moi, je ne veux pas. Alice, viens t'abriter à l'intérieur, cria-t-elle à la servante qui badinait avec Lefont. J'ai hâte de me réchauffer au coin du feu, dit-elle en haussant le ton, avec un regard en coin à Malik.

Un vent glacial les gifla, si bien qu'elle se hâta vers la maison en frissonnant. Alice la suivit, et Catriona constata que son corps s'arrondissait de jour en jour. Elle rayonnait de santé. Bizarrement, ce voyage l'avait revigorée. Alice avait acquis une certaine assurance, et elle se tenait désormais avec fierté. Adwen et elle étaient devenues amies, et cette complicité les avait épanouies toutes les deux.

Catriona regarda vers la plage. Gaël semblait avoir entamé les négociations. Assis sur la coque d'une barque retournée, il parlait aux pêcheurs à l'aide de grands gestes. Il avait sûrement l'intention de les séduire et ainsi de les convaincre. En ce jour maussade, ses cheveux noirs volaient au vent. Il devait faire vraiment très froid près de l'eau. Il rentrerait probablement glacé jusqu'aux os car, d'après Malik, le marchandage serait long et difficile.

Gaël ne revint qu'après la tombée de la nuit.

— Tu as l'air épuisé, s'exclama Catriona qui l'attendait, debout devant la cheminée. Ferme cette porte et viens te réchauffer.

— Du feu ? Qu'est-ce que c'est ? Ah, oui, je me souviens, maintenant, ironisa-t-il en traversant la salle pour tendre les mains vers les flammes.

Ses joues semblaient gercées et des rides de fatigue se creusaient de chaque côté de sa bouche. Elle lui ôta son manteau et le posa sur un tabouret.

— Enlève ton armure, maintenant, sinon tu risques de t'endormir sur place et je ne pourrai pas te sortir de cette lourde cotte de mailles.

— J'ai les doigts engourdis par le froid, se lamenta-t-il en s'acharnant à défaire les sangles de cuir.

Elle s'approcha et, dressée sur la pointe des pieds, elle l'aida.

— Déshabille-toi. Je te fais porter de l'eau que Lefont a fait chauffer en attendant ton retour.

— Quelle bonté de la part de Lefont ! dit-il en la lorgnant du coin de l'œil. C'est bien la première fois qu'il s'inquiète à ce point de mon bien-être.

— Monte dans ce baquet. Je l'ai emprunté à une villageoise. Quand j'ai parlé de bain à ces femmes, elles m'ont dévisagée comme si j'avais perdu l'esprit.

Elle s'éclipsa et, à son retour, elle trouva Gaël coincé dans la cuve trop étroite pour son corps de colosse.

— Finissons-en, s'énerva-t-il. J'ai des crampes, j'ai froid et je me demande si je parviendrai à sortir de ce baquet.

— Avec quelques coups de hache, on devrait y arriver !

Sur un signe, les deux soldats qui la suivaient emplirent la baignoire d'eau bien chaude. Un quart d'heure plus tard, Gaël se détendait dans le bain en poussant des soupirs de bien-être. Catriona lui savonna le dos et le rinça.

— Je pensais ne jamais pouvoir me réchauffer. Le vent, dans cette région...

— Je te croyais habitué au froid, toi qui as vécu en Norvège.

— Il y fait certes froid mais je vis depuis longtemps entre la Normandie et Byzance. C'est étrange qu'Hevald ait décidé de pousser aussi au nord, quand il s'est mis en quête de son territoire de paix.

— Il ne fait pas si froid, à Gwynthal, parce que les terres sont protégées du vent par des falaises. Et maintenant que tu es propre, lève-toi que je te sèche.

Il pesta un peu et décoinça son corps gigantesque. Il s'extirpa alors du baquet, s'offrant au linge que Catriona lui ouvrait.

— Pour un peu il aurait fallu appeler Lefont et sa hache !

— Voilà ce qui arrive quand on devient trop grand, dit-elle en l'enveloppant dans le linge.

— C'est une tare familiale, Hardraada mesurait plus de deux mètres.

Il s'assit près du foyer.

Alors que Catriona ouvrait la porte pour appeler les soldats, le vent s'engouffra en sifflant dans la maison. Quand ils eurent emporté le baquet, Catriona rentra, l'air soucieux.

— Tu crois que Malik a vraiment l'intention de passer la nuit sur le seuil de la maison d'Adwen ?

— Apparemment. Je suis tombé sur lui, en arrivant, et c'est ce qu'il m'a affirmé.

— Quelle bêtise ! Il gèle, là-dehors. Je me demande si je ne devrais pas lui dire de s'abriter, comme me le recommandait Adwen.

— Ne te mêle pas de leurs chamailleries. Malik t'en voudrait. Et maintenant, mon souper !

Elle avait mis un ragoût à mitonner dans un chaudron, au-dessus des flammes.

— As-tu trouvé des barques à louer ?

— Quatre, pas plus, dit-il en prenant l'écuelle et la cuiller en bois qu'elle lui tendait. Ces embarcations ne contiendront pas plus de huit personnes. Les chevaux et une partie de la troupe devront rester ici.

— De toute façon, à Gwynthal, tu n'auras pas besoin d'une armée puissante.

— Espérons-le, soupira-t-il entre deux bouchées. Mais tu sais, les choses évoluent. Tu risques de ne pas retrouver à Gwynthal le havre de paix que tu y as laissé.

— Gwynthal ne changera jamais, s'obstina-t-elle. Je te ressers de ragoût ?

— Non, dit-il en posant son écuelle. J'ai des nouvelles pour toi.

Rejetant le drap, il se mit sur ses pieds et, complètement nu, il traversa la salle jusqu'à une chaise où étaient empilés ses vêtements. Il revint vers elle avec sa bourse en cuir.

— Apparemment, nous ne sommes pas les premiers étrangers à passer par Selkirk. Il y a une semaine, ils ont reçu la visite d'un jeune noble. Un fort joli garçon aux cheveux blonds.

— Lord Richard ?

— Il ne leur a pas dit son nom. Il leur a seulement

acheté une barque ainsi que les services d'un gamin pour manœuvrer la voile. Il a réglé le tout avec ceci.

Il avait retiré du sachet un petit rubis qui brillait au creux de sa paume.

— Il t'appartient ?

— Oui. Delmas a dû le donner à Richard.

— Je m'en doutais. Le jeune garçon l'a remis à son père pour qu'il le lui garde en attendant son retour. Apparemment, il n'a pas voulu garder sur lui une pierre aussi précieuse, alors qu'il partait à l'aventure avec un inconnu.

Catriona retrouva le contact frais de ce rubis qu'elle portait autour du cou lorsqu'elle était enfant.

— Quand bien même ce garçon aurait mené Richard à Gwynthal, il n'a pas pu trouver la crique secrète. C'est de la folie de s'être lancé dans cette expédition.

— Si Richard a réussi à mettre le pied sur l'île de Gwynthal, nous risquons d'avoir une désagréable surprise en arrivant.

La réapparition de Richard et le fait qu'il ait réussi à les précéder remplirent Catriona d'inquiétude. Rassemblant des couvertures empilées dans un coin de la salle, elle les étala sur le lit.

— Ce sont tes couvertures. Je les ai aérées durant l'après-midi. Celles que j'ai trouvées ici sont sales et bourrées de vermine, dit-elle en ôtant sa robe. Repartons-nous demain ?

— Oui, au point du jour.

— Dans ce cas, allonge-toi et dors. Pourquoi restes-tu planté là, alors que tu meurs de fatigue ?

Gaël consentit à venir s'enrouler dans sa couverture. Cependant, il se tint à l'écart.

— Bonne nuit ! lança-t-il.

Catriona le regarda avec étonnement. Elle n'avait rien fait de mal pour mériter ce comportement soudain distant. Elle se roula en boule, en prenant soin de ne pas le toucher. Le silence s'installa alors dans le cottage, on entendait juste le crépitement des bûches dans la cheminée.

— Pourquoi ? demanda-t-il brusquement. Pourquoi m'as-tu témoigné autant de gentillesse, ce soir ?

— Pourquoi m'as-tu traitée avec autant de bonté, à Kythe ?

— Etait-ce de la gratitude ?

— J'avais envie de donner et tu étais disposé à recevoir.

Elle s'interrompit, puisant dans le silence les forces de se plaindre.

— Pourquoi ne m'ouvres-tu pas les bras ? C'est parce que tu es trop las ?

— Je te laisse le temps de te remettre des émotions de Kythe, dit-il avec bonté.

— Quand tu me tiens dans tes bras, je suis heureuse. En ce moment, je me sens très seule, un peu effrayée, aussi, et si cela ne t'ennuyait pas trop...

Ses bras l'enveloppèrent, et elle retrouva leur chaleur, leur protection...

— Ça ne m'ennuie pas du tout, protesta-t-il d'une voix émue.

Elle nicha la joue contre son torse. Il sentait bon le savon et les plantes odorantes qui avaient parfumé son bain.

— Et maintenant, prends des forces pour demain. La traversée de la mer glacée risque de nous paraître bien pénible.

— Oui, dit-elle en refermant les bras sur lui. Dormons ensemble.

Elle oublia le ressac des vagues, le hululement lugubre du vent ainsi que tous les bruits sinistres de la nuit. Il ne restait plus que le doux bien-être de reposer devant un feu, à l'abri, à côté de Gaël.

Malik retenait à deux mains les pans de sa cape, afin d'empêcher le vent furieux de la lui arracher. Pointant le nez par la fenêtre, Adwen fut exaspérée.

— Regarde-moi cet imbécile, tassé sur le seuil comme un gros sac d'avoine ! Dis-lui de s'en aller, demanda-t-elle à Alice.

— Dites-le-lui, vous. C'est vous deux que ça regarde, cette histoire, fit Alice en bâillant. Le bébé et moi, on a besoin de sommeil.

Adwen avait placé son dernier espoir en Alice, mais cette fois encore, on la laissait se débrouiller seule. Eh bien, elle ne lui dirait rien, à ce farfelu. Il refuserait de toute façon d'obéir, si elle lui demandait de partir. Et elle n'avait aucunement l'intention de le laisser entrer. Ce serait trop dangereux, il risquerait de s'imaginer des choses...

Qu'il reste dehors toute la nuit, elle n'avait pas du tout envie de s'acoquiner avec un autre homme... alors qu'elle n'était même pas débarrassée du premier. Elle jouissait désormais d'une liberté et d'un bien-être jusqu'alors inconnus. Pourquoi voudrait-elle d'un plaisantin qui ne prenait rien au sérieux ?

Une nouvelle rafale de vent le fouetta. Malik parut rapetisser tant il se recroquevillait sur lui-même pour affronter la violence du froid.

« Qu'il retourne à Byzance ! De toute façon, qu'est-ce qu'il fait ici, au milieu d'étrangers qui considèrent les Sarrasins comme des ignares et des païens ? » songea Adwen. Effectivement, elle l'avait senti parfois dévoré de solitude. Gaël devait être son seul ami. Elle en était venue à admirer en secret sa vivacité d'esprit, ainsi que son intelligence, aussi vaste que diversifiée.

Soudain il y eut un grondement de tonnerre... Des trombes d'eau se déversèrent brutalement sur le perron, transperçant comme des épieux le corps frissonnant de Malik.

— Miséricorde ! s'écria-t-elle en ouvrant violemment la porte. Rentre vite !

Malik se redressa avec difficulté et regarda Adwen en arborant son sourire de séducteur. Elle le tira par le bras pour qu'il s'installe auprès du feu.

— Alors, tu as cédé finalement. Vas-y, je suis prêt pour la bagarre, commença-t-il.

— Ce n'est pas pour batailler avec toi que je t'ai fait entrer. Dès que tu te seras réchauffé, tu videras les lieux.

— J'en ai pour un bon moment avant de dégeler complètement ! N'oublie pas que j'ai passé une éternité dehors, en plein vent, à souffrir pour toi.

— Pourquoi t'infliger ce supplice ? Je te taquine et toi tu réagis par d'absurdes extravagances.

— Ça n'avait rien d'absurde! J'ai tenté de lutter contre le froid et le vent pour me gagner tes faveurs. Tu me les accordes, dis?

Adwen se sentit fondre quand le regard brillant de Malik s'empara du sien. Qu'il était beau, à la lumière des flammes ardentes!

— Je suis toujours mariée.

— Il y a des femmes que cela ne dérange pas... mais je comprends, pour toi, c'est un obstacle. Ne t'inquiète pas, je suis patient et j'ai confiance. La situation sera très bientôt réglée.

Elle ne pouvait se retenir de le dévorer des yeux. Il était beau, malheureusement trop beau, mais il était également tendre, loyal, passionné et plein d'humour.

— Et maintenant? Donne-moi un autre obstacle à franchir, Adwen.

— Tout ceci est ridicule! Tu n'as rien à me prouver. Réserve tes mots doux et ton beau visage pour une femme qui...

— Ah, le voilà l'obstacle, tu n'aimes pas du tout mon visage.

— Quelle idée!

— Je crois bien que si. Soit. S'il te déplaît, je vais le modifier.

Il prit négligemment une brindille du feu, et l'approcha de son visage.

— Que fais-tu, malheureux?

— Tout mon possible pour te séduire, dit-il en effleurant sa barbe. La balafre, tu la préfères à la joue ou au sourcil?

— Pauvre sot! Lâche ça, s'écria Adwen en lui faisant tomber le brandon des mains. Tu aurais vraiment été capable de te défigurer?

— Avec bien des réticences car la douleur m'horripile. Ce serait plus facile si tu me défigurais toi-même. Puisque mon visage te déplaît...

Mais il aurait pu le faire, de la même manière qu'il avait pu tenir quatre heures d'affilée dehors, par un froid mordant.

— Pauvre fou... misérable idiot... bredouilla-t-elle

alors que les larmes ruisselaient le long de ses joues. Si tu t'avises... Je veux que tu me promettes...

— Chut... Dois-je en déduire que tu ne me détestes pas tant que cela ?

— Donne-moi ta parole.

Malik suivit le sillon d'une larme avec le bout de son doigt.

— Si tu me promets de regarder l'homme, au-delà de ses traits.

Elle acquiesça en hochant le menton. Malik poussa alors un soupir de soulagement.

— Un autre obstacle franchi sans égratignure !

— Tu ne t'en es pas sorti indemne ; tu as quelques poils de barbe carbonisés, ironisa-t-elle entre deux sanglots.

— Je la raserais bien mais avant, il faut que je t'avoue un secret...

— Quel secret ?

— Sans barbe, je suis mille fois plus beau. Au point que les hommes me provoquent en duel par jalousie. Quant aux femmes, elles se pâment sur mon passage.

— Assez de fanfaronnades !

— Elles t'ont tiré quand même un sourire. Et c'est excellent pour la santé.

Cependant, elle retrouva très vite sa gravité.

— Je ne veux pas me remarier. L'expérience m'a été trop désagréable.

— Comment as-tu pu épouser une pareille crapule ? Je vais devoir te convaincre qu'être en couple, ce n'est pas toujours l'enfer. Je t'apporterai la joie, Adwen, dit-il, lui prenant la main.

Elle aurait tant voulu le croire, cet homme dont les caresses déclenchaient en elle des frémissements de plaisir. Toujours soucieuse de se protéger, elle retira sa main.

— A en croire Alice, les soldats vantent tes talents de séducteur. Je ne souhaite pas figurer à ton tableau de chasse.

— C'est vrai, j'aime les femmes, et j'avoue qu'elles m'ont apporté de grandes joies. Je trouve leur corps superbe et elles sont bien plus fortes que nous, pauvres mâles. Non, non, ne proteste pas ! Mais toi, quand je t'ai vue, la première fois, j'ai su que nous étions faits l'un pour l'autre, dit-il en lui tendant la main. Si tu ne m'accordes pas tes faveurs, Adwen, tu me briseras le cœur.

Elle ne pouvait se résoudre à prendre la main qu'il lui tendait ; elle devait continuer à lutter contre elle-même. Non, il ne fallait surtout pas se laisser tenter, c'eût été renoncer à la liberté.

Et pourtant, elle la prit, en cherchant à se justifier :

— Ce geste ne signifie rien. Je ne veux pas te mentir. Je ne fais pas de promesse.

— Je ne t'en demande pas plus, dit-il. Contentons-nous de goûter au bonheur d'être ensemble, au coin du feu.

Bouleversée par les délices de cette communion, Adwen ferma les yeux et, dans le secret de son cœur, elle remercia tendrement Malik.

12

Gaël !

Catriona émergea brutalement du sommeil, terrorisée, le cœur battant la chamade.

Il y avait du sang partout... Gaël agonisait...

Non !

En se réveillant, elle constata avec un soulagement infini qu'il ne s'agissait que d'un cauchemar. Couché à côté d'elle, devant le feu, Gaël la retenait dans l'étau de ses bras. Il respirait d'un souffle paisible, régulier. Elle resta immobile à le contempler.

Gaël avançait en titubant... une épée enfoncée dans le dos jusqu'à la garde... puis il s'écroulait...

Ce n'était qu'un rêve sans rapport avec la réalité. Elle s'était inquiétée de Richard avant de s'endormir et c'est cette appréhension qui avait dû engendrer cet atroce cauchemar.

Mais s'il s'agissait d'une prémonition ? Si Gaël était

voué par le destin à cette mort épouvantable? se demanda-t-elle de nouveau effrayée.

Comme s'il avait senti la douleur qui la poignardait, Gaël ouvrit les yeux.

— Catriona? Que t'arrive-t-il? Un cauchemar t'a réveillée?

Elle préférait ne pas lui en parler, aussi elle se contenta de caresser la joue de Gaël, et elle se nicha au creux de son corps robuste.

— Oui, mais il s'est dissipé et il ne reviendra plus.

— Parce que tu en as décidé ainsi, pas vrai? la taquina-t-il en riant.

Ces mots lui rendirent espoir. Chacun avait le pouvoir de lutter contre le destin, et tout aussi efficacement que contre la maladie. Sans son intervention, bien des malades seraient morts. Par conséquent, si ce rêve lui annonçait réellement l'avenir, rien ne l'empêchait d'essayer d'en changer le cours.

Mais si elle n'y parvenait pas? Si ces instants étaient les derniers qu'il leur restait à vivre ensemble? Elle n'avait comme réponse que le silence, interrompu par instants par le craquement des bûches.

— Si tu as besoin... je ne refuserai pas, souffla-t-elle doucement.

— Besoin?

Elle garda le silence.

— Si j'ai envie de toi, tu veux dire? Après m'avoir refusé ton corps pendant des jours, je serais curieux de savoir pourquoi tu me ferais soudain ce superbe cadeau. Et ma culpabilité? Ne serais-je plus coupable de meurtre, tout à coup?

— Pourquoi poser tant de questions? Tu en as envie? Eh bien, prends! Pour ma part, je me sens toujours coupable mais j'ai suivi ton conseil et j'ai appris à vivre avec la culpabilité.

Il l'écarta légèrement.

— Et pourquoi?

Les larmes lui brouillèrent soudain la vue.

— J'ai senti... que j'avais... des sentiments pour toi.

— Quel genre de sentiments?

— Je... il me semble que je t'aime.

— Moi aussi, je crois que tu m'aimes et il serait grand temps de l'accepter. Et maintenant, que sommes-nous censés faire ?

— Je viens de te dire ce que je te permettais... te demandais de faire.

— Tu m'autorises à faire l'amour avec toi ? Ce n'est pas suffisant.

— Il y a deux jours, ça te suffisait.

— Parce que je n'avais pas encore tout compris. Consentirais-tu à devenir ma femme ?

— Non, impossible.

— Tu le peux et tu accepteras. Tu as déjà fait un pas, je pense que tu peux faire le suivant.

— Tu m'en demandes beaucoup trop.

— Pas davantage que ce que je te donne.

— A toi, cela t'est plus facile puisque tu n'as ni...

— Ni honneur ni conscience ?

— Si. Simplement nous n'envisageons pas les choses de la même manière.

— Dans ce cas, apprends-moi à voir le monde à ta façon, Catriona. Je ne te promets pas de tout accepter, mais je m'efforcerais de comprendre.

Il avait compris pour sa mère, compris aussi la nature de leur don, mais jamais il ne regarderait le monde comme elle.

— Je te fais une offre, Gaël. L'acceptes-tu ?

Il la fixa pendant un long moment.

— Non, dit-il enfin.

Gaël avait visé juste. Catriona allait souffrir autant qu'il avait souffert de ses refus.

— Tu devrais être étonnée de ma réaction. Elle me surprend d'ailleurs moi-même. Bonne nuit, Catriona.

Et il lui tourna le dos.

— Et toi tu changes vraiment souvent d'avis, comme si, dans le fond, tu ne savais pas ce que tu voulais.

— Je sais au contraire fort bien ce que je veux. Quant à toi, tu es toujours aussi têtue. A moi, tu m'as peut-être pardonné mais pas à toi-même.

— Je n'ai pas besoin de me pardonner pour m'offrir à toi.

— Ça me paraît pourtant nécessaire. J'aimerais que

tu viennes à moi de tout ton cœur. Et maintenant, rendors-toi. Tu feras probablement des rêves plus agréables.

Rêver ? La peur l'étreignit de nouveau. Elle aurait tant voulu le toucher, le prendre en elle et lui donner tout le plaisir du monde. Il croyait qu'en attendant encore il la pousserait à se livrer totalement. Or le temps pressait. Il ne leur en restait peut-être plus beaucoup. Elle n'aurait pas voulu qu'il se drape dans sa solitude...

— Tu es sûre que c'est bien ton cher Gwynthal ? Cette île semble tellement froide, bougonna Adwen en fronçant le nez de dégoût.

Catriona, elle, souriait devant l'apparition des falaises qui tombaient à pic dans la mer. Elle semblait même très impatiente.

— Une fois au cœur de l'île, on en a une vision totalement différente. Il suffit de franchir les rochers et on se retrouve dans une vallée... Mais je te laisse la surprise, répondit Catriona, constatant qu'Adwen restait sceptique.

— Espérons que tu nous auras fait franchir ces hautes falaises avant que les vagues envoient nos quatre barques se fracasser dessus, ajouta Gaël, qui luttait à l'aide des rames contre une houle trop puissante.

— La crique se trouve au nord, quand on a contourné le promontoire.

— Je ne vois pas de crique, objecta Gaël.

— Elle est cachée au pied de ce gigantesque rocher noir. Il faut virer à l'est et, arrivé à l'extrémité, tu contournes le rocher.

Catriona retrouva avec tant de bonheur la plage familière qu'elle interpréta même le cri des mouettes comme un chant de bienvenue. Elle était de retour au pays.

— Où se trouve le village ?

Elle désigna à Gaël un sentier qui montait directement de la crique jusqu'à une crête.

— Juste de l'autre côté de la crête. Le château, lui, se trouve à des kilomètres.

— Un château !

— Tu n'imaginais tout de même pas qu'Hevald se

serait installé dans une masure! Non, dès son arrivée dans l'île, il s'est fait construire un beau château. Je pense que tu le trouveras à ton goût, il l'a bâti en pierre. Hevald tenait à ce qu'il résiste aux intempéries et qu'ainsi, il traverse les siècles.

— A-t-il résisté autant que prévu?

La barque accosta sur la grève. Sans attendre, Catriona sauta par-dessus bord sur les galets.

— Il a été laissé à l'abandon pendant plusieurs années. La dernière fois que je l'ai vu, il s'en dégageait une certaine tristesse.

D'un haussement d'épaules, elle tenta d'effacer la mélancolie.

— Ce n'était peut-être qu'une impression, dit-elle en se lançant à l'assaut du sentier rocheux. En route pour le village! Je voudrais vous montrer...

— Reviens! lui cria Gaël. Inutile de se presser. Nous devons attendre les trois autres barques.

Il se méfiait de ce qui l'attendait à Gwynthal, songea Catriona en rebroussant chemin. Mais c'était normal puisqu'il ne connaissait pas encore cet endroit.

Adwen s'approcha d'elle et lui prit la main.

— Je regrette d'avoir médit de ton cher Gwynthal, Catriona. Je suis certaine que nous allons découvrir une île de beauté sur laquelle il fait particulièrement bon vivre.

— Je ne suis pas vexée puisque c'est justement son apparence inhospitalière qui lui a permis de résister aux siècles.

Elle jeta un coup d'œil aux trois barques qui s'approchaient doucement de la côte.

— Te souviens-tu de certains des villageois?

— Oui, naturellement. Nous n'habitions pas au village mais à Falkhaar, cependant, je me souviens du père Thomas, le curé.

— Le trésor se trouve-t-il dans les environs? demanda Gaël.

— Non. Dans la forêt, bien au-delà du château.

— Dans ce cas, poursuivons pour l'exhumer au plus vite! s'écria Malik en bondissant de la deuxième barque. Et quittons cette plage glaciale.

— Tu as encore froid ? s'inquiéta Adwen. Tu n'aurais sans doute pas dû te raser la barbe.

— Oui, car elle me manque vraiment. En plus de me garder la figure au chaud, elle dissimulait mon menton fuyant.

— C'est vrai. Tu n'auras qu'à la laisser repousser.

Catriona suivait ces taquineries sans y rien comprendre. Elle trouvait Malik encore plus beau sans barbe.

— Encore faut-il qu'Allah en décide ainsi, répondit Malik.

Catriona surprit le regard complice qu'ils échangèrent alors et elle en ressentit une pointe d'envie. A son insu, leur relation avait évolué. Adwen avait perdu de son mordant et Malik de son anxiété.

De la troisième barque descendit bientôt Lefont. Il souleva Alice dans ses bras et, sitôt après l'avoir galamment déposée sur la grève, il ordonna aux soldats tassés dans la quatrième barque de décharger le ravitaillement.

— Nous prendrons la route dès que j'aurai donné les instructions à Lefont, dit Gaël à Catriona. Il va rester ici pour garder les embarcations jusqu'à notre retour.

— Il n'y a pas de voleurs, sur Gwynthal.

— Qu'en sais-tu ? Apparemment, tu n'y connais pas grand monde.

— Ma mère me le disait.

— Ta mère ne t'a certainement pas menti mais quand on a quitté un endroit depuis un certain temps, le souvenir en devient un peu flou. Dans le doute, je laisse les soldats ici, conclut-il en soutenant son regard.

— C'est une perte de temps pour Lefont mais agis à ta guise.

Tandis que Gaël retournait vers son capitaine, Malik intervint :

— Gaël redoute probablement un autre danger que le vol. Imagine qu'en attendant notre arrivée, Richard se soit caché sur la côte de Selkirk pour pouvoir ensuite nous suivre en bateau ?

— Nous n'avons pas vu l'ombre d'un bateau dans notre sillage, Malik.

— Pratiquement toute la traversée s'est effectuée au

milieu d'un épais brouillard. Rien de plus facile que de s'y dissimuler.

— Et quand le temps s'est levé, Richard a pu prendre de la distance, juste assez pour garder la voile de Lefont en vue, renchérit Adwen.

Même s'il découvrait la crique, Richard se retrouverait seul contre eux tous, pensa Catriona pour chasser les appréhensions que ses amis faisaient naître en elle. Et puis Richard n'apparaissait pas dans son cauchemar. Elle n'y avait vu que Gaël, une épée plantée dans le dos...

— Catriona ? Je voudrais te dire un mot, fit Alice, la tirant ainsi de ses pensées.

— Comment vas-tu ? As-tu supporté le bateau ?

— Oui, et je me porte bien. Le capitaine Lefont et ses soldats m'ont traitée avec beaucoup de gentillesse.

— Un jour en mer, c'est un peu long, dans ton état. Marcher jusqu'au village te fera le plus grand bien.

— Je voudrais rester ici, au lieu de vous accompagner.

Interloquée, Catriona fronça les sourcils. Alice baissa alors les yeux, et du rouge lui vint aux joues.

— J'en ai assez, des voyages. Voudrais-tu prévenir lord Gaël ?

— Dans ton état, tu risques d'avoir besoin de mes soins...

— J'ai la vigueur et la santé, Catriona, et mon petit aussi. J'en suis encore à plusieurs mois du terme. Je vous attendrai ici.

— Ne souhaites-tu pas faire la connaissance des gens du village ? Si tu comptes t'y installer, il te faudra trouver une maison.

Alice rougit de plus belle.

— Je n'ai peut-être pas envie de m'installer à Gwynthal.

— Pourquoi pas ? Il me semblait que nous avions convenu que tu t'installerais ici, avec ton enfant. Tu t'y plairais. Plus on s'éloigne de la côte, plus l'île est agréable et les habitants sont aussi plus aimables qu'à Redfern.

— Je n'avais pas dit oui. Simplement tu... Je sais bien

que tu croyais agir dans mon intérêt mais je ne peux pas. Tu préviendras lord Gaël ? insista-t-elle d'un air malheureux.

— Oui, si tu le souhaites du fond du cœur.

— Oui, je le souhaite, assura Alice avec ferveur. Tu n'as pas besoin de moi et je serai plus utile aux soldats... Je leur préparerai le repas et je ramasserai du bois pour le feu... dit-elle en s'échappant déjà pour redescendre vers la mer.

Devinant les scrupules de Catriona, Adwen s'approcha pour la rassurer :

— Lefont la forcera à se ménager, si elle s'épuise à la tâche. N'as-tu pas remarqué à quel point il est à ses petits soins ?

— Lefont ? Non, je n'avais rien remarqué.

— Il faut que tu sois aveugle, dans ce cas ! Il la traite comme si elle était en sucre, dit-elle en suivant d'un regard amusé Alice qui courait rejoindre le capitaine. Et elle, elle le vénère comme le bon Dieu tombé du ciel !

— Quelle chance ! Aux uns l'adoration et aux autres les mauvais traitements, murmura Malik.

— Alors c'est son faible pour le capitaine qui l'empêche de rester à Gwynthal. Malheureusement, il risque de refuser de l'épouser puisqu'elle porte l'enfant d'un autre, s'inquiéta Catriona.

— A mon avis, il l'épousera, fit le tendre Malik. Sinon, elle devra assumer seule les conséquences de son choix. Tu ne peux pas la guérir de ses malheurs de la même façon que tu as soigné son corps, Catriona.

— Epouse de soldat, ce n'est pas une vie ! Elle serait beaucoup plus tranquille, si elle restait ici.

— Mais peut-être pas aussi heureuse. Nous n'attribuons pas tous la même valeur à la paix, Catriona. Il faut la laisser partir avec Lefont.

— Comme si je la gardais prisonnière ! Elle peut bien aller où elle veut ! Moi je ne veux que son bonheur.

Cependant, Catriona se sentait un peu trahie, étrangement seule. Elle s'était réjouie à l'avance de pouvoir garder une amie auprès d'elle quand les autres seraient tous repartis. Constatant que Gaël quittait Lefont, elle alla vers lui.

— J'ai eu une conversation avec Alice.

— Elle t'a parlé de Lefont ? fit-il, en plissant les paupières avec intérêt.

— Tu étais au courant ?

— De ce qu'ils passaient beaucoup de temps ensemble, oui. J'avais également remarqué l'étrangeté du comportement du capitaine. Dans ces cas-là, il y a une femme à l'horizon. Mais ne t'inquiète pas, Lefont est un excellent soldat, et c'est également un homme de cœur.

— En effet. Les soldats restent-ils tous ici ?

— J'en déciderai quand nous aurons pris contact avec les insulaires. Vivent-ils tous au village ?

— Pour la plupart, oui. Mais il y a aussi quelques fermes, entre le village et le château.

— Ces fermiers sont-ils accueillants ?

Catriona conservait seulement un vague souvenir d'une nuit passée dans une ferme, sur le chemin de Falkhaar. On les y avait bien reçues, sa mère et elle.

— Ils ne nous attaqueront pas, si c'est cela que tu redoutes. Je te le répète, Gwynthal est un territoire de paix.

— Comment réagiront-ils quand ils nous verront repasser avec des bêtes de somme chargées du trésor ?

— Or et argent n'ont aucune valeur. Gwynthal dispose de son propre système de troc.

— Mais avec ce trésor, ils pourraient prendre la mer et gagner les régions voisines où les métaux précieux ont de la valeur. Ton père s'est bien expatrié, lui !

— Mon père ne ressemblait pas... il n'était pas comme les gens d'ici, dit-elle, contrariée par toutes ces questions. Eh bien, on se met en route ou tu prends racine ?

Sans attendre de réponse, elle s'engagea sur le chemin. Elle s'aperçut bientôt que Gaël était juste derrière elle, suivi de près par Malik et Adwen.

Une fois arrivés au sommet, ils s'arrêtèrent pour contempler la vallée. Ce n'était que de vastes forêts verdoyantes, des lacs très bleus, de riches propriétés agricoles...

Catriona retrouvait enfin le Gwynthal de son souvenir, celui des mille et un rêves. Se retournant, elle s'extasia devant ses compagnons :

— Je vous avais bien prévenus que c'était un pays magnifique !

— Pourquoi tout est encore vert, ici ? C'est extraordinaire !

— L'intérieur de l'île forme une seule vallée protégée des intempéries par les hautes falaises. Je n'ai vu la neige qu'une fois quand j'étais enfant. Et tout là-bas, on aperçoit les tours du château.

Le fantôme d'Hevald l'y attendait là-bas, à l'abri des tours grises et des créneaux.

— Est-ce loin ?

— Deux jours de route. Et ça, Malik, c'est la forêt de Falkhaar, dit-elle, en désignant les bois, au-delà du manoir. Nous y avions une petite chaumière, non loin du château. C'est là que ma famille a toujours vécu. Je me demande si elle existe toujours.

— Pourquoi pas ? demanda Gaël. Le temps étant toujours aussi clément, s'il n'y a ni voleurs ni autres vandales, ta maison devrait encore se trouver dans l'état où tu l'as quittée. Ne me dis pas que tu as des doutes, Catriona !

Percevant une légère moquerie dans son intonation, elle releva le menton et affirma :

— Pas le moindre doute, non.

— Quel village tranquille ! fit Adwen en s'arrêtant devant une échoppe. Je n'ai aperçu que quelques indigènes et quand ils nous ont vus, ils ont couru s'enfermer dans leur maison.

— Ils n'ont pas l'habitude des étrangers puisque personne ne vient jamais ici.

Catriona n'était pourtant pas une étrangère mais une fille du pays. Ce rejet dont elle était elle aussi victime la blessait d'autant plus.

— Et c'est précisément comme ça que vous l'aimez, votre village ! fit Gaël d'un ton sarcastique. Sauvage, inhospitalier...

— Oui, répondit Catriona, défendant farouchement les siens.

— Mon village vivait lui aussi en autarcie, fit Malik. Et

puis un jour, la sécheresse a frappé, nous contraignant à lier contact avec le monde extérieur pour rester en vie.

— Il vient toujours un temps où on est obligé de quitter le nid, intervint Gaël avec un coup d'œil à Catriona. Sinon on sombre dans l'apathie et la paresse. On meurt de ramollissement.

— Ils ne sont ni paresseux ni apathiques !

— Pourquoi n'avons-nous pas croisé de gardien, dans la crique ? Ton paradis, il devrait être protégé contre un éventuel envahisseur.

— Puisque personne ne connaît l'entrée !

— Nous sommes bien entrés, nous !

— Parce que je t'ai fait venir, s'énerva Catriona. Je te l'avais bien dit que tu ne comprendrais rien, que tu n'étais pas comme nous. Nous n'avons pas besoin de garde pour protéger...

— Qui êtes-vous ?

Elle pivota et se retrouva face à un vieillard aux cheveux blancs, vêtu en prêtre. Elle reconnut alors son visage et s'avança :

— Père Thomas ?

Sans un regard pour elle, les yeux bleu délavé du prêtre se posèrent avec méfiance sur Gaël.

— Que faites-vous dans nos contrées ?

— Vous ne vous souvenez pas de moi ? Catriona de Falkhaar ?

— Falkhaar ? dit le vieillard en reportant son attention sur elle.

— Vous connaissiez ma mère, Marlie.

Les rides sillonnant son visage frémirent, exprimant enfin autre chose que de la méfiance.

— Elle avait le don de guérir. En partant du pays, elle nous en a privés. Elle t'accompagne ?

— Non. Ma mère est morte. Je suis Catriona, vous vous souvenez de moi ? Nous venions vous voir, à chacun de nos passages au village.

Il fixa Gaël une seconde fois.

— Lui, c'est un étranger. Tu n'aurais pas dû le faire venir. Ici, on ne les aime pas, les étrangers.

— Il ne restera pas. Je le conduis à Falkhaar et puis il quittera l'île..

Le père Thomas secoua la tête.
— Tu n'aurais pas dû l'amener ici. Il n'est pas des nôtres.
Il aperçut soudain Malik dont la peau couleur de bronze lui tira un haut-le-corps.
— Celui-là non plus. Aussi sombre que Satan...
— Nous ne sommes vraiment pas des vôtres, et nous ne désirons pas nous intégrer, fit Gaël. Cependant, rassurez-vous, Malik est parfaitement inoffensif. Il a parfois des poussées de satanisme mais cela se produit rarement.
— Emmène-les, grommela le père Thomas en reculant. Différents, malfaisants... ils ne sont pas comme nous.
— Ce n'est pas parce qu'ils sont différents de nous qu'ils sont méchants, protesta Catriona.
— Bien sûr que si, insista le père Thomas, scandalisé.
— Mais non ! Ecoutez-moi, je connais ces gens.
Mais le père Thomas s'éloignait déjà, descendant la rue à grands pas.
— Je crains que nous n'ayons de la peine à obtenir des chevaux et des mules, constata Malik. Le seul villageois que tu connaisses ne paraît pas des plus accueillants, Catriona.
— C'est un vieillard dont l'esprit s'est embrumé, se défendit Catriona. Les autres se montreront plus arrangeants.
— Encore faut-il arriver à les faire sortir de leur cachette, fit Gaël sèchement.
— Catriona pourrait aller vers eux puisqu'elle est originaire d'ici, suggéra Adwen.
Si le père Thomas l'avait rejetée, pourquoi s'attendre à un accueil plus chaleureux ? Carrant les épaules, elle afficha néanmoins un sourire courageux et décréta :
— Oui, je suis d'ici. Attendez-moi.
— Conduis Catriona et Adwen au bout du village, Malik. Moi, j'ai l'habitude de marchander avec des gens méfiants, intervint Gaël en se détournant.
— Je viens avec toi !
— Non, Catriona, je me débrouillerai mieux sans ton aide, dit-il en lui souriant avec une surprenante tendresse.

Malik le regarda se diriger vers la première chaumière et frapper à la porte.

— Viens, allons chercher un emplacement où installer le camp. Gaël nous trouvera peut-être des bêtes mais je doute que ces gens nous hébergent pour la nuit.

Gaël ne put trouver que quatre vieilles haridelles et trois petits ânes. Quand il les amena dans le camp, après la tombée de la nuit, Malik secoua la tête en soupirant :

— Tu me déçois, Gaël. Quand je pense que mon peuple t'a surnommé le prince des marchands ! Ces bêtes vont tomber raides mortes avant la nuit prochaine.

— Elles ne sont pas si mal en point. Nous n'avons besoin ni de chevaux de bataille ni de bêtes d'endurance. Et puis si celles-ci ne te conviennent pas, va en louer d'autres. Mais ne compte pas être de retour demain matin, ni te voir offrir des spécimens plus robustes, dit-il en s'asseyant devant le feu.

— Ils nous sont vraiment hostiles, Gaël ?

— Tu l'étais moins qu'eux quand tu m'as planté ton épée dans le bras lors de notre première rencontre ! répondit Gaël. Heureusement ils ne sont pas agressifs et ils ne possèdent probablement pas d'armes. Ils me dévisageaient comme si j'avais été un loup affamé de chair fraîche.

— Leur réaction se comprend. Il y a quelque chose de féroce dans ton comportement, lança Catriona.

— Oui, et si j'étais resté plus longtemps en compagnie de ces moutons, j'aurais poussé la férocité jusqu'à les tondre ! pesta Gaël.

— Ce ne sont pas des moutons.

— Ils en ont l'apparence, mais ça ne les a pas empêchés d'essayer de me rouler.

Il prit l'écuelle que lui tendait Malik, se servit de ragoût et commença à manger.

— Je vais mener ces pauvres bêtes dans un carré d'herbe un peu plus grasse, annonça Malik en s'emparant de leur longe. Ce sera peut-être leur dernier repas. Tu me donnes un coup de main, Adwen ?

— Tu as besoin d'aide même pour mener des bêtes

brouter ! railla-t-elle en se levant d'un bond pour le suivre.

— Les gens d'ici n'ont rien de moutons, reprit Catriona. Ils ont simplement pris l'habitude de vivre en paix.

— Habitude instaurée par Hevald le magnifique ?

— Pourquoi tant de dureté ? s'indigna-t-elle. On jurerait que tu les détestes.

Il prit le temps de nettoyer son écuelle avant de répondre avec une certaine lassitude :

— Peut-être aussi que je les préférerais bourrés de défauts car ainsi tu n'aurais sûrement pas envie de t'installer parmi eux, dit-il en contemplant les flammes. Quelques-uns de mes interlocuteurs se souvenaient de ta mère... et de toi.

— Tu leur as posé des questions sur elle ?

— Oui, parce que j'ai bien vu que l'indifférence de ce vieux prêtre t'a blessée.

— Je ne suis pas blessée, mais je ne comprends pas pourquoi le père Thomas est persuadé qu'elle les a privés de son don. J'espère qu'il est le seul à penser du mal d'elle parce que ma mère aimait profondément les gens d'ici.

— Bien sûr. Ce vieux fou est le seul à la condamner, fit Gaël en mentant pour la première fois.

— Quelle injustice ! Ma mère les faisait profiter de son don de guérisseuse sans ménager ses forces.

— Ils ont dû croire qu'ils avaient des droits sur son don. A toi de tirer une leçon des erreurs de ta mère.

Il changea alors brusquement de sujet :

— Dans quel coin de la forêt se trouve le trésor ?

— Au fond d'une grotte, creusée dans le flanc de la falaise qui protège la face sud de l'île.

— Ta mère a-t-elle révélé le secret à ton père ?

— Non. Je crois qu'elle ne lui faisait guère confiance.

— Pourtant elle l'a suffisamment aimé pour quitter Gwynthal et le suivre.

— Je ne te dis pas qu'elle ne l'aimait pas. Simplement, elle craignait qu'il ne fasse venir des étrangers qui auraient emporté le trésor et porté préjudice à Gwynthal.

— Comme tu le fais toi-même.

— Dans notre cas, c'est différent. Toi tu t'en iras sans faire de mal aux gens d'ici.

— Comment le sais-tu ?

— Je le sais parce que tu as le sens de l'honneur.

— Parbleu ! Et moi qui espérais que tu m'avoues enfin ta confiance !

— Oui... j'ai confiance... en toi, dit-elle en regardant les flammes.

— Pas trop tôt ! T'arracher des aveux, c'est pire que de traverser les sables mouvants ! Et cette confiance, elle est totale ou bien partielle ?

Il cherchait à lui faire dire qu'elle ne le croyait pas coupable de l'assassinat de Delmas. Mais elle ne pouvait pas.

— Je crois que tu ne ferais jamais de mal à ceux auxquels je tiens.

— Tu ne te compromets pas vraiment mais c'est mieux que rien. Et combien de temps nous faudra-t-il pour atteindre ce château ?

— Une journée de voyage. Plus une autre journée pour accéder à la grotte.

— Nous devrions être de retour à la crique dans moins d'une semaine. Avec le trésor.

Ensuite, il disparaîtrait de sa vie. Cette pensée attrista la jeune femme. Et comme si Gaël devinait les pensées, il lança :

— Non, tu ne te débarrasseras pas de moi aussi aisément.

C'était étrange de voir comment Gaël la perçait à jour. C'était étrange, et effrayant aussi.

— Je voulais te parler du trésor... reprit-elle. Je souhaiterais qu'Adwen et Alice en reçoivent une petite part chacune. Ce qui leur permettrait d'acquérir une certaine indépendance.

— Elles n'en auront peut-être pas besoin.

Il devait penser que chacune d'elles s'était trouvé un amoureux, et un protecteur. Catriona ressentit encore une étrange solitude.

— Je tiens quand même à ce qu'on leur en donne un peu. Tu ne seras pas lésé, tant le trésor est immense.

— Et pour toi, rien ?

— Non. Je n'ai jamais voulu m'enrichir et puis je n'en aurai pas besoin. Tu me promets de leur en céder un peu ?

— Si tu y tiens. Mais tu sais, la richesse met bien souvent les femmes en péril, au lieu de leur apporter la sécurité.

— Dans ce cas, je te demande aussi de me promettre de défendre Adwen et Alice contre ceux qui tenteraient de leur voler leur trésor.

— C'est une promesse qui risque de me valoir de gros ennuis.

— Tu promets ?

— Oui. Mais je trouve curieux qu'une femme qui ne cherche que la paix soit à ce point décidée à m'impliquer dans une bagarre.

— La guerre, c'est ta vie. Cette fois au moins tu batailleras pour la bonne cause. Et maintenant, viens te coucher, ajouta-t-elle en s'allongeant sur le lit de branches. Pour atteindre le château avant la nuit, il nous faudra partir de bonne heure.

Il s'allongea près d'elle et l'enferma dans le cercle protecteur de ses bras.

— Ma pauvre Catriona, tu as eu une journée bien pénible...

Effectivement, revenir dans son île avait été une rude épreuve. La froideur imprévue des insulaires lui donnait l'impression de n'être plus qu'une étrangère. Mais comme toujours, elle s'obstina :

— A Falkhaar, les choses se passeront différemment.

— Je l'espère parce que je déteste te sentir triste, souffla-t-il en lui effleurant le front d'un baiser.

Elle se rappela que d'ici moins d'une semaine, elle ne serait plus avec Gaël. Elle se pelotonna plus douillettement contre lui, la joue au creux de son épaule.

— Je m'en faisais une trop grande joie. Il me faudra du temps pour que je m'habitue à nouveau à Gwynthal.

Gaël ne rétorqua rien. Il devait savoir qu'ils étaient en train de vivre leurs derniers jours ensemble. Peut-être se résignait-il enfin à ce qu'elle reste dans l'île...

Gaël ! L'épée ! Le sang gouttait dans l'herbe, ruisselait le long des nervures des feuilles, au pied des arbres...

Catriona se réveilla en sursaut, la respiration haletante.

— Un nouveau cauchemar ? demanda Gaël, la voix ensommeillée. Rendors-toi.

Elle s'allongea. Surtout, elle ne voulait pas que Gaël se réveille et lui pose des questions.

Encore ce même rêve. Elle avait revu Gaël et l'épée mais cette fois, le lieu du crime s'était précisé. Il y avait des arbres et des feuilles jonchées sur le sol. Et sur ces feuilles, il y avait du sang. Un frisson d'horreur la secoua et elle sentit les bras de Gaël se resserrer autour d'elle.

Les cauchemars ne sont pas toujours prémonitoires, se raisonna-t-elle. Mais c'était le second rêve de mort qu'elle faisait. Et dans le premier, c'était Kythe... le bûcher et les flammes qui lui étaient apparus...

Prise d'une soudaine panique, elle constata qu'ils étaient environnés d'arbres et d'herbe. Le drame pouvait donc se produire ici, cette nuit même. Mais non. Dans son rêve, il faisait jour. Elle pouvait donc encore empêcher qu'il se réalise.

Désormais, elle veillerait jalousement sur Gaël. Elle le protégerait du danger et elle ne permettrait pas que les dragons de la mort le prennent.

— Ça va mieux ? murmura-t-il, comme s'il avait deviné son trouble.

— Chut, tout va bien, dit-elle en l'étreignant tendrement.

13

— Catriona, puis-je savoir pourquoi tu ne cesses de m'épier, comme si je m'apprêtais à te couper la tête pour la servir à Malik ? demanda Gaël avec impatience.

— S'il te plaît ! On m'a déjà traité de païen mais de cannibale, jamais ! protesta Malik.

Sans tenir compte de lui, Gaël continua de fixer la jeune femme.

— Alors ?

— Je ne comprends pas ce que tu me reproches, répondit-elle. Je ne m'étais pas rendu compte que je t'espionnais sans cesse. Ton imagination te joue des tours.

— Je n'imagine rien. Depuis ce matin, tu ne cesses de me surveiller.

— Regardez ! Le château ! s'écria Catriona, soulagée de pouvoir changer de sujet. Magnifique, non ?

Adwen écarquilla les yeux.

— Mon cher Bellerive paraît minuscule comparé à ce château, s'extasia Gaël.

— A son arrivée dans l'île, Hevald s'est déclaré roi et a adoubé ses capitaines et lieutenants. Il lui fallait un château immense.

Catriona poussa sa jument au petit galop en criant :

— Suivez-moi. Je vais vous montrer les douves.

Elle se souvint alors qu'il ne fallait pas quitter Gaël d'un pas. Tirant sur les rênes, elle stoppa son cheval et attendit que les cavaliers remontent à sa hauteur.

— Pourquoi t'arrêtes-tu brusquement ? s'étonna Gaël, soudain sur ses gardes.

— Parce que moi je connais déjà les lieux. J'ai passé mon enfance à jouer dans la salle commune et dans les chambres seigneuriales, en haut. Quand Selbar est devenu mon ami, nous jouions beaucoup dans la cour intérieure. Maintenant c'est à vous de découvrir tout ça... Cette nuit, Adwen, nous dormirons sous un toit.

— Peut-être, fit Gaël, sceptique. Regarde, il n'en reste pratiquement qu'une ruine de ton château.

Ils franchirent ensemble le pont-levis.

— Mais que s'est-il passé ici ? Pourquoi n'y a-t-il personne ? demanda-t-il. Ils sont tous partis.

Catriona avait oublié le désolant décor qu'offrait le château déserté. Le plus insoutenable, c'était le silence qui régnait partout.

— Il vaut mieux installer le camp dans la forêt. Qui sait sur quoi on peut tomber, dans ces salles ?

— Non ! cria Catriona en descendant de sa jument. Je

veux passer la nuit dans le château. Il n'y a aucun danger.

Rien d'aussi dangereux en tout cas que ce qui les guettait en pleine forêt!

— Il y a un puits couvert de l'autre côté de la cour et les cheminées tiraient bien, de mon temps. On pourrait se préparer un bain, dit-elle en se tournant vers Adwen.

— Un bain...

— On arrivera bien à triompher des quelques rats et autres cafards qui rôdent, ajouta Malik.

Gaël observait les meurtrières percées dans les tours d'angle.

— S'il ne s'agissait que de cafards, murmura-t-il entre ses dents. J'ai un étrange pressentiment... Bah, ridicule! Nous restons ici puisque tu y tiens, Catriona.

Malik s'empressa d'aider Adwen à descendre de son cheval, et ils partirent ensemble à la recherche du puits.

— Rien à craindre ici, Gaël. Tu t'y sentiras comme chez toi, affirma Catriona.

— Dans ce cas, entre dans le château, et trouve-nous un coin pour dormir qui ne soit pas infesté de bestioles et autres fantômes. Pendant ce temps, je conduis ces bêtes dans la forêt.

La forêt!

— Je t'accompagne, dit-elle aussitôt. Tu auras peut-être besoin d'aide pour trouver un coin d'herbe grasse.

A son grand soulagement, au lieu de protester, Gaël se contenta de lui adresser un petit sourire taquin et retraversa le pont-levis avec elle.

Bientôt il surprit de nouveau son regard méfiant. Catriona semblait scruter les taillis qui s'épaississaient.

— Que cherches-tu? lui demanda-t-il.

— Un carré d'herbe où mettre les bêtes au vert, bien sûr! Que veux-tu que je cherche?

— C'est ce que je me demandais.

Evitant le regard de Gaël, elle attacha les ânes à un tronc.

— Parfait. Tu ne pourrais pas te presser? Je voudrais regagner le château pour vérifier si le puits est utilisable.

Cette fois encore, Gaël ne discuta pas et se contenta de desseller les chevaux.

— Et les loups? Tu m'as dit qu'il y en avait dans la région. Sont-ils dangereux?

— C'est bien plus au nord que j'ai trouvé Selbar.

Elle se réjouissait de revoir très bientôt Selbar.

— Quand ils ont suffisamment de gibier dans leur territoire, les loups ne s'en éloignent guère. Jamais je n'en ai vu aux abords du château.

— Crois-tu que ton loup est toujours vivant?

— Certainement. Il était tout petit quand je l'ai sauvé.

Achevant de nouer les rênes des chevaux aux arbres, il ajouta:

— On n'imagine pas ces fauves mourant de vieillesse. Et tu ne l'as eu que très peu de temps. S'il n'est pas mort, il t'aura oublié. Ce n'est qu'une bête sauvage, Catriona.

— Je sais.

Et pourtant, une fois guéri, il était resté avec elle, devenant son compagnon de jeu. Il l'avait aidée à surmonter sa solitude.

— Il ne m'a pas oubliée.

— Ce serait dangereux de tenter de l'approcher.

— C'est Selbar qui viendra à moi.

— Avec sa meute sur les talons? Et s'il t'avait oubliée, tout comme t'avait oubliée le curé du village? Prépare-toi à cet affront, Catriona.

— Tu ne comprends pas. Selbar, ce n'est pas la même chose. Il était très attaché à moi.

— Souhaitons que tu ne te trompes pas.

L'eau du puits était très claire. Après avoir balayé la vaste salle du donjon, ils firent du feu et mirent de l'eau à chauffer.

Lorsqu'ils s'installèrent enfin devant le plus vaste des foyers pour déguster le canard abattu par Malik, il faisait déjà très noir.

— Ce château est vraiment superbe, fit Adwen en reprenant un morceau de volaille. Je m'étonne qu'aucun des villageois ne soit venu s'y installer. Quel gâchis! Tu disais bien qu'Hevald n'avait pas de descendants?

— En effet. Sa femme n'a pas eu d'enfant.

— Quelle tristesse ! Il a dû être très déçu, poursuivit-elle avec une pointe d'amertume.

— Oui. Il aurait aimé un héritier à qui transmettre son royaume. Mais malgré ce qu'on raconte, il n'en a jamais tenu rigueur à son épouse. Il l'aimait de tout son cœur.

— Ça m'étonnerait ! railla Adwen. En matière de descendance, les hommes accusent toujours la femme quand il y a des problèmes. Ton noble Hevald n'a pas dû faire exception.

— Je ne suis pas d'accord, intervint Malik. Il peut arriver qu'un homme attache plus de prix à son épouse qu'à sa descendance.

— Facile à dire quand on n'est pas directement concerné par ce drame. Tu ressentirais différemment les choses si d'heureux pères exhibaient leur fils devant toi alors que tu ne peux pas en avoir.

— Non, je ressentirais les choses de la même façon.

En regardant le visage d'Adwen, Catriona comprit que c'était sa propre stérilité qu'elle évoquait. Elle semblait ressentir une profonde souffrance.

— Je suis fatiguée, je vais me rouler dans mes couvertures. Non, non, Malik, ne te dérange pas, dit-elle en le repoussant d'un geste pour ne pas qu'il l'accompagne.

— J'ai le devoir de te protéger contre les cafards, insista-t-il.

— Je suis assez grande pour m'en protéger seule !

— Jamais je n'ai prétendu le contraire, dit-il en la suivant jusqu'à sa couche. Pardonne-moi. Ce n'était qu'une ruse pour ménager mon orgueil. En réalité, c'est moi qui ai une peur bleue des cafards et j'espérais que tu aurais la bonté de me défendre.

— Menteur ! Rien ne te fait peur, à toi, le rabroua-t-elle.

Adwen s'allongea et remonta les couvertures sous son menton pendant que Malik s'installait sur sa couche, non loin d'elle.

— Bien sûr que si ! Tu tiens à ce que je te dise ce qui me terrorise ?

— Non, je ne tiens pas à le savoir, fit Adwen en fermant les yeux.

— Il faudra que je te l'avoue un jour, parce que tu es la seule à pouvoir apaiser cette peur atroce. Pour le moment, j'aimerais que tu me débarrasses des cafards. Veux-tu mon épée ? Moi j'ai le bras qui tremble.

— Sacripant ! bougonna-t-elle, émue.

— Non ?

— Non, répondit-elle doucement en lui tournant le dos.

De l'autre bout de la salle, Catriona observait leur manège. Ils ne dormaient pas ensemble et pourtant on les sentait étrangement unis, comme dans un cocon invisible.

— As-tu assez mangé ? fit Gaël, la tirant de ses méditations.

Catriona s'essuya la bouche puis les doigts.

— Oui, je suis rassasiée. Et toi ? As-tu terminé ? J'ai quelque chose à te montrer.

— J'espère qu'il ne s'agit pas de fantômes parce que ce soir, je ne suis pas d'humeur à me battre.

— Non. Tu sentiras peut-être la présence d'Hevald mais ce n'est pas cela que je veux te montrer.

Elle quitta sa place, empoigna une des torches et gagna le fond de la salle, complètement plongé dans les ténèbres. Elle emprunta ensuite un escalier de pierre et traversa un long corridor obscur.

— Il s'agit d'une salle dans laquelle je venais jouer, enfant. C'était ma pièce préférée.

Elle poussa le lourd battant de bois clouté de cuivre et entra.

— Les motifs des tentures accrochées sur les quatre murs m'incitent à croire qu'il s'agissait de la salle du conseil.

Les tapisseries représentaient des scènes de bataille, des tournois, l'adoubement d'un chevalier par un seigneur barbu...

— On ne voit ni scène de la vie de cour, ni troubadours, ni semailles ou moissons. Il s'agit d'une pièce réservée à des guerriers, ajouta-t-elle.

— Je m'étonne qu'elle te plaise autant, dit Gaël, en faisant le tour des tapisseries. Pourquoi, Catriona ?

— Parce que ces tapisseries dépeignent ce à quoi les guerriers ont renoncé pour choisir de vivre dans la paix.

Voilà en quoi cette salle est extraordinaire. Imagine-les, rassemblés autour de la table, en train de bavarder et de rire...

Il étudia la tapisserie représentant Hevald adoubant un jeune chevalier en armure.

— Mais les officiers d'Hevald ont fini par l'abandonner, reprit-elle. Eux n'étaient pas encore prêts à déposer l'épée. Une fois le château construit, ils n'avaient plus rien pour se défouler. Privés de batailles, ils s'ennuyaient terriblement à Gwynthal. Ils sont partis les uns après les autres, jusqu'à ce qu'il ne reste plus qu'Hevald et mon ancêtre Bentar. A leur mort, les derniers serviteurs ont abandonné le château pour emménager au village.

— A l'exception des descendants de Bentar?

— Oui. Ils n'avaient pas envie de s'éloigner du château, alors ils ont construit une chaumière dans les parages.

Elle s'agenouilla devant la cheminée pour allumer le tas de bois. Les flammes jaillirent, apportant chaleur et lumière dans la salle.

— Ce lieu a pour moi une signification particulière. Je tenais à te le faire découvrir.

— Je l'avais remarqué. Le sol a été balayé et cet après-midi, tu as préparé le feu.

Bien entendu, rien n'avait échappé à son œil d'aigle. C'est alors qu'elle remarqua l'ombre gigantesque de Gaël qui se reflétait sur la tapisserie. Ses contours s'imprimaient sur la silhouette d'Hevald adoubant le jeune chevalier. Elle eut un instant l'illusion qu'Hevald était en vie.

— Qu'y a-t-il? s'exclama Gaël en la rejoignant.

Catriona tressaillit.

— Rien. Juste le jeu des ombres sur la tapisserie.

— Je ne suis pas certain de l'aimer beaucoup, ce Hevald, dit-il en se plantant devant elle.

— Pourquoi?

— Parce que toi tu l'aimes un peu trop.

— C'est vrai, j'éprouve pour lui une certaine admiration, je me sens proche de ce guerrier. Avec le temps, je crois que tu comprendras. Vous avez une foule de points communs.

Secouant négativement la tête, Gaël plaça la torche dans l'anneau scellé au mur, près de la cheminée. Puis il jeta un coup d'œil à la tapisserie :

— Je parierais qu'il se mourait d'ennui, lui aussi, mais il devait s'obstiner à ne pas quitter Gwynthal.

— Hevald ne serait pas reparti guerroyer. Il détestait la guerre.

— On peut partir à l'aventure sans pour autant massacrer des êtres humains. Pourquoi tenais-tu à partager ces souvenirs avec moi ?

L'heure était venue. Catriona n'avait pas prévu que la démarche la rendrait à ce point timide et indécise. Elle s'éclaircit la voix.

— Je voulais te dire... que si j'ai vu de mes yeux... si tu as tué Delmas, je veux dire... j'accepte...

— Qu'acceptes-tu ? demanda-t-il, en se figeant sur place.

— J'accepte de vivre avec la culpabilité jusqu'à la fin de mes jours, s'il le faut, dit-elle. Parce que je ne peux pas vivre sans toi.

— Merci, Catriona. J'ai cru que cette heure n'arriverait jamais.

Il la prit délicatement dans ses bras et la berça.

— Je prierai pour que tu sois libéré de toute culpabilité, Gaël. C'est moi qui ai causé cet incident. Tu étais innocent.

— Allons... L'innocence m'a abandonné depuis le jour de ma première razzia au côté d'Hardraada, dit-il en lui effleurant le front d'un baiser. Et si tu m'accordais ta confiance, cela nous faciliterait les choses.

— J'aimerais que tu... Tu veux bien ? chuchota-t-elle en embrassant son cou. Je désire t'appartenir, ce soir, ici. Je t'en prie, ne me le refuse pas.

Il se détacha d'elle pour la regarder.

— Je ne m'en sens pas capable, dit-il d'une voix chancelante.

Elle se redressa de toute sa taille.

— Déshabille-toi, lui ordonna-t-elle.

Elle alla chercher la couverture qu'elle avait dissimulée dans un des recoins et l'étendit devant le feu. Puis elle enleva sa robe et se tourna vers lui.

Il était nu. Superbe de puissance, prêt à l'amour. Il marcha vers elle. Catriona se mit à trembler, comme menacée par l'approche d'un orage ravageur, et pourtant grisant.

Poussant une exclamation rauque, il la souleva et l'embrocha avec cette frénésie animale et sauvage qu'il avait eue le premier jour. Elle poussa un grand cri, rejetant la tête en arrière, totalement emplie de lui.

Il se contraignit à l'immobilité. La maintenant unie à lui, il prit la bouche de Catriona avidement.

— J'ai... un véritable... je... j'aime...

Et il s'enfonça en elle à grands coups de reins frénétiques.

— Gaël... cria-t-elle, en ondulant du bassin pour mieux le sentir.

Derrière lui, les tapisseries fanées murmuraient leurs rêves de gloire enfuie, de feu et de flammes. Hevald était au-dessus d'elle, en elle, son ombre la dominait, l'emplissait de plaisir. Non, ce n'était pas Hevald. Mais Gaël, vivant et uni à elle, pour toujours.

— Je voudrais que tu le dises. S'il te plaît, juste une fois, fit Catriona en redressant le buste pour s'appuyer sur un coude.

— Te dire quoi ?

— Tout.

Pris d'une soudaine timidité, Gaël inclina la tête pour poser sa bouche sur le renflement nacré de son sein.

— Ta poitrine me rend fou.

— Je ne suis pas un objet sexuel. Je suis Catriona de Falkhaar.

— Permets-moi de ne pas partager ton avis. Ces seins superbes, ce corps magnifique, c'est bien toi, dit-il en effleurant d'un doigt le nid de boucles où se nichait sa féminité.

Il la prit sur lui et se mit à la bercer.

— Veux-tu m'entendre t'avouer que tu es la dame de mes pensées, ma femme ? Que je te vénère, que je respecte ton intelligence et ton cœur autant que ton corps ? C'est une profession de foi que je te fais là, et je ne sais pas si tu la mérites, après les tourments que tu m'as infligés.

— Bien sûr que je la mérite.

— Dans ce cas... commença-t-il, avec un petit rire étouffé. Je... je t'aime, Catriona de Falkhaar.

Tout en resserrant ses bras autour de lui, elle sentit ses yeux se remplir de larmes.

— Ce n'était pas si difficile à avouer, bredouilla-t-elle.

— Plus difficile que tu ne crois.

Il roula de côté et la renversa sur le dos pour la tenir sous l'emprise de son regard.

— Et maintenant, à toi de parler. Quand nous marions-nous ?

— Nous en reparlerons plus tard.

— Non, tout de suite.

— Je t'en prie, ne gâche pas cette nuit.

— Tu refuses de m'épouser alors que tu ne peux pas vivre sans moi ? Qu'est-ce que c'est que cette aberration ? Tu m'as utilisé pour que je te raccompagne jusqu'à ton île...

— Je ne t'ai pas utilisé ! protesta-t-elle. Je désirais simplement... Mais pourquoi m'en demandes-tu davantage ?

— Parce que j'ai le défaut regrettable de préférer les situations bien claires. Tu t'es comportée de façon très étrange, tout au long de la journée. Tu n'as pas cessé de me couver des yeux, tel un vautour prêt à fondre sur sa proie, et ensuite, tu m'obliges à faire l'amour avec toi.

— Tu n'as guère eu besoin qu'on t'y incite.

— C'est vrai. J'avais envie de croire que tout allait pour le mieux et que j'avais enfin le droit de t'aimer. Or il y a encore quelque chose qui ne va pas, non ?

— Nous parlerons quand tu auras le trésor. Je ne veux pas penser...

— Au mariage ? Aux enfants ? A ton départ de Gwynthal ?

Abandonner Gwynthal... Catriona n'avait même pas osé songer à cette conséquence, si elle épousait Gaël. Elle n'avait d'ailleurs même pas pensé au mariage. Elle souhaitait seulement s'unir à lui physiquement, donner et prendre, goûter un instant de bonheur idyllique avant que le cauchemar ne se réalise.

Elle le repoussa alors brusquement.

— Non ! Surtout ne parle pas, supplia-t-elle. Ne parle pas. Pas encore. Pas maintenant.

Il se figea un instant puis, sans prévenir, il se détendit et prit la jeune femme tendrement dans ses bras.

— Très bien, nous attendrons, murmura-t-il dans ses cheveux. J'ai déjà obtenu beaucoup en une seule nuit. Mais il faudra reparler très bientôt de tout ceci, Catriona, ne l'oublie pas.

Ils trouvèrent la chaumière dans un état de délabrement encore plus avancé que celui du château. Un arbre était tombé sur le toit de chaume en y faisant un trou énorme. En regardant le plafond éventré qui s'ouvrait sur le ciel, Gaël décréta d'un ton sec :

— Pas question de passer la nuit ici. Sommes-nous encore loin de la grotte au trésor ?

— A quelques heures à peine mais je ne pourrai retrouver l'endroit qu'en plein jour.

Malik étudia le ciel encore bleu.

— Il ne nous reste guère plus d'une heure avant le coucher du soleil. Le mieux serait de choisir maintenant l'emplacement du camp et de ne reprendre la route que demain matin. Y a-t-il un cours d'eau dans les parages, Catriona ?

— A deux kilomètres, en pleine forêt... Je me sens épuisée. Pourquoi ne pas rester ici ? Il ne nous faudra pas beaucoup de temps pour balayer les gravats et nous aurons ainsi un semblant de toit pour nous abriter.

— L'arbre mange tout l'espace, dans ta cuisine, protesta Adwen en faisant la grimace. Et je n'ai pas très envie de découvrir ce qui se niche dans les branches. Les cafards, je n'en ai pas peur, mais j'ai entendu un drôle de bruit.

D'un coup de talon, elle propulsa sa jument au petit trot jusqu'au chemin, s'en remettant à Gaël pour convaincre Catriona.

— Ce n'est qu'une banale chaumière, que ta mère a en plus choisi d'abandonner. Il serait malsain pour toi d'y passer la nuit.

Gaël la soupçonnait de vouloir rester pour se raccrocher au souvenir de sa mère, ce qui ne lui apporterait que de la tristesse. Il avait partiellement raison, mais la mélancolie qui montait en elle avait quelque chose de doux.

Elle jeta un ultime coup d'œil vers le jardin de plantes médicinales où elle avait passé de délicieuses matinées à suivre sa mère. Catriona n'y sentit aucune présence. Marlie de Falkhaar avait été arrachée au monde de façon très cruelle mais elle avait eu le temps d'accomplir sa mission : faire généreusement profiter autrui de son don reçu du ciel.

— Tu as raison, elle n'est pas là.

Il lui prit le bras pour la reconduire à son cheval. Réconfortée par ce soutien, elle se laissa hisser sur la selle avec tendresse et prit la direction du ruisseau qui courait en pleine forêt.

Quelqu'un les épiait !

A quelques centaines de mètres à peine de l'orée des bois, Catriona fut parcourue par un frisson glacé. Elle fouilla d'un regard inquiet les taillis touffus qui bordaient la piste. Rien. Impossible de distinguer un ennemi qui se dissimulait peut-être derrière le rideau de végétation. Mettant ses frayeurs sur le compte de l'imagination, elle crispa les poings sur les rênes.

— Gaël ?

Il tourna la tête vers elle, l'interrogeant du regard.

Comment avouer ses frayeurs à un homme qui ne croyait que ce qu'il voyait ? Lui avouer qu'un rêve lui avait prédit sa mort ? Lui révéler son pressentiment ? Jamais il ne la croirait.

— Au galop ! s'écria-t-elle. J'ai hâte de sortir de cette forêt.

Et elle fouetta la croupe du cheval de Gaël.

Interloqué, il ne put que s'abandonner à sa monture qui se mit brusquement à galoper.

Au loin, le chemin s'incurvait. Redoutant que Richard ne s'y soit embusqué pour mieux s'abattre sur Gaël,

Catriona accéléra et franchit le virage la première. Mais au passage, ni Richard ni embuscade.

Pourtant, elle se sentait toujours épiée par des yeux qui avançaient à la même allure que les cavaliers. Une présence qui ne les lâchait pas d'un pouce. Enfin elle arriva devant le ruisseau et elle s'arrêta, complètement essoufflée.

— A quoi jouais-tu ? s'indigna Gaël qui luttait avec son étalon pour l'immobiliser. Tu as failli pousser Adwen et Malik hors de la piste, en les doublant.

— La jument avait soif et j'avais hâte d'arriver au point d'eau, s'excusa-t-elle en y conduisant la bête.

Quand les deux autres les eurent rejoints, Catriona constata qu'elle ne sentait plus rien. On semblait avoir renoncé à la poursuite. Les rayons du soleil filtrant entre les arbres annonçaient l'approche de la nuit protectrice. S'il devait y avoir un crime, il aurait lieu pendant la journée.

— Je m'éloigne pour ramasser du bois, déclara Gaël à Malik qui préparait le bivouac.

— Non ! cria Catriona en le bousculant au passage. C'est moi qui irai. Occupe-toi de ton étalon, il est encore sous le choc.

Tandis qu'elle s'éloignait dans la forêt, Gaël grommela entre ses dents :

— Moi aussi, et le malaise augmente à chaque instant.

A nouveau, cette présence !

Catriona se dégagea avec précaution du creux des bras de Gaël.

Elle entendit du bruit dans les fourrés obscurs. Le regard était toujours aussi intense, mais cette fois, il semblait méfiant. Catriona se leva et s'éloigna sans bruit pour s'enfoncer dans la forêt.

Où était-il ? Elle ferma les yeux, s'abandonnant à l'intuition pour deviner la direction à prendre.

Mais brusquement, elle rouvrit les yeux. Il arrivait sur elle !

C'est alors qu'elle vit ses yeux. Jaunes, sauvages, luisant au clair de lune.

Des yeux jaunes ? Un murmure lui échappa :

— Selbar ?

Le soulagement la fit chanceler.

Le loup émergea alors des buissons en trottinant, sa longue cicatrice le zébrant de l'épaule à mi-poitrail. Rassurée, elle avança à sa rencontre.

— Tu viens me dire bonjour, mon vieux ? Approche, que je te voie...

— Ne bouge surtout pas ! fit la voix de Gaël, dans son dos. Reste où tu es, Catriona.

Ce fut le loup qui stoppa. Un grognement rauque lui monta de la gorge. Il était prêt à bondir sur l'ennemi.

— Va-t'en, dit Catriona à Gaël, en avançant d'un pas vers la bête. Il ne me fera aucun mal... Viens, mon vieux.

Qu'arrivait-il à Selbar ? Il la fixait tout à coup sans la reconnaître, les babines retroussées sur ses crocs redoutables. Gaël se rua en avant et s'interposa entre Catriona et le loup. Tirant son épée, il intima à la jeune femme de ne pas broncher.

— Range ton arme, Gaël ! Ne lui fais pas de mal.

Selbar eut un instant d'hésitation, les crocs luisant sous la lune. Puis il disparut sans un bruit, comme il était venu.

— Il ne fallait pas t'en mêler ! gémit-elle, déçue. Selbar ne m'aurait pas blessée.

— Bon sang, serais-tu aveugle ? Il s'apprêtait à t'attaquer ! Un bond et il t'ouvrait la gorge d'un coup de crocs.

Secouant la tête, elle s'apprêtait à nier. Mais elle se souvint du regard fixe et menaçant que le loup avait braqué sur elle. Selbar ne l'avait sans doute pas reconnue. Pis encore, il aurait pu la tuer. Gaël avait raison.

— Il ne s'est pas souvenu de moi.

— Tu trembles encore. Reviens auprès du feu.

Hébétée, elle se laissa guider à travers la forêt.

— Je ne comprends pas qu'il m'ait traitée comme une ennemie. Entre nous, il y avait un lien très fort. Je l'aimais, ce loup.

Gaël la couvrit affectueusement avec sa couverture.

— C'est un fauve, un animal des bois. Tu ne peux t'attendre qu'il ait la mémoire aussi fidèle que la tienne.

— Je croyais que je retrouverais le passé intact, et que Selbar n'aurait pas changé non plus.

— Comment as-tu deviné qu'il rôdait dans les parages ?

— J'ai senti sa présence parce qu'il nous suivait.

— Dans ce cas, tu avais deviné qu'il nous menaçait, sinon jamais tu n'aurais pris mon poignard.

— Ton poignard ?

Interloquée, elle suivit le regard que Gaël braquait sur sa main. Elle constata alors qu'elle serrait dans son poing sa longue dague.

— Je ne me rappelle même pas te l'avoir empruntée, balbutia-t-elle, effarée.

— Tu as bien fait de la prendre parce que c'est en la sentant glisser du fourreau que je me suis réveillé. Mais elle ne t'aurait pas été très utile pour affronter un loup.

Pourquoi avait-elle pris le couteau, sinon pour tuer Richard ? Elle se souvint de la férocité qui l'animait alors qu'elle se glissait dans la forêt. Elle aurait peut-être même été jusqu'à tuer pour protéger Gaël.

La dague lui tomba des mains, et elle se cacha le visage entre les mains.

Tout avait changé !

Selbar avait failli la tuer. Elle avait elle-même failli renier sa foi pour protéger Gaël. Elle ne comprenait plus. Elle avait espéré trouver ici un monde de perfection, un monde serein et limpide, où les blessures de toutes sortes guérissaient, un monde où l'âme restait fidèle à elle-même, et ne s'altérait pas... Mais elle s'était trompée. Gwynthal avait changé...

14

— La voici donc, ta fameuse grotte. Tu ne m'avais pas dit que l'on devait nager pour atteindre le trésor ! s'exclama Gaël en scrutant l'entrée de la caverne.

— Si on avait pu y accéder facilement, le trésor aurait disparu depuis belle lurette, expliqua Catriona en attachant son cheval à un arbre. Tu ne seras pas obligé de nager, il y a une barque amarrée à la rive.

— Espérons qu'elle s'y trouve encore, grommela Malik en soulevant Adwen de selle.

— Ma mère avait changé la corde, juste avant de quitter Gwynthal, et elle avait choisi un chanvre très épais. Le mouillage se trouve à gauche de la source. Nous devons longer la corniche. Je passe devant. La grotte suit une ligne sinueuse et dans le premier tronçon, on ne voit presque rien.

Elle se glissa à l'intérieur de la grotte et se plaqua contre la paroi rocheuse. Les ténèbres, la fraîcheur, l'odeur de moisi, le chuintement de l'eau, tout cela ne lui était que trop familier.

— Prudence ! Ça glisse, les avertit-elle.

— La source est-elle profonde, à cet endroit ?

— Non, Adwen. Trois mètres, pas plus. Mais ne t'inquiète pas, la barque n'est plus très loin maintenant.

Ils passèrent un coude, et l'obscurité fut soudain moins profonde. Un rai de lumière filtrant d'une mince anfractuosité tombait sur la nappe d'eau, éclairant la barque attachée à un pieu en fer. Catriona poussa un soupir de soulagement et accéléra l'allure. Bientôt, elle sautait dans l'embarcation.

— Ma mère m'a menée ici à de nombreuses reprises pour que je m'amuse avec le trésor. Je suis guérisseuse et elle tenait à me tenir à l'abri de la cupidité. Elle voulait que je le considère seulement comme un joli jouet.

— Une femme d'une grande sagesse, approuva Malik.

S'emparant de la rame, il éloigna le bateau du mouillage.

— Sa sagesse ne l'a pourtant pas empêchée de donner son amour à un homme qui n'était pas aussi sage qu'elle, ni de risquer sa vie pour un enfant qu'elle connaissait à peine.

Catriona jeta un furtif coup d'œil à Gaël. Assis à l'avant, il ramait énergiquement. Son cœur la poussait à commettre les mêmes imprudences que sa mère puisque, après avoir failli tuer pour lui, elle s'apprêtait maintenant à lui livrer le trésor familial.

L'embarcation glissait sans bruit sur les eaux vert sombre.

— C'est encore loin ? demanda Gaël.

— Juste après le tournant. Regardez, la corniche s'élargit et forme un autre mouillage.

Tout en attachant la barque, elle dirigea de la voix ses compagnons impatients :

— Vous trouverez une faille dans la paroi de la caverne. Le trésor se trouve à l'intérieur.

En entrant à son tour dans l'anfractuosité, elle entendit l'exclamation enthousiaste d'Adwen. Quant à Gaël, elle le trouva pétrifié de stupeur devant les dizaines de coffres débordant de perles et de pierres précieuses.

— Nous aurions dû leur demander davantage de bêtes de somme, murmura-t-il enfin.

— Rien ne t'empêche d'effectuer deux voyages.

— Comme c'est joli, fit Adwen en caressant une assiette en or.

L'admiration naïve d'Adwen réchauffa le cœur de Catriona. Elle lui rappelait son émerveillement d'enfant lorsqu'elle contemplait tant de splendeur.

— Regarde, Adwen, c'est celui-ci mon préféré, dit-elle en dénichant une chaîne d'or ornée de pierres rouges. Je jouais toujours avec ce collier, quand ma mère me menait ici.

— Ce sont des rubis ? demanda Adwen en s'approchant.

— Je l'ignore. Ces pierres sont énormes, mais leur valeur n'a pas d'importance, répondit Catriona en passant le collier autour du cou de son amie.

Adwen acquiesça, et plongea à son tour le bras dans le coffre. Elle en sortit une chaîne d'or sertie de perles et d'améthystes.

— Ce collier serait-il joli sur toi... Non, les perles sont trop pâles pour ton teint, dit-elle en se penchant de nouveau pour fouiller le coffre. Des émeraudes ! Je pense toujours à toi quand je vois des arbres et de la verdure...

— Moi aussi, intervint Gaël.

Catriona lui jeta un coup d'œil inquiet, redoutant un mouvement d'impatience. Or il se borna à hocher la tête avec indulgence.

— On fait joujou ?

— Je peux commencer par transporter celui-ci ? fit Malik avant de soulever le plus petit des coffres.

Gaël le rejoignit.

— Voulez-vous un coup de main ?

— Non, Catriona. Nous irons plus vite seuls. Amusez-vous avec le trésor, en attendant.

Catriona revint immédiatement à son coffre de prédilection.

— Je me souviens d'un diadème aux ravissants saphirs. Enfant, je m'identifiais à la reine des fées qui aurait cueilli un morceau de ciel pour s'en faire une couronne...

— Nous sommes prêts à repartir, annonça Gaël. Si vous arrivez à vous arracher à la caverne d'Ali Baba...

— Tu n'as chargé qu'à peine un quart du trésor. Tu n'en veux pas davantage ?

— Tu me connais mal, Catriona. Je veux tout prendre, c'est ma nature. En plus, tu m'as promis de quoi m'acheter un royaume, plaisanta Gaël, le sourire aux lèvres. Simplement, les ânes ne pourront pas en porter plus. Nous pourrons toujours revenir.

Catriona ôta son diadème et le laissa négligemment retomber dans le coffre ruisselant de pierreries.

— Tu n'emportes pas ta couronne ?

— A quoi bon ? J'ai fini de jouer avec mes parures.

— Vraiment ? L'éducation de ta mère a porté ses fruits. Et vous, Adwen, souhaitez-vous rapporter quelques bijoux ? demanda-t-il en aidant la jeune femme à se remettre sur pied.

— Je ne me servirai pas dans ce coffre-là, il appartient à Catriona, dit-elle en se glissant par l'ouverture de la cache. Par contre, elle m'a appris que vous vouliez m'offrir une part du butin. J'accepte votre cadeau. Je n'ai pas la folie de me croire capable de me débrouiller toute seule, sans un sou pour vivre.

— Au contraire de Catriona qui est persuadée qu'elle n'a besoin de rien ni de personne, marmonna Gaël en les aidant toutes deux à embarquer. Ça fait du bien de trouver des gens qui ont les pieds sur terre.

Il leur fallut trois jours pour atteindre le château. Et alors qu'ils ne se trouvaient plus qu'à quelques heures de marche, Catriona perçut de nouveau une présence. Sa jument était en train de se désaltérer dans un ruisseau quand subitement elle sentit un regard braqué sur elle.

Etait-ce Selbar qui s'obstinait à la traquer ? S'agissait-il d'un ennemi plus dangereux encore ? Malgré ses efforts, elle ne distingua rien au travers du feuillage touffu.

— Il est temps de se remettre en route, Catriona, fit Adwen en s'étirant pour détendre son dos endolori. J'ai hâte de retrouver le château et cette allure d'escargot m'épuise.

— Pardon ? demanda Catriona, absorbée par ses sombres pensées.

Oui, ce devait être Selbar. La première fois qu'elle avait senti ses yeux braqués sur elle, c'était dans les parages.

— Ah, le château ? Oui, moi aussi j'aimerais bien être arrivée.

Pour enfermer Gaël dans ses hautes murailles protectrices, songea-t-elle, rongée d'inquiétude.

— Nous sommes presque arrivés ! lança Malik en se rapprochant d'elles. Il faudra me promettre de prendre soin d'Adwen, ce soir, quand je vous laisserai au château. Elle me jure que les cafards ne l'effarouchent pas mais je ne la crois pas.

— Tu comptes aller chercher Lefont et les chevaux dans la nuit ? Pourquoi ne pas attendre l'aube ? demanda Catriona.

— Parce que Gaël piaffe d'impatience, expliqua Malik en caressant l'encolure de son cheval. Il tient à...

Il y eut un froissement dans les sous-bois... Catriona pivota comme une furie et se hissa sur la pointe des pieds pour scruter la forêt par-dessus Malik. Gaël avait disparu ! Catriona lâcha les rênes de sa jument et bouscula Malik en appelant Gaël.

— Du calme ! fit Malik en la retenant par le bras. Il n'en a pas pour longtemps.

— Où est-il parti ?

— A la poursuite de ce loup. Il l'a entraperçu dans la futaie, il y a environ deux heures de ça. Toi aussi, tu as remarqué qu'il rôdait, pas vrai? Ton inquiétude n'a échappé à personne. Gaël m'a demandé de te distraire pendant qu'il se débarrassait de la bête. Il ne veut pas que tu essaies encore de la retrouver cette nuit.

— Se débarrasser de Selbar?

— Il ne veut pas le tuer, non, simplement lui faire peur et le chasser.

— Il n'aurait pas dû se lancer à sa poursuite. Quelle direction a-t-il prise? demanda-t-elle, en sachant que si Gaël attaquait Selbar, le combat ferait forcément une victime.

— Je n'ai pas le droit de te le dire.

— Gaël ne tuera pas ton loup, la rassura Adwen. Aie confiance en lui.

— Et à Selbar, faut-il aussi que je lui fasse confiance?

Elle écarta Malik du passage et s'élança vers la futaie où Gaël avait attaché ses ânes avant de disparaître. Sans se soucier des égratignures, Catriona écarta les branches et les feuillages. Gaël ne devait pas se trouver bien loin. Et si Selbar avait justement guetté cet instant...

Une douleur, atroce...

Sa bouche s'ouvrit sur un hurlement muet.

— Selbar, non, non, non...

Elle tituba, manquant tomber et elle fonça de plus belle. Gaël! Non, elle n'avait pas pris la bonne direction. La douleur provenait d'un autre côté... si forte que Catriona trébucha... comme si le poignard qui s'était enfoncé dans le dos de Gaël la transperçait, elle aussi... la souffrance atroce de Gaël, là, juste derrière ce bouquet d'arbres...

— En voilà une bonne surprise! Et moi qui me demandais comment t'attirer dans mes filets... fit la voix mielleuse de Richard.

Gaël gisait recroquevillé à ses pieds, un poignard planté entre les omoplates... victime de Richard, et non de Selbar. Richard abaissa le bras pour retirer l'arme.

Une douleur aveuglante cisailla Catriona, tellement insoutenable qu'elle ne comprit pas tout de suite ce que lui disait Richard.

— Je ne m'attendais vraiment pas à me débarrasser aussi facilement du Normand. Il était si absorbé par la proie qu'il traquait qu'il ne m'a pas entendu me faufiler jusqu'à lui, ricana-t-il en essuyant la lame sanglante dans l'herbe. Quelle brute, ce colosse! J'ai dû m'y prendre à deux fois et encore, je ne pense pas qu'il soit tout à fait mort.

Pas encore. Mais faible, tellement faible...

— Et alors? Tu hésites à lui porter secours? susurra Richard. Je ne pense pas que tu parviennes à le guérir, mais tu peux toujours essayer. Allez, Catriona, viens soigner sa blessure, dit-il en lui faisant signe d'approcher.

Si elle avançait, Richard la tuerait. Si elle s'éloignait, Gaël mourrait. Malik... Il l'avait certainement suivie. Il fallait qu'elle maintienne Richard à distance, pour laisser à Malik le temps d'intervenir.

— Vous nous avez filés depuis Selkirk? commença-t-elle en progressant à petits pas vers Gaël.

— Evidemment! Nous avons accosté à Gwynthal le même jour que vous, à la nuit tombée.

La plaie de Gaël saignait.

Ne meurs pas, s'il te plaît. Je viens... Malik, où es-tu?

— Qui aurait deviné que votre barque suivait les nôtres? poursuivit-elle malgré son inquiétude.

— Je gardais mes distances. Parce que j'étais seul contre Dumont et le Sarrasin.

— Vous n'avez pas réussi à rallier vos vassaux?

— Non. Ils avaient trop peur, les imbéciles. Ils n'ont pas encore compris que la victoire de Guillaume nous réduit à néant.

Gaël ne respirait presque plus, comme si la lame lui avait percé les poumons.

— Prenez le trésor et laissez-nous en paix. Nous n'en voulons pas.

— Toi peut-être, mais le Sarrasin, je parie qu'il refusera de laisser échapper un tel butin. Sans oublier qu'il tient à son Normand et quand il aura découvert que je l'ai tué, ma vie sera constamment menacée. Non, le plus astucieux c'est de vous attirer dans le piège les uns après les autres et ensuite, finis les problèmes!

— Vous tueriez Adwen?

— Sans remords.

Une expression grincheuse déforma ses beaux traits.

— Tu en mets un temps à approcher ! Chercherais-tu à me jouer un tour ? Tu veux vraiment que je le poignarde encore une fois, ton Normand ? grogna-t-il, en serrant le poing sur le coutelas.

— A quoi bon puisque vous lui avez déjà porté le coup de grâce ? dit-elle, en dominant la vague de panique qui la bouleversait.

Malik se faisait tant attendre qu'elle allait être obligée de se dépêtrer seule de Richard.

— Viens donc vérifier s'il est bien mort. Dépêche-toi ! dit-il en levant la lame au-dessus du mourant.

— Attendez !

Elle parcourut les derniers mètres à toutes jambes et tomba à genoux auprès de Gaël.

— Voilà qui est beaucoup mieux, fit Richard, en se redressant de toute sa taille pour lui jeter un regard condescendant et lubrique. C'est comme cela que je t'ai toujours voulue, à genoux devant moi. Dommage que je n'aie pas le temps d'en profiter.

Quand Richard abaisserait le couteau pour poignarder Gaël, le mouvement le déséquilibrerait durant un instant. Catriona bondirait alors et lui assènerait un bon coup de tête dans l'estomac. Et pendant qu'il reprendrait sa respiration, elle lui arracherait le poignard.

— Qu'attendez-vous pour le poignarder encore ? le provoqua-t-elle, la prunelle furibonde.

— Quel dommage ! Le Normand ne saura jamais à quel point tu lui es dévouée, railla-t-il en brandissant le coutelas. Je suis ravi de t'avoir pour spectatrice. Le poignarder dans le dos, sans témoin, c'était très frustrant. Contrairement à...

Richard poussa un hurlement et tomba la tête en avant.

Malik ? Non.

Un pelage fauve, des prunelles jaunes et des crocs acérés qui s'enfonçaient dans la nuque de Richard.

Selbar !

Richard agitait frénétiquement son poignard dans le vide, à la recherche de son agresseur. Mais Selbar était derrière lui, grondant avec férocité, et le secouant par la peau du cou comme un vulgaire lapin. Quand le loup desserra un instant les crocs, Richard réussit à lui échapper et, d'une roulade, revint sur Gaël en levant son poignard. Catriona plongea alors sur l'arme qu'elle détourna de justesse.

— Sale garce! beugla Richard en la jetant par terre d'une énorme gifle.

Avec un grondement sauvage, Selbar bondit... Le hurlement de Richard se mua en gargouillis quand les crocs du fauve se plantèrent dans sa gorge, sous le regard horrifié de Catriona.

Sang... agonie... mort... A peine commencé, le combat était déjà terminé. Selbar s'écarta du cadavre de Richard et se tourna vers Catriona, les yeux enragés et les babines rétractées sur ses crocs dégoulinant de sang...

Alors il disparut, d'un bond, au plus profond de la forêt.

Catriona secoua la tête pour tenter de comprendre. Tout s'était passé tellement vite. La seule évidence, c'était que Richard était mort et que Gaël agonisait encore.

Rampant jusqu'à lui, elle le prit dans ses bras et se mit à le bercer. Puis elle lui palpa le dos pour trouver la blessure. Il y avait deux plaies, très rapprochées, très profondes.

— Je suis là, Gaël, c'est moi... Tu n'as pas le droit de m'abandonner. M'entends-tu? Il faut que tu restes.

— Catriona?

Elle releva brusquement la tête et découvrit Malik qui, hors d'haleine, se penchait vers eux.

— Il est en train de mourir, avoua-t-elle, et les larmes lui roulèrent le long des joues.

Il blêmit, mais se ressaisissant immédiatement, il la pressa:

— Dans ce cas, il va falloir que tu accomplisses un miracle comme pour moi.

— Cette fois-ci, je risque d'échouer car la souffrance de Gaël, je la ressens en moi, comme si c'était moi qu'on avait transpercée. Jamais je n'ai connu une situation semblable.

— Par Allah! Tu ne peux vraiment rien pour lui?

Difficile de le savoir. Gaël était tombé si loin, si profond, qu'elle doutait de parvenir à l'atteindre.

— En quoi puis-je t'aider ? Tu as besoin de ta sacoche de plantes ? s'inquiéta Malik, les traits tendus par l'angoisse.

Elle étreignait Gaël avec une passion d'autant plus désespérée qu'il s'éloignait à chaque instant.

— Je refuse de croire que tu le laisseras mourir, bougonna Malik. Réfléchis, il doit y avoir un moyen.

Impossible de réfléchir tant la douleur la submergeait. Sa douleur... la souffrance de Gaël... elle et lui, unis dans l'agonie.

Elle se souvint alors du jour où Gaël avait appris la mort de son père. Catriona avait allégé ses souffrances en entrant en symbiose avec lui. La douleur partagée s'était peu à peu apaisée.

Mais il s'agissait d'une souffrance affective. Or là, il lui fallait entrer en symbiose totale avec un mourant...

— Il faudrait que je parvienne à ne faire qu'un avec lui, pour l'atteindre et le persuader de me laisser le guérir.

C'était leur dernier espoir. Catriona se coucha dans l'herbe contre Gaël. Elle l'enlaça et posa ses paumes à plat sur chacune des deux blessures. Pas la moindre sensation de chaleur ou de picotement indiquant que la guérison s'amorçait. Pis encore. Elle ne sentait aucune souffrance. Il devait glisser progressivement vers la mort.

— Catriona ? Que fais-tu ? s'affola Malik.

— Je vais m'endormir, dit-elle, en s'apprêtant déjà à partir pour le royaume des ombres. Surtout, ne nous touche pas tant que je ne me serai pas réveillée.

— Laisse-moi au moins vous ramener au château. Je ne peux quand même pas vous laisser passer la nuit en pleine forêt, Gaël et toi !

— Il ne faut surtout pas nous toucher ! insista-t-elle, farouche, avant de fermer les paupières. Pas avant mon réveil.

— Combien de temps ?

Pour toujours peut-être. Car si elle parvenait à renouer le lien avec Gaël, il risquait de l'entraîner avec lui dans les ténèbres.

— Aussi longtemps que durera le sommeil.

Bien que percevant la détresse de Malik, elle se ferma au monde pour se livrer à la spirale qui engloutissait son bien-aimé.

— C'est affreux de les voir ainsi figés, chuchota Adwen en fixant les deux corps enlacés, à quelques pas. Tu me jures qu'ils sont encore en vie ?

Malik acquiesça sans cesser de remuer les tisons pour raviver le feu.

— On attend depuis des heures. Ne peut-on rien faire d'autre que de les réchauffer avec du feu et des couvertures ?

— S'il y a un autre remède, Catriona s'en charge, dit-il en lui jetant un coup d'œil par-dessus les flammes. Ne cède pas à la culpabilité puisque ce n'est pas à cause de toi que Gaël est blessé. Richard ne te pourchassait pas. Il convoitait le trésor.

— Je sais bien... Simplement, j'ai pour Catriona une immense affection. Si elle n'était pas venue à Redfern me soigner, si elle ne m'avait pas soutenue...

— Et si la comète n'était pas apparue dans le ciel pour convaincre Guillaume d'attaquer, si je n'avais pas laissé le Saxon me donner un coup d'épée... On pourrait continuer sans fin à chercher un coupable. Accepte le destin, Adwen.

— La résignation devant le destin est un signe de faiblesse. Je ne me suis que trop résignée... A ton avis, faut-il renvoyer le corps de Richard en Angleterre pour l'y ensevelir ?

— Non. Je n'ai pas l'intention d'exhumer cette ordure.

Le regard d'Adwen se porta vers la forêt où Malik avait traîné et enterré les restes de Richard.

— Faut-il demander au prêtre du village de le transférer en terre consacrée ?

— Pour qu'ils organisent ensuite une battue et qu'ils tuent Selbar ? Non. Je choisis de préserver le loup plutôt que l'âme de ton mari.

Loin de remettre cette affirmation en cause, Adwen pensa à tous ceux auxquels Richard avait porté un grave préjudice, ainsi qu'aux deux victimes qu'il risquait de faire durant la nuit.

A nouveau, elle observa les deux corps noués l'un à l'autre, figés dans une immobilité de marbre.

Subitement, elle perçut sous la surface de leurs corps comme une vibration.

— Que se passe-t-il ?

— A mon avis, Catriona a engagé une lutte contre les dragons, dit Malik. Qu'Allah lui vienne en aide !

Catriona avait enfin réussi à fusionner avec Gaël. Elle lisait dans ses pensées et entendait ses souvenirs remonter à la surface, chargés de la détresse du petit garçon qu'il avait été. Un petit garçon solitaire et méfiant qui refusait d'admettre ses faiblesses.

... Hardraada, père, accepte-moi et je comblerai tous tes vœux...

... Ces villes incendiées, ce bain de sang, ces brutalités ; ça me rend malade. En ai-je fait assez pour que tu m'acceptes ?...

... Rejet, blessure intérieure, méfiance. Désormais je n'ai plus besoin de toi. Je pars vivre ma vie...

... Byzance, cité étrangère, oui, mais pas plus que le monde d'Hardraada. Il me faut apprendre à la connaître...

... Soie et cannelle, esclaves couleur d'ébène, immensité du désert nu, éclat brûlant du soleil de plomb, caravane de dromadaires... Malik...

S'insinuant dans ce tourbillon de souvenirs, Catriona tentait désespérément de trouver une prise pour entrer en contact avec Gaël. Il devait comprendre qu'elle faisait partie intégrante de sa vie, et pour toujours. Il devait donc accepter et utiliser les forces qu'elle lui insufflait. Il devait croire en elle et l'absorber.

— Tes mains... me brûlent.

Gaël venait de parler !

Catriona lutta pour remonter des ténèbres et ouvrit les yeux. Le regard de Gaël l'éblouit.

— Brûlantes... Ecarte-les.

Elle ressentit alors la chaleur et les démangeaisons dans ses paumes. C'était la preuve que la guérison s'amorçait. Eperdue de reconnaissance, elle écarta les doigts pour mieux propager ce cautère sur la chair meurtrie.

— C'est une chaleur saine, Gaël. Ferme les yeux. Rendors-toi.

Un instant plus tard, il s'était assoupi de nouveau.

Malik surgit alors derrière la jeune femme.

— Comment va-t-il ? Il faut que je sache, insista Malik.

— Mieux. Eloigne-toi, Malik. Je n'ai pas de temps à te consacrer, pour le moment.

— Tout ce que tu voudras. Tu n'as qu'un mot à dire... répondit-il d'un ton ému.

Elle l'entendit s'éloigner en dansant puis chuchoter avec jubilation :

— Adwen ! Tu te rends compte, Gaël va mieux !

15

Assise au coin du feu, Catriona peignait ses longs cheveux blonds.

Gaël avait toujours aimé la regarder dans ces moments-là. Et c'est cette scène qu'il découvrit en sortant du coma. A la lumière des flammes, des reflets d'or luisaient dans la longue chevelure. Puis il vit une cheminée, des murs en pierre... Où se trouvait-il ? Il ne se souvenait que de la forêt, et d'une douleur lancinante dans le dos. Sa gorge était tellement desséchée que sa voix sortit comme un coassement :

— Le loup a-t-il...

Catriona cessa de se peigner et s'écria :

— Il était grand temps que tu reprennes conscience ! Cela fait trois semaines, maintenant, et j'ai besoin de ton aide. Je ne peux pas tout faire seule.

Elle lui versa de l'eau dans un gobelet et, lui relevant la tête, elle l'aida à boire.

— Là. Tu auras moins de difficulté à parler. Ça va mieux ?

Il acquiesça, étudiant tour à tour la salle du conseil et la paillasse sur laquelle il reposait.

— Nous t'avons ramené au château dès que je t'ai jugé capable de supporter le déplacement. Il y a trois semaines de cela. On ne pouvait pas rester en pleine forêt en attendant que tu guérisses. Il s'est mis à faire trop froid. Et puis je savais que, du haut de sa tapisserie, Hevald nous viendrait en aide.

Gaël se demandait toujours comment il avait pu être blessé.

— C'est Selbar qui m'a attaqué par-derrière ?

— Non, Richard. Il t'a poignardé dans le dos pendant que tu poursuivais Selbar.

— Je suis stupide !

— Tu ne fais jamais confiance aux autres. Ça ne t'a pas servi de leçon, à Svengard, quand on a failli te trancher la tête pour te punir de ton entêtement ? l'accusa-t-elle en posant le gobelet. Tu n'aurais pas dû me fausser compagnie pour aller tout seul chasser Selbar.

— Peur... pour... toi.

— Moi aussi, j'avais peur pour toi. Or ce n'était pas de Selbar qu'il fallait avoir peur. C'est lui qui a tué Richard, nous sauvant la vie à tous les deux.

Elle lui posa alors les mains sur le front.

— Je te raconterai la suite plus tard. Maintenant, il faut dormir.

— Et Malik ? demanda-t-il d'une voix affaiblie.

— Il se porte bien. Je les ai envoyés à Hastings, Lefont et lui. Ils te ramènent tes navires, afin de t'éviter l'inconfort d'un long voyage.

— Le voyage... va durer... bien trop longtemps.

— Pas vraiment. Malik devrait être de retour d'ici au printemps, dit-elle. Et il te faudra bien tout ce temps pour retrouver tes forces.

— Tu te trompes.

— J'aimerais bien. A toi de me le prouver.

Ecœuré, Gaël se rendit compte qu'il n'avait même pas la force de défendre son point de vue.

— Je te le... prouverai... après.

Elle lui remonta les couvertures jusqu'au menton et s'éloigna pour annoncer à Alice et à Adwen qu'il avait enfin repris conscience.

— Oh, je suis si contente ! fit Catriona avec jubilation. Mais j'aurais dû deviner qu'il mettrait plus de temps à guérir que les autres. Il est tellement entêté... Pour ma part, je ne supporte plus d'être enfermée. Vous venez faire un tour dehors ? dit-elle en saisissant sa cape.

— Il neige, Catriona.

— Peu m'importe. Il faut que je sorte. Et il ne neige que depuis quelques heures. Alice ?

— Sortir ? Au risque de déraper sur les pavés glissants de la cour ? Je ne tiens pas particulièrement à accoucher cette nuit. Mais vas-y, Catriona, promène-toi aussi longtemps que ça te plaira. Tu n'as pas quitté Gaël depuis qu'il est malade, je vais prendre le relais à son chevet.

— Inutile. Gaël dort et il ne se réveillera pas avant plusieurs heures. Je ne m'attarderai pas.

Elle descendit l'escalier à toutes jambes, s'élança dehors et, une fois dans la cour, s'arrêta pour reprendre haleine. Dans l'air immobile et glacé, de gros flocons de neige tourbillonnaient. Minuit approchait.

Beauté de la neige, beauté de Gwynthal, beauté de l'univers tout entier ! Gaël était revenu du royaume des ombres. Le bonheur la submergea, lui donnant envie de danser sur les pavés. Au lieu de cela, par peur du verglas, elle redoubla de prudence pour gagner le pont-levis.

Elle se trouvait à quelques pas de la palissade quand elle remarqua les empreintes, dans la neige. Des empreintes de pattes de loup. Selbar !

Progressant avec lenteur, elle étudia les traces, reconstituant peu à peu les mouvements de la bête. Il s'était assis, à quelques mètres à l'intérieur de l'enceinte, pour surveiller le château. La neige avait été balayée à l'endroit où il avait ensuite fait volte-face pour repartir au galop vers le pont-levis. S'était-il enfui en la voyant sortir du château ?

Catriona ralentit. Avait-il été attiré dans la cour par le

vague souvenir des heures passées à jouer avec elle ? Elle chassa ce vain espoir. Non, Selbar ne se souvenait pas d'elle, et il ne lui faisait pas confiance non plus. D'ailleurs, il se trouvait déjà certainement au plein cœur de la forêt avec sa meute.

Elle franchit l'enceinte.

Selbar l'attendait, au bout du pont, face au château. Elle s'arrêta, soutenant le regard sauvage des yeux d'or. Les flocons tombaient avec lenteur, formant un voile symbolisant les années écoulées.

— Merci, murmura Catriona.

Selbar pencha la tête de côté. Avait-il reconnu sa voix, ou même compris le sens de ses paroles ?

Il se retourna et disparut dans la forêt. Nostalgique, elle fixait les arbres puis elle sourit. Selbar était revenu la voir. Certes, ce ne serait plus jamais pareil, entre eux. La vie les avait changés. Mais l'amitié était toujours là.

Elle s'était trompée en espérant retrouver tout intact, identique à son souvenir d'enfant. Gwynthal, comme Selbar, avait changé, et maintenant il fallait l'accepter...

Pendant trois jours, Gaël ne fit que dormir et manger. C'était normal à ce stade de la guérison. Il récupérait très vite. Si bien qu'il aurait probablement recouvré la santé avant le printemps et le retour de Malik.

Le troisième soir, alors qu'elle s'installait à côté de lui sur la paillasse, Gaël lui posa une étrange question :

— Comment as-tu découvert ce qui s'était déroulé à Svengard ?

Un instant prise de court, elle se souvint enfin que durant leur fusion, elle avait surpris ce souvenir dans les pensées de Gaël.

— Je m'en souviendrais, si je t'en avais parlé. C'est dans le dos, pas dans la tête que Richard m'a planté le couteau ! Allons, parle. J'ai besoin de savoir.

— La vérité ne te plaira pas.

— Dis quand même.

Elle se rassit et avoua avec un soupir de résignation :

— Comme il fallait absolument que j'atteigne ce qui te restait de vie, j'ai été obligée de fusionner avec toi.

— Fusionner ? En quoi cela consiste-t-il ?

— Je ne sais pas vraiment. C'était la première fois que ça m'arrivait... Je m'efforçais de sentir ce que tu ressentais mais tes pensées faisaient obstacle entre nous, elles m'empêchaient de te soigner. Le seul remède a été de ne plus faire qu'un avec toi. Seulement je ne savais pas... je t'entendais penser... Je ne voulais pas...

— Tu lisais dans mes pensées ? fit-il, profondément choqué.

— Je ne voulais pas le faire, s'excusa-t-elle. Mais il ne restait que ce moyen...

— Tu as raison. Cela aurait constitué une intrusion intolérable... si je consentais à croire que la chose avait réellement eu lieu. Peux-tu me le prouver ?

— Ça ne te suffit pas que je sache ce qui s'est passé à Svengard ?

— Non. Pour preuve, je veux que tu me parles de Delmas et de ce que j'ai vu, dans l'écurie, le fameux soir !

— Tu avais envie de tuer Delmas, tant tu étais en colère contre lui, avoua-t-elle en réprimant un frisson. Et c'est dans cette intention que tu as foncé à l'écurie où tu savais qu'il se trouvait. La porte était entrouverte et en entrant, tu l'as entendu geindre.

Elle ferma les yeux, aveuglée par l'atrocité de la scène dont Gaël lui avait transmis le souvenir.

— On avait cloué Delmas à un mur avec la fourche. Il suppliait qu'on le décroche. Bien que tenté de le laisser, tu as compris qu'il allait mourir et tu as empoigné le manche de la fourche pour l'arracher du mur.

— Si ce n'est pas moi le meurtrier, qui est-ce ?

— Richard, certainement. Fou de rage, Delmas est sans doute allé lui demander des comptes et Richard l'a embroché avec la fourche.

— Maintenant, tu es au courant de la façon dont s'est déroulé le drame, grommela-t-il, enfin convaincu et soulagé.

— Pardon de ne pas t'avoir cru, Gaël. Ça ne se reproduira plus. Je sais à présent que jamais tu ne me mentirais.

— Tu me connais désormais mieux que personne ! dit-il en riant. Bon Dieu !

— Je t'avais averti que ça risquait de ne pas te plaire, se défendit-elle. Je ne cherchais vraiment pas à violer tes moindres pensées, ni tes souvenirs. J'en ai même découvert de fort gênants.

— Lesquels ? demanda-t-il en braquant sur elle un regard anxieux.

— Cette fille, dans la maison de passe de Zenvar.

— Par l'enfer !

— Tu peux le dire. Moi qui trouvais osés les jeux auxquels tu t'enhardissais avec moi ! Avec elle, c'était réellement diabolique.

— Ça changeait, sans plus, admit-il, en éclatant d'un rire franc. Que c'est fâcheux ! Je n'arrive pas à y croire.

Sa colère était en train de fondre, au grand soulagement de Catriona.

— Ce procédé m'a au moins donné la certitude que tu n'étais pas coupable de la mort de Delmas.

— Oui.

— Et si je n'avais pas fusionné avec toi, tu serais mort.

— Argument imparable. Mais je n'apprécie pas beaucoup cette... mise à nu.

— Je sais bien. Tu n'as qu'à essayer d'accepter, comme tu m'as demandé d'essayer d'accepter la mort de Delmas. Ça m'a pris du temps mais j'ai réussi... parce que je t'aime de tout mon cœur.

Son visage s'éclaircit et il lui sourit amoureusement.

— Viens près de moi.

Submergée de joie, elle s'allongea contre lui, se blottissant dans sa chaleur.

— J'ai eu si peur que tu ne te fâches.

Il lui effleura la joue d'un baiser et murmura :

— Maintenant, oublions ce voyage indiscret à travers mes pensées.

— Ainsi tu me crois ?

— Comment pourrais-je m'en empêcher ? Si je ne peux affirmer que je crois en la magie, au moins je crois en toi. Tu es ma magie à moi. Même si tu n'as rien d'une sorcière.

Elle cacha son visage mouillé de larmes de reconnaissance au creux de l'épaule de Gaël. Désormais, elle n'était plus seule.

10 avril 1067, Gwynthal

— Catriona, où diable te caches-tu ? Ils arrivent !

Montant quatre à quatre l'escalier en pierre, Gaël surgit en trombe dans la salle du conseil du château. Il saisit Catriona par la taille et la souleva de joie.

— Je viens d'apercevoir Lefont et ses hommes, ils ne se trouvent plus qu'à quelques kilomètres. Veux-tu qu'on parte à leur rencontre ? Mais qu'est-ce qui t'arrive ? fit-il, soudain alarmé.

Depuis leur fusion thérapeutique, Gaël percevait ses moindres états d'âme avec une très grande sensibilité.

— Du nouveau... Notre vie risque de prendre un cours radicalement différent.

Elle laissa errer un regard mélancolique sur la salle dans laquelle ils avaient vécu pendant tout l'hiver. Il y avait eu les journées paisibles à paresser près de la cheminée, et les nuits de passion, d'alanguissement... Toutes ces heures magiques arrivaient à leur terme. Et pas seulement à cause du retour de Malik et de Lefont. Depuis peu, elle avait remarqué une certaine agitation, chez Gaël. Il n'était pas du genre à s'attarder longtemps au paradis.

— Gwynthal me manquera lorsque nous l'aurons quitté.

— A moi aussi, dit-il, complice. Voilà pourquoi il faut envisager d'y retourner fréquemment.

Les yeux de Catriona s'arrondirent de surprise.

— Pourquoi cet étonnement ? Ce serait une honte de laisser un si beau château tomber en ruine. Nous chargerons Lefont de le restaurer.

— Tâche qui ne lui fera certainement pas plaisir, dit-elle en se jetant dans les bras de Gaël. Oh, je te suivrai partout où tu iras. Je veux que tu sois heureux.

— Eh bien, alors ne sois pas triste, dit-il en lui prenant le visage entre les mains. Tu sais bien que désormais, je ressens tes moindres émotions. Je ne peux pas toujours me conformer à tes désirs, ajouta-t-il avec une soudaine gravité. A la différence d'Hevald, j'aurai toujours envie de visiter des contrées lointaines, et de vivre des expériences nouvelles. Toi aussi, avoue-le, cela ne te satisferait pas pleinement de ne pas bouger d'ici.

— Quand on pense que toute ma vie je n'ai rêvé que de revenir à Gwynthal ! Mais maintenant, Gwynthal n'a besoin ni de moi ni de mon don. Les villageois respirent la santé et la guerre n'existe pas, ici. Je me demande si ma mère n'a pas suivi volontiers mon père dans son exil pour ces mêmes raisons.

— Possible, dit-il en lui caressant les cheveux. Où que nous allions, il nous manquera toujours un coin de paradis que nous irons chercher ailleurs, ensemble.

Riant à travers ses larmes, Catriona s'écria :

— Dieu du ciel ! quel don de persuasion ! Tu réussirais presque à me convaincre que cette idée de départ vient de moi !

— Un marché est réussi lorsque les deux parties sont convaincues d'avoir fait chacune la meilleure affaire. Je souhaite ton bonheur, Catriona. Je ne veux pas épouser une martyre. Cela te ferait plaisir que notre premier enfant naisse ici, à Gwynthal ?

Elle leva les yeux vers la tapisserie et regarda Hevald à qui son épouse n'avait jamais donné d'enfant.

— Oui, je crois que cela ferait infiniment plaisir à toute la famille.

Peu après, Gaël, Catriona, Alice et Adwen sortirent dans la cour pour accueillir la colonne de cavaliers.

Malik était de retour ! Il était bronzé, souriant et beau comme un dieu. Mais Adwen s'efforça évidemment de lui dissimuler sa joie.

Il s'approcha de Gaël :

— Tu sembles mieux, mon ami.

— Quelles nouvelles de Guillaume ? demanda Gaël.

— On l'a couronné roi d'Angleterre le jour de Noël. Depuis, il s'affaire à distribuer à ses partisans l'ensemble de son royaume. Si tu souhaites ta part, dépêche-toi de la lui réclamer.

— Je me dépêche. Nous reprendrons la mer pour l'Angleterre la semaine prochaine.

— Et toi, milady, comment va la santé? demanda Malik à Adwen.

— Relativement bien, et toi? rétorqua Adwen, la voix frémissante d'un émoi retenu.

— Ça pourrait aller beaucoup mieux et je te révélerai sous quelles conditions un peu plus tard.

— Tu t'es laissé repousser la barbe?

— Oui, par pitié pour les gens moins séduisants que moi.

Dieu! qu'il lui avait manqué, son Malik! Son humour, sa nature fantasque, sa délicieuse tendresse... et sa folie douce le rendaient irremplaçable. Elle ressentit un besoin de tendre la main vers lui, de le toucher, de le retenir.

— Nous te sommes très reconnaissants de ta bonté.

— Adwen? Viens vite.

Elle se retourna et constata que Catriona volait au secours d'Alice. Lefont la soutenait, plus pâle encore que la future mère.

— Que se passe-t-il? fit Malik, éberlué.

— L'émotion a été tellement forte qu'elle va accoucher, lui cria Adwen en rejoignant le groupe au pas de course.

La fille d'Alice naquit le lendemain après-midi, après des couches si douloureuses qu'on craignit de perdre la mère et l'enfant. Mais un bébé débordant de santé vint au monde en hurlant avec voracité.

— N'est-elle pas mignonne comme un cœur, s'exclama Catriona en couvant des yeux le nouveau-né blotti au creux des bras d'Alice.

— Je crois bien... que je suis... folle de ma fille, bredouilla Alice. Je l'ai portée sans éprouver pour elle la moindre affection. Je craignais même qu'après la naissance, je ne la déteste. Mais, maintenant, je l'adore.

— C'est le miracle de la maternité, ajouta Catriona.

— Oui, fit Alice, le regard empli de tendresse. Je me demandais, Adwen, si ça vous déplairait que je lui donne votre nom?

Adwen resta un instant interloquée.

— Je trouve votre nom ravissant et puis vous êtes une

amie, pour moi… ajouta-t-elle. Mais je comprends votre refus. Cette petite fille est la bâtarde de votre mari.

— Ne sois donc pas ridicule, la gronda Adwen en essuyant une larme de joie. Ta demande m'a laissée sans voix. Je suis très honorée que ton enfant porte mon nom. Et maintenant, je crois que je vais te laisser. Tu dois être à bout de forces, et il faut que tu te reposes.

Elle sortit de la chambre presque en courant et, une fois dans le couloir, elle s'affaissa contre le mur, laissant les larmes ruisseler sur ses joues. C'est alors qu'elle découvrit Malik, assis en tailleur dans un coin du couloir.

— Depuis combien de temps te morfonds-tu ainsi ? demanda-t-elle.

— Depuis ce matin. J'attendais la délivrance, au cas où vous auriez eu besoin de mes services.

— Imagine un peu. Alice veut que sa fille porte mon nom ! La petite est si belle… et ça me rend si triste, sanglota-t-elle. Je voulais que ce soit à moi qu'arrive ce miracle. Quel égoïsme de ma part, ne trouves-tu pas ?

Malik se releva et la serra dans ses bras.

— Peut-être que ce sera un jour ton tour, la consola-t-il.

— Alice sait bien que je n'ai aucune chance, voilà pourquoi elle a donné mon nom à la petite. Pour que je ne me sente pas… Quelle bonté, de sa part !

— Tu me brises le cœur, Adwen, soupira Malik. Epouse-moi, je t'en prie.

Adwen repoussa Malik.

— Je ne suis pas égoïste au point de t'encourager à t'encombrer d'une femme stérile !

— Combien de fois faudra-t-il te répéter que je ne te reprocherai jamais…

— Si, tu me le reprocherais !

Elle tourna les talons et courut le long du couloir jusqu'à l'escalier. Malik la rattrapa et se planta sur la première marche pour l'empêcher de passer.

— Ecarte-toi de mon chemin !

— Plus jamais, gronda Malik, plongeant son regard dans le sien. Ecoute-moi. Je chérirais un enfant né de toi plus que tout, mais il n'y a pas que le miracle de la naissance, au monde. Il y a le rire, la passion et le bonheur de vieillir ensemble. Il y a la joie de partager ses jours et ses nuits avec une épouse qui m'aimerait, qui répondrait à mes besoins comme je veillerais à combler les siens. Voilà des miracles dont on ne me privera pas. Epouse-moi, Adwen.

— Non.

— Si. Tiens-tu à ce que je me jette dans l'escalier ?

— Tu le ferais ? fit-elle.

— Si tu refuses, ma vie est finie. Il ne me reste plus rien.

— Cesse tes blagues.

— Tu croyais aussi que je blaguais, quand je t'ai menacée de passer la nuit devant ta porte, à Selkirk !

— Tu n'oserais pas.

— Et toi, tu oses prendre le risque ?

— Non ! s'écria-t-elle, en pleurant de plus belle. Non, plus de ces folies ! Je t'épouse !

Elle se jeta dans ses bras, se cramponnant à lui de toutes ses forces.

— Mais promets-moi une chose, de ne jamais le regretter.

— Bien sûr que non, je ne le regretterai pas, murmura-t-il avec une infinie tendresse. Tu as ma promesse, Adwen. Adieu les regrets, place aux miracles. Tu ne sais pas encore de quoi est capable ton mari !

ÉPILOGUE

6 mai 1068, Gwynthal

— Le château ne manque pas de chambres. Pourquoi insistes-tu pour accoucher dans la salle du conseil ? s'étonna Gaël.

— Parce que je tiens à ce que ton fils naisse en présence d'Hevald. Déménagez la longue table et les chaises dans la chambre du bout du couloir, ordonna Catriona aux deux soldats qui attendaient patiemment sur le seuil.

Gaël traversa la pièce pour venir se placer derrière Catriona et caresser tendrement son ventre arrondi.

— C'est peut-être une fille que tu attends, et ça, nous ne le saurons pas avant deux mois.

Elle tourna la tête pour lui sourire.

— C'est un fils, je le sens, mais serais-tu déçu si je me trompais ?

— Je l'aimerais autant que sa mère. Surtout si tu m'autorises à lui enseigner l'escrime et le tir à l'arc.

— Pas question !

— J'ai bien peur que ce ne soit obligatoire, Catriona. Quand un homme part en guerre, il a besoin d'un allié de taille pour l'épauler sur le champ de bataille.

Catriona cessa tout net de rire.

— Faut-il que tu repartes en guerre ? Guillaume a-t-il décidé de reprendre Redfern à Malik et à Adwen ?

— C'est un risque. Ses barons et lui ne sont pas très contents que j'aie donné un domaine aussi prospère à un Sarrasin.

— Mais si Guillaume t'a donné cette terre, tu peux en disposer à ton gré.

— A condition que j'en reste le propriétaire.

— N'oublions pas que Redfern appartenait au mari d'Adwen.

— Le titre de propriété ne vaut plus rien. Je me sentirais quand même plus rassuré si Adwen et Malik revenaient enfin d'Orient pour s'installer au château. La présence de Lefont y constitue une force de dissuasion redoutable, certes, mais ça ne suffirait pas, au cas où Guillaume déciderait d'intervenir.

— Je me demande si Malik a trouvé en Orient un médecin qui permette à Adwen de concevoir un enfant. On dit que là-bas, la médecine est en avance sur nous.

— Espérons-le.

— Le bonheur est en soi un remède puissant et jamais je n'avais vu Adwen aussi heureuse. Presque autant que moi… Après la naissance de notre enfant, j'aimerais passer du temps auprès d'eux, auprès d'Adwen.

— Tu commences à aimer les voyages.

Gaël et elle avaient en effet déjà effectué un séjour à la cour de Guillaume ainsi qu'à Bellerive.

— Oui, à condition de pouvoir revenir à Gwynthal.

— Nous y sommes, Catriona. Je tiens mes promesses.

En levant les yeux vers la tapisserie, elle crut voir Hevald lui sourire. Il est vrai que depuis un certain temps, elle avait le sentiment que tout lui souriait.

— Il me semble que nous devrions appeler notre fils Arthur. C'est le nom que portait Hevald, du temps où il guerroyait. Ensuite seulement, en arrivant à Gwynthal, ses soldats et lui ont changé de prénoms car ils renonçaient à leur ancienne vie.

— Il me semble bien en avoir entendu parler, de cet Arthur, fit Gaël, soudain songeur.

— Bien sûr! Arthur s'était acquis une réputation extraordinaire.

— Et ton ancêtre Bentar, son conseiller? A-t-il lui aussi changé de prénom?

— Oui, bien sûr. Il était très loyal. Il a obéi en tout à Hevald.

— Comment se nommait-il, avant son arrivée à Gwynthal ?

Se blottissant contre le torse puissant de Gaël, Catriona leva un regard rêveur vers le tableau et, sentant une nouvelle vie remuer en elle, elle avoua :

— Mon ancêtre se nommait Merlin. Il était enchanteur…

LE ROI ARTHUR

PERSONNAGE HISTORIQUE OU HÉROS DE LÉGENDE ?

Au British Museum de Londres, des documents remontant à 499 (ou 519 — la date demeure controversée), mentionnent un Arthur qui, à la bataille de Badon, porta pendant trois jours et trois nuits la croix de Jésus sur les épaules. Au VIIIe siècle, Nennius, moine gallois, auteur de la *Historia Brittonum*, y décrit Arthur comme étant chef d'armée — non pas roi. On le cite sous le nom d'Arthur le Soldat.

Si les preuves historiques sont rares, les légendes concernant ce guerrier mystérieux abondent. Dès 1170, le prieur de Tewkesbury écrivait : « Le nom d'Arthur le Breton est dans toutes les bouches ; comme nous l'apprennent les pèlerins de retour d'Asie, il est aussi connu des peuples d'Asie que des Bretons. » Au XIVe siècle, les troubadours le chantèrent, les conteurs brodèrent sur ses prouesses, et sa légende fait encore rêver, de nos jours.

Pour en revenir à mon récit, Gwynthal est-il Camejot ou bien Avalon, le pays où l'on guérit, où le moine Geoffroi de Monmouth raconte qu'on transporta Arthur pour le guérir d'une mortelle blessure ? Au lecteur de chercher la réponse...

ainsi que les titres de la collection

Escale Romance

De nouveaux horizons pour plus d'émotion

Le 3 décembre

Frisson austral

de Helen Addison (n° 7459)

Clara Dreyer, jeune reporter, arrive sur la côte est australienne en vue d'effectuer un reportage sur la Grande Barrière de corail. Mick Jordan, le pilote de l'hydravion à bord duquel elle doit réaliser des vues aériennes de l'archipel du Capricorne, lui semble aussi fantaisiste qu'elle est sérieuse ! Entre eux deux, le courant ne passe pas. Et pourtant, lorsque les caprices de la météo les contraignent à faire escale en cours de route, ils se retrouvent seuls au monde en face à face !

Les amants de l'estancia

de Catherine Pimentel (n° 7540)

Elena, simple pigiste dans un quotidien, se voit confier un important reportage sur l'une des plus belles estancias du Paraguay. Son enthousiasme est vite oublié lorsqu'elle apprend que le rédacteur l'a choisie pour une tout autre raison : il espère que, grâce à son joli physique, elle convaincra Felipe Garcia, le propriétaire, de parler de la mort de sa femme. La rumeur prétend qu'il l'aurait noyée...

4217

Composition Interligne B-Liège
Achevé d'imprimer en France (Manchecourt)
par Maury-Eurolivres
le 5 décembre 2004.
Dépôt légal décembre 2004. ISBN 2-290-34015-4
1er dépôt légal dans la collection : août 2004

Éditions J'ai lu
84, rue de Grenelle, 75007 Paris
Diffusion France et étranger : Flammarion